大齡剩女

上

風文創 188

凌嘉 著

目錄

自序

凌嘉

大齡剩女，古今中外一直都有。

故事中的女主角——一名現代優質剩女穿越到古代，遇上鑽石剩男，會是怎麼樣一番光景？

她面對單身、相親、逼婚等情況時，會有怎麼樣的反應？

她在面對階級和思想差異時，又是怎麼去愛、去生活呢？

我想寫一個剩女的故事，寫她找到真愛的故事。

對於現代人而言，戀愛容易，結婚不易。戀愛基本上很自由，婚姻則要歷經感情、現實層面的多重洗禮；而門庭階級森嚴的古代封建社會，則是奉父母之命、媒妁之言，成婚容易，自由戀愛修成正果卻不易。

面對種種困難和挑戰，恐婚和抵抗心理慢慢滋生，這種負能量使愛情枯竭、使心逐漸凍結，但是能治癒這種「病」的，唯有愛。

愛能讓冰凍的心融化，愛能指引人走出迷霧，愛能伴隨你我走進幸福殿堂。

我在執筆創作時常常會想，是什麼能讓我的女主角獲得幸福？

是她面對婚姻壓力時的淡然，不焦不躁，靜候轉機；

是她對待朋友時的熱情和信任，且行且珍惜；

是她努力生活的樂觀態度，陽光向前，永不放棄；

也是她對親人的寬容，用愛去感召一切！

當她是個充滿正能量的人時，朋友和愛，自然不會拋棄她。這便是我想送給讀者們，也是送給我自己的鼓勵——用愛去生活。

感謝正要閱讀這套小說的讀者們，感謝辛勤工作的編輯們，感謝我的親人朋友們，是你們一直鼓勵著我，讓我能在寫作的道路上走下去。唯有寫出更好看的小說，才能回報你們的厚愛，謝謝你們！

第一章　商代玉玦

唐代　永徽元年　春

并州今年的春天來得有些遲，今日春風正好，但古家大小姐的心情卻不如天氣那般美麗，因為那個超級疼她的爹爹又把媒婆請到了家裡，商量起她的終身大事！

她古閨秀做了兩輩子「剩女」，是那麼容易嫁的嗎？說她條件不好？NO NO NO！先來瞧瞧古閨秀的詳細資料——

唐代大齡剩女資料表

	穿越前	穿越後
姓名	古秀秀	古閨秀
年齡	二十八	二十
長相	七分	九分
學歷	某大學博物館系考古專業博士	女子私塾
職業	文物研究員	好再來質庫（當鋪）＋好再來古玩店少當家
嗜好	研究蒐集古董	研究蒐集古董
秘密	無	我是穿越女

古閨秀的外在和內在條件都很不錯，但真的是兩輩子都沒嫁出去！上輩子先不說，這輩子因她爹爹就只有她一個獨生女兒，所以古爹爹想招個入門女婿，問題便難辦了。入門女婿不好招嗎？其實倒也不是真的那麼難，那些家境不好、兄弟眾多、一事無成的男子，勸說勸說，總是有人願意當贅婿，然而古爹爹覺得自己的女兒漂亮、能幹，學識、氣質、家境樣樣都不差，不願意找些草包委屈女兒。只是，那些好兒郎，哪個願意當贅婿？

正因如此，古閨秀的婚事從她十四歲挑到二十歲，如今還沒有個著落。

「爹，我不成親不行嗎？我陪著您，等我老了，再從堂哥或堂弟那邊過繼個孩子來繼承家業，有什麼不妥？」在這個問題上，有現代思想的古閨秀想得特別開。

可古爹爹的頭卻搖得像波浪鼓似的。「傻女兒，這些話不許亂說，總之妳放心，爹肯定會給妳找個好人家，絕不會委屈了妳，更不會讓妳一個人孤苦到老！」

說罷，他便拿著古閨秀的生辰八字到廳堂會媒婆去了。

古閨秀嘆了口氣。「一定是月老忘記幫我繫紅線了！」

「大小姐、大小姐！」古閨秀的貼身丫鬟巧碧從外面跑了進來。「掌櫃請大小姐去庫裡一趟，說是有好貨來了，請大小姐過去看一看。」

聽到有「好貨」，古閨秀精神為之一振，當即往前街的「好再來」質庫趕去。

質庫，也就是後來的當鋪。他們古家原先是放高利貸起家，後來總覺得有些不乾不淨，就圖個新鮮趕上潮流的開了質庫；再後來，在古閨秀的建議下，又開了家古玩店出售質庫裡的存貨，有供有銷，生意算不錯。

位於前街的「好再來質庫」只有一個門面，不算氣派，但門前高高的八步階梯上，是一架通體泛著黑亮光澤的烏木屏風，識貨的人一眼便知這家鋪子非常有家底。

烏木屏風後是一排近一人高的櫃檯，櫃檯後坐著三位司櫃，接待前來的當戶。

古閨秀一進門，司櫃們便停下手中的活兒，忙不迭從櫃檯後的高椅上下來，恭恭敬敬地向古閨秀問好。

古閨秀對他們笑道：「該忙什麼就忙吧，別因為我而拘著。」

一個叫做孫仁的司櫃上前說道：「大小姐，我今天一早就收到一個奇怪的玉玦，我拿不準主意，便請師傅幫著相看。師傅瞧了半天，說是個好東西，但是價錢不好定，一定要請大小姐過來做個定奪。」

「胡掌櫃和當戶在裡頭喝茶？」古閨秀問道。

孫仁躬身道：「是。」

「你去請胡掌櫃到我房裡來。」她輕聲對孫仁說。

古閨秀同孫仁一起往裡面走去，孫仁挑開簾子走進茶房時，古閨秀淡淡瞄了一眼，看見和胡掌櫃坐著喝茶的，是一個頭髮稀疏、面色泛黃的黑瘦老頭。

她沒有多作停留，而是直接走到最裡面她私人專屬的「辦公室」，片刻過後，胡掌櫃就來了。

「大小姐，您看！」不等古閨秀開口詢問，胡掌櫃已迫不及待地將剛剛收到的貨拿給她看。

古閨秀從胡掌櫃手心上取過一枚半個巴掌大的玉玦，這枚玉玦呈灰青色，底部有黃色的沁色，行家一眼看去便知這是塊古玉。

古代玉器長期埋於地下，由於受地壓、溫度、濕度以及各種物質的作用而發生的色變，被稱為「沁色」。黃色為土沁、白色為水沁、綠色為銅沁、暗紅色為鐵沁、黑色為水銀沁。但凡出土或傳世的古玉真品，光澤如新者極其罕見，其上多帶有一種非人為造成的沁色，因沁色豐富多彩、絢麗斑斕，故為歷代收藏家、鑑賞家所珍愛。

古閨秀確定這是真的古玉後，瞇著眼睛仔細觀察玉玦的雕刻。這枚玉玦兩面均雕作蟠龍形，首尾相對，蟠龍的犄角呈蘑菇狀，長目、露齒，身體上刻著雙勾雲紋，背上有脊齒。

看到這些，古閨秀有些驚喜地說：「竟然是商代的青玉龍形玦？」

胡掌櫃亦面露笑容。「是啊！是非常少見的商代玉玦，難得的是這青玉龍形玦造型規整、線條嫻熟、雕工流暢，肯定是商代王室所用玉玦！好東西啊，只是……」

見到胡掌櫃欲言又止，古閨秀便接著他的話說道：「只是那當戶穿著落魄，掌櫃怕這東西來路不正吧？」

胡掌櫃點頭說：「我剛剛跟他聊了半天，他一口咬定這玉玦是祖傳的，因為現在手頭拮据，所以拿出來換錢用，別的什麼也問不出來。」

古閨秀笑道：「祖傳？他只怕不知道這是商代的東西吧？兩千多年這麼久遠，從他哪輩祖宗開始傳的？我看從古墓裡盜出來的可能性還大一些。」

「我也是這麼想，所以不知當不當收。」胡掌櫃說。

古閨秀想了想，說道：「他如果是死當就收吧！老天送來的便宜，不撿白不撿。」

古閨秀前世為文物研究員，發自內心想保護文物，如今唐代還沒特地建造博物館來收藏古董，有的只是私人珍藏，而她也只能從自身出發，盡可能蒐集、保存自己見到的文物。

胡掌櫃知道她對古董很癡迷，等的就是古閨秀這句話，有她作主，他就能把貨給收了。

「這個玉玦的價格，大小姐覺得定多少為妙？」

古閨秀問道：「當戶可有開價？」

胡掌櫃笑道：「開了，要一百兩，哈哈哈！」

一枚商代玉玦，他竟然只要一百兩?!古閨秀擺了擺手，說：「他只開一百兩，只怕這玉玦也不是他盜墓得到的，不知是從哪裡撿來的便宜，我們『勉為其難』就用一百兩收了吧！」

「是！」胡掌櫃作揖後離去，古閨秀則在房裡繼續把玩這塊商代玉玦。

千年古玉，儘管表面蒙塵，甚至有了刮痕，但從內而外散發出的玉石之氣古樸自然，讓人愛不釋手。她小心翼翼地走到質庫的珍藏庫房裡，將玉玦收了進去。

雖然人在古代，古閨秀卻一直保持著前世的研究習慣，庫裡每進一項新貨，她都會仔細登記，有研究價值的，更會特別鑽研記錄。

她這幾天命府丁四處幫她尋找商代書籍，有空便在自己的辦公室裡研究青玉龍形玦，希望能推算出這枚玉玦的具體年代，甚至是何人擁有？為了方便觀察，她沒再把玉玦收進珍藏庫房，而是另覓地點收妥。

「唉，若能知道這枚玉玦是從哪裡出土的就好了，現在什麼線索也沒有，真是難辦。」她用手指繞著胸前的頭髮，煩惱地嘀咕著。

此時忽然傳來敲門聲，門外有人說道：「大小姐，周掌櫃來了。」

「請他進來。」古閨秀將古玉放進盒子裡收好，又將桌上散落的書籍整理了一下，抬頭笑著對走進來的中年男子說道：「周伯伯，您快坐。」

周掌櫃是古爹爹的好友，他們年輕落魄時一起睡過大街、喝過涼水；發達後就一同吃肉喝酒，他也是古家生意的管理者之一。

「閨秀，妳又一個人看書？女兒家不要總是一個人待著，去同窗那裡走動走動，約著一起上街逛逛也好啊！」周掌櫃看著古閨秀長大，對她像自家女兒一樣。

古閨秀也不同他生分，調皮地說：「周伯伯，您又不是不知道，我那些姊妹都是好幾個孩兒的娘了，哪有空陪我？我若去找她們，多半得幫她們帶孩子，我才不幹呢，不如一個人看書來得清靜。」

周掌櫃無可奈何地說：「妳啊妳，這樣的性子，難怪把妳爹急得跳腳。」

古閨秀知道他肯定是父親派來的說客，前幾天才剛找媒婆，今天也許就要說哪家的兒郎不錯，要帶她偷偷去看一看，問她是否中意。

她可不想再做這樣的傻事了，於是急忙轉開話題。「周伯伯，您今天來得正好。我昨天看帳本，發現庫裡去年收的一些普通瓷器、飾品還有很多存貨，古玩店的客人看不上這些尋常貨色，可若便宜賣給城裡的店鋪，又回不了多少本錢。我聽說馬記商行月底有商隊要去漠北進貨，咱們不如出點錢，派兩個人帶一車貨隨他們的商隊去漠北把庫存給銷了，南貨北銷、北貨南銷，這樣才能賺到錢。」

周掌櫃聽了，覺得這法子可行。「這倒是個好主意，如果有賺頭，以後都可以這麼做。我與馬記的老闆有過幾次來往，他會給我幾分薄面。」

古閨秀是個說做就做的人，她立即站起來說：「那我們今天就去拜訪一下馬老闆，把這件事定下來吧！回頭我們還要挑人、挑貨、準備馬車，時間很緊呢！」

「妳啊妳！」周掌櫃對古閨秀的能幹很是欣慰，卻又感慨她是個女孩，不然他和她爹爹能少操不少心。

兩人一路向城東走去，馬記商行的家宅就在那邊。

路上，周掌櫃對古閨秀說：「馬記商隊這幾年不比從前，以前老馬眼光好，挑的貨品質高，商隊走到哪兒都圍滿了人，風光得很。可現在由他兩個兒子繼承家業，一個木訥不善經營，一個圓滑卻沒有眼光，老馬雖然放心不下，卻又沒辦法。」

古閨秀問道：「那他們家的掌櫃呢？跟隨馬老闆多年的老掌櫃應該都是可用之人，有他們幫襯，生意也不至於太難做。」

周掌櫃搖頭苦笑。「朝廷裡還講究一朝天子一朝臣呢！馬老二——就是馬老闆的二兒子——嫌老掌櫃管得多，想法子把人給攆了。」

古閨秀聽了，感嘆道：「這只怕就是天作孽猶可恕，自作孽不可活了！聽周伯伯您說了馬家的情況，我不想找他們合作，實在太靠不住了。」

「他們的確不可靠，不過可以先試著跟他們走幾次商，派兩個可靠之人熟悉路線，結識一下各地的商人，這樣我們以後若是想自己出商隊，也比較有把握。」周掌櫃說道。

原來周伯伯心中早有計劃！古閨秀笑道：「哇，薑果然是老的辣，周伯伯您比我想得深遠多啦！」

兩人一路聊天，卻發現路上的人愈來愈多，等走到馬家大門前時，周邊已經圍滿了人，並有衙役守門。

周掌櫃和古閨秀對看一眼，便上前朝人群問道：「這裡出了什麼事？」

擠在這裡的都是看熱鬧的人，聽見有人問，自有好事的人說道：「馬家出命案了！馬老二的小妾張氏死在池塘裡，馬家人說張氏是自己從閣樓上跌下去淹死的，可張家的人不信，說張氏是被人殺的，報了官，府衙派了人過來，正在裡面查案呢！」

話音剛落，前面一陣人潮竄動，古閨秀險些被撞倒，周掌櫃急匆匆地把她拉到角落人少的地方。

透過人群，古閨秀看到四個穿著綠色衣服的衙役從馬家抬出一個擔架，架上是一具蓋著白布的屍體，雖然看不到具體的模樣，卻已讓古閨秀渾身起了雞皮疙瘩。

周掌櫃也勸道：「快別看，小心嚇到了。」

古閨秀將頭轉開，正好看到跟在衙役後面哭著走出來的一群人，那群人衣著樸素，甚至打著補丁，應該不是馬家的人，看他們哭得那麼痛切，極可能是死去張氏的娘家人。

「咦？」古閨秀皺起了眉。

周掌櫃聽見古閨秀發出疑惑的聲音，問道：「怎麼了？」

古閨秀搖了搖頭，說：「沒什麼，眼花了。」

其實她並沒有眼花，她剛剛在人群裡看到之前來質庫典當商代玉玦的那個老頭。那老頭跟在衙役後面哭得很慘，不知是張氏的什麼人。只不過這畢竟牽涉到命案，古閨秀下意識地不想被牽扯進去，就很自然當作沒看到。

「周伯伯，我們快回去吧！碰到這種事真晦氣，馬家出了事，商隊的事只怕會耽擱，我們從長計議吧。」古閨秀低聲說道。

周掌櫃點頭說：「嗯，我回頭和妳爹商量一下，我們還可以找別家，不急。」

回到質庫，周掌櫃要去古家找古爹爹商量事情，他向古閨秀道別時，叮囑道：「早點回來吃晚飯，我和妳爹有事要跟妳說。」

「好，我知道了。」肯定是要和她談人生、談理想、談婚姻啦！

對於這種情況，古閨秀習以為常了，送走周掌櫃後，她就回到辦公室繼續研究青玉龍形玦。大概是受了馬家一事的影響，她完全靜不下心，一看到玉玦，就想到那個頭髮稀疏的老頭，念頭一閃，腦海中又浮現出蓋著白布的屍體，讓她心慌得不得了。

「唉呀！我這是怎麼了，馬家死了小妾，關我什麼事，我怕什麼啊……」

古閨秀忍不住胡思亂想，眼看研究做不下去了，正巧「好再來」古玩店那邊缺貨，派人來質庫催貨，胡掌櫃從庫裡整理出一車子的古董，正要去送貨，古閨秀便跟他們一起出門。

古家的古玩店與質庫隔得有些遠，座落在達官貴人集中的吉慶街上。胡掌櫃帶著幾個夥計推了一輛雙輪木車，車上放著一個個裝著古董的箱子，古閨秀和胡掌櫃兩人邊走邊聊。

「我有好些日子沒去古玩店看看了，上次洪大哥說吉慶街上接連好幾家店鋪被盜，後來官府可有捉到盜賊？」古閨秀問道。

胡掌櫃搖頭道：「坊間傳言說是俠盜葉白衣所為，哪裡捉得到？」

「葉白衣？這個人我怎麼沒聽說過？」古閨秀好奇地說。

胡掌櫃解釋道：「傳言中的葉白衣，早些年一直在長安城中做案，專盜貪官污吏，但誰也查不出他的蹤跡，只知道他每次做案之後，牆上會留下『葉白衣』三個字的水印。也不知怎的，現在他竟然偷到咱們并州來了。」

古閨秀聽了，覺得更加疑惑。「既然說那葉白衣是俠盜，那他來并州偷吉慶街上的小商戶做什麼？要偷繼續去偷那些當官的呀！我看此事有假！」

胡掌櫃摸了摸鬍鬚道：「大小姐說得有道理，真正的盜賊是誰根本查不出來，也許是有人以訛傳訛，說是葉白衣做的。但葉白衣的水印十分稀奇，能夠久凝不散，不是一般人能模仿的。」

古閨秀心中卻有些不以為意，要讓水印不那麼快消失，加一些甘油在裡面就能夠做到，只是這時期的百姓不懂這些，葉白衣能夠做到那樣的效果，的確有些神乎其神，但也並非不可模仿。

古閨秀不便對胡掌櫃解釋這些，只好笑而不語。

兩人一路走到了古玩店，負責替古家打理古玩店的洪箏正好送一位客人出門，見到他們便迎了上來。「大小姐好、胡掌櫃好。」

古閨秀看著一向謙和有禮的洪箏說：「洪大哥有禮了。」

三人走進古玩店，洪箏讓小夥計上茶後，拿出最近幾天的帳目給古閨秀看，古閨秀驚訝道：「最近生意這麼好？難怪你派人去催胡掌櫃補貨過來。」

洪箏解釋道：「右武衛將軍豆盧仁業近日到并州來替天子巡察軍營，他年初剛剛世襲了芮國公的爵位，加上今年是他五十大壽，壽日雖然未到，但并州不少想走他路子的人，都趁這次機會去祝賀，古玩珍品不愁銷不出去，只怕愈貴的賣得愈快。」

古閨秀在做文物研究時，順帶研究了不少歷史，洪箏口中所說的豆盧仁業，她略知一二。

豆盧仁業的祖上原是鮮卑慕容貴族，他的父親豆盧寬是隋文帝的外甥。隋朝末年，豆盧仁業隨父親赴長安投靠李淵，即使之後改朝換代，昌黎豆盧氏一門依舊顯貴。

「原來是豆盧將軍來了！難怪這次胡掌櫃從庫裡挑了不少好貨，我們一起去看看吧。」古閨秀點頭微笑道。

胡掌櫃已命夥計把貨物都搬到古玩店內，他逐一取出，向洪箏介紹每一件古玩的資訊和價值。

待看完大大小小二十多件古玩後，洪箏問道：「不知道庫裡有沒有龍形玦？」

胡掌櫃想起這陣子才收到的那枚商代玉玦，正要回答，卻被古閨秀搶了先機。「洪大哥為什麼會問龍形玦？龍形飾品不是尋常人能配戴的，誰又敢買？」

洪箏說：「昨晚有位客人高價求購龍形玦，我說會幫他留意，誰知他今天又來問了一趟，我看他這麼心急，便幫他問問。」

說著，洪箏拿出一張玉玦的勾勒圖，畫上畫的赫然就是那枚商代青玉龍形玦的樣式。

古閨秀和胡掌櫃對視了一眼，兩人心裡都在琢磨，若商代玉玦真被找到，他們可就虧大了。文物古董在這個年代，不好談論歸屬，基本上是誰發現了就是誰的，多得是黑市交易、地下買賣。

古閨秀打定主意不讓出玉玦，便裝糊塗說：「這龍的圖樣瞧著新鮮，我沒見過。胡掌櫃，你見過嗎？」

胡掌櫃也連連搖頭。

洪箏聽了，收起圖樣說：「既然咱們店裡沒有，這筆錢賺不到也罷了。」

從古玩店裡出來時，天色已暗，古閨秀想到周伯伯叮囑她早些回家的事，便向胡掌櫃告辭，逕自回家去了。

第二章　暗夜襲擊

古家大宅裡，古爹爹和周掌櫃坐在飯桌旁對飲，古爹爹十分傷懷地說：「閨秀今年二十了啊！當年她娘像她這麼大時，都已經生了閨秀，還教會她走路了，可閨秀如今卻連個人家都沒有！老周，你說我以後到了地下，還有什麼臉見閨秀她娘呢？」

周掌櫃勸道：「老古啊，這些年你把閨秀放在心尖兒上疼，大家誰不知道？她娘不會怪你的。何況，閨秀哪點不好？她只是姻緣未到，你別急，一定會為她找到一個好丈夫的。」

「就是因為閨秀好，所以我才捨不得招些庸才委屈了她！如今想起來，都是我的錯，非要執意招什麼入門女婿？好好地把閨秀嫁出去不就得了，也好過她現在一個人。我真怕等我以後老了，照顧不了她了，她還是孤苦伶仃一個人，唉！」

周掌櫃聽出他話裡的意思，急忙問道：「老古，你不招贅婿了？想通了？」

古爹爹沈重地點點頭說：「是啊，想通了，有什麼能比閨秀一輩子的幸福重要？就算我古家沒有子孫繼承家業，只要閨秀過得好，我也認了。」

「唉呀，這就好辦了，閨秀這麼好的女孩，想嫁出去還不容易？」周掌櫃拍拍古爹爹的肩膀說：「難怪你說有重要的事要商量。呵呵，明天就把這事告訴媒婆，消息放出去以後，提親的人肯定要踏破門檻了！」

古爹爹此時又嚴肅地說道：「話雖如此，但我挑女婿的條件得改一下，以前是挑入門的，有些不足的地方尚且能忍，現在既然決定把閨秀嫁出去，我必定要為她挑個十全十美的夫婿！家境、長相、人品都不能差……」

周掌櫃有些為難，好心提醒道：「老古啊，雖說閨秀什麼都好，可她現在二十歲了，適齡的男子哪個還沒成親？那些還沒成親的，多多少少都有些不足，這十全十美……只怕不好找。」

正巧古閨秀來到飯廳外，將他們的對話聽了個大概，她走進來說道：「爹、周伯伯，又在為我的婚事操心吶？既然爹現在同意我嫁出去，我心裡有點想法想告訴兩位。」

「妳只管說，爹還會不依妳不成？」古爹爹和周掌櫃因為疼愛古閨秀，所以格外尊重她的意見。

古閨秀說：「我不奢求嫁一個十全十美的人，但也不會為了嫁出去隨便答應一門婚事。我要嫁就嫁一個我喜歡他、他也喜歡我的人，情投意合、彼此真誠相待，這樣才好。」

古爹爹十分贊同地說：「對、對，我跟妳娘當年就是這樣。」

周掌櫃身為局外人，看得比古爹爹更清楚，這丫頭這麼說，只怕想嫁出去也不比招贅婿容易！

話題告一段落，眾人便去用晚膳，席間古爹爹多喝了兩杯，古閨秀照顧他睡下後，又送周掌櫃出門。

她忙了一天，回到房中正要歇下，丫鬟巧碧就慌慌張張地跑進來說：「大小姐，不好了，質庫被人偷了！」

前街的「好再來」質庫裡裡外外燈火通明，最裡層的庫房內，胡掌櫃和幾個司櫃正在清點倉庫，查看丟了什麼東西。

古閨秀急匆匆地趕來，劈頭就問：「怎麼回事？」

胡掌櫃從庫房裡走出來，說道：「晚上打烊落鎖後，大夥兒都在後面的廚房吃飯，孫仁想到有一件物品歸檔時沒寫清楚，折回頭準備補兩筆，誰知卻發現庫房的鎖被人撬開，裡面被翻得亂七八糟。我們得到消息跑過來清點了下物品，卻什麼也沒丟，不知道是怎麼回事。」

古閨秀皺眉問道：「庫房不是有人看守嗎？怎麼隨隨便便就讓人進去了？」

胡掌櫃說：「正是交班吃晚飯的時候，想到大家都還在店裡，就讓護院同我們一起吃了，誰知道賊人那麼大膽……我回頭就和護院他們說去，再不許提前吃晚飯了。」

「罷了。」古閨秀並不苛待下人，既然沒什麼損失就算了，以後稍微調整一下護院的當值時間，並不是什麼大事，只是她忍不住叮囑道：「庫房裡被翻動過的東西還需一件件重新查驗，雖然件數沒少，但萬一被人用假貨換走了真貨，等當戶來贖時發現東西不對，我們古家的招牌可就要砸了，麻煩胡掌櫃多費心了。」

胡掌櫃連連應道：「是、是，我一定帶人連夜檢查。說來走運，幸好今天把值錢的貨都送去古玩店了，不然指不定要丟多少呢！」

古閨秀聽著，忽然想起另外一事，便讓胡掌櫃回庫房去忙，自己則回到她的辦公室裡——她有點擔心她單獨存放的那枚青玉龍形玦。

她走到櫃子面前蹲了下去，這個櫃子最底層跟地下一個暗格相通，是古閨秀藏寶的地方。

古閨秀推開暗格，看到裝玉玦的匣子安然無恙，鬆了口氣。

她正怪自己太緊張、想太多時，就感覺到一個黑影從頭頂上罩了下來，她的後腦勺頓時遭到重擊，整個人昏了過去——

「閨秀、閨秀，我的女兒啊！」古爹爹在古閨秀床邊抓著她的手，對著昏迷不醒的古閨秀不停喊叫，丫鬟和大夫在旁邊圍成了半圈，又是調製外敷的用藥、又是開方子的。

古閨秀醒來時，頭暈到不行，她掙扎了下，原本側睡著的身體平躺了下去，受傷的後腦勺碰到瓷枕，疼得她從床上彈了起來。

「疼！疼……好疼啊！」她忍不住痛呼。

古爹爹見她醒轉，高興極了！「我的女兒，妳終於醒了，大夫，快過來！」

大夫問了古閨秀的身體狀況，又看了看她的頭，確定她除了頭痛、頭暈，沒其他不適之後，開了消腫止痛的藥就走了。

古爹爹看著受傷的古閨秀，眼角泛淚。「閨秀啊，爹爹擔心死了，好怕妳就這麼起不來，和妳娘當初一樣……」

古閨秀六歲那年，她娘帶著她去城外的福山寺上香，回來的路上，馬兒受驚，馬車傾斜，往山路旁的水塘翻覆。古閨秀嗆水命危，她便是那個時候穿越過來的，而她娘落水時頭撞到水塘的石頭上，從水裡救上來時，就已經沒氣了。

「爹，您別擔心了，我現在還好，就是有點暈，沒什麼大礙。」古閨秀安慰道。

話雖如此，但古爹爹觸景傷情，想到死去的夫人，一時之間哭得悲慟。

古閨秀勸不住，只覺得這哭聲讓她腦袋疼得要炸開了，幸而這時候巧碧進來稟報。「老爺、大小姐，府衙的官差來了，想要見大小姐。」

古爹爹立即止住淚水，憤怒地說：「不見！就說大小姐還昏迷未醒，從昨晚就一直催催催，讓人不得安生！」

巧碧為難地說：「可是……大夫出去的時候，跟官差說大小姐醒了……」

古閨秀說：「爹，昨晚質庫被人撬開，我又被人打暈，官差來查案也是為我們好，您難道不想早點查出是誰傷了我嗎？」說完又轉向巧碧道：「快請官差去廳堂坐著，我一會兒就過去。」

誰知古爹爹卻不讓她下床——「請官差過來問話吧，妳頭暈就別下床了。」

古閨秀的確頭暈得難受，她爹不介意她在床上見人，她也不是那麼迂腐的人，待她穿好衣服，稍微整理了一下，巧碧就帶著一行官差進來了。

為首的年輕男子見她坐在床上，有些意外，於是停住腳步，對身後的衙役說：「你們在門外等我吧。」

接著他一個人走到床邊，說道：「古老爺、古小姐，對於你們質庫昨晚被盜一事，我有些話想問古小姐，打擾小姐休息，請見諒。」

古爹爹不太滿意地說：「既然知道打擾，怎麼不隔天再來？我家女兒頭還暈著，就要被你問東問西！」

「爹……」古閨秀看著一味心疼自己的爹爹，有些無奈。

年輕官爺不急不怒，依然有禮貌地說：「古老爺，為了查案，我想同古小姐單獨聊幾句，還請行個方便。」

古爹爹瞪大眼睛反問道：「孤男寡女，你要和我女兒單獨待在房間裡？」

古閨秀一張俏臉忍不住泛紅，是他們自己要在房間裡談話的，現在卻這樣質問官爺，她連忙勸道：「爹，您就出去吧，這是在查我們家的案子，您配合一點吧！」

好說歹說之下，終於把古爹爹勸出去了，年輕官爺站在離床邊有些距離的地方，說道：「我姓狄，是并州都督府的法曹，小姐叫我狄法曹就行。昨天的事，我已聽胡掌櫃說了一些，現在還請古小姐再描述一下，以防胡掌櫃說的有什麼遺漏。」

古閨秀點了點頭，說：「我爹昨晚和周伯伯多喝了兩杯，我服侍他歇下後，也準備歇息，誰知我的丫鬟跟我說，質庫被人偷了，我就匆匆趕了過去……」

她說明了中途的經過和自己的安排，而後道：「我想到除了庫房，我自己的小房間裡還有幾樣古董，怕有什麼閃失，就去查看一下，誰知被人從後面襲擊，暈了過去，接著什麼都不知道了。」

狄法曹見古閨秀言語清晰、思路明確，心中暗暗讚許。他過來之前還很擔心這位大小姐在受到襲擊之後除了哭，什麼也說不出來。

「狄法曹，我還不知我遇襲後丟了什麼東西，能告訴我嗎？」古閨秀問道。

「胡掌櫃說應該是丟了一枚商代玉玦，價值連城，至於有沒有丟其他東西，還要等妳親自去看過才能確定。」

古閨秀心中暗道一聲：「果然……」玉玦還是被人偷了。

狄法曹明亮睿智的雙眼一直注意著古閨秀的神情。「古小姐看起來一點也不驚訝，甚至不覺得可惜，能告訴我原因嗎？」

古閨秀苦笑了一下，說道：「實不相瞞，我這一、兩天一直在擔心那枚商代玉玦，如今它丟了，的確在我意料之中。我的私藏品中，有比那玉玦更好的東西，若真是尋常小偷，大可把我暗格裡的東西都搬走，怎就獨丟了這一件？可見是衝著玉玦來的。」

狄法曹問道：「古小姐既然預料到了，可有懷疑的人？」

古閨秀搖了搖頭。

狄法曹又問：「那妳為何知道玉玦會丟？」

「這件事說起來，有點複雜……」古閨秀輕聲說道。

狄法曹有耐心地引導她。「不急，複雜就慢慢說。」

古閨秀整理了下思緒，從收購這枚玉玦開始，一點一滴把事情說出來——「……看那當戶的模樣，我當時就有些不放心，但因為私心，明知玉玦來路不明，我還是收了下來。後來聽到有人在古玩店尋找玉玦，我當下沒說出來，但應該還是被那尋找的人得知，找到我頭上來了。」

「根據鋪子裡的紀錄，當時典當玉玦的，是一個叫『王柱』的男子，可我派衙役按照登記的地址去找，並沒有找到這個人。」狄法曹說道。

古閨秀說：「沒錯，我收下玉玦的第二天，因為不太放心，也派人去找過，同樣沒找到，不過……」

古閨秀原本不想惹麻煩，可現在自己都被人傷了，要是再瞞下去，被人殺了可就完了！這一刻，她想到了馬家的小妾張氏。

狄法曹見她猶豫，追問道：「不過什麼？」

古閨秀鼓起勇氣，說道：「我後來又見過那個當戶一次。當時我要去馬家談生意，卻碰到馬家出事。他家死了一個小妾，我看到那個當戶跟在小妾的屍身後面哭，所以我想他也許是小妾張氏的娘家人，狄法曹可以去查一查。」

狄法曹神情變得嚴肅，問道：「妳確定沒有看錯？」

古閨秀自信地說：「我的識別能力和記憶力坊間有名，狄法曹儘管放心。」

狄法曹沈眸想了想，說道：「如此說來，妳家的盜竊案和馬家的殺人案也許有關聯……」

「殺人案？」古閨秀嚇了一跳，問道：「那個張氏確定是被人殺的？不是意外嗎？」

狄法曹搖頭道：「我在張氏跌下去的窗戶上，找到被窗框鉤下來的蠶絲，而張氏死時所穿的那身衣服，只有背後有抽線的痕跡，這說明她跌下去時，是背著倒下去的。若她是自己掉下去的，應該會落在水池邊緣的石頭上，不會落到五尺外的池子裡，必定是有外力把她推出去。」

古閨秀聽明白了，連連點頭。垂直墜落和拋物線墜落，差別還是挺大的，更何況，若是正面掉下去，死者自身會有向下的重力，可她是背著倒下去的，要她倒著跌出窗臺，沒外力幫助絕對做不到。

狄法曹問道：「妳聽懂了？」

古閨秀點頭。「懂了。」

狄法曹笑道：「古小姐真是聰明。我昨天為了和馬家人解釋這個道理，足足花了半天的時間，最後還是紮了草人用兩種方式從窗臺落下給他們看落地位置，才讓他們接受這是殺人案的事實。」

古閨秀在心裡嘀咕，古代百姓不懂物理知識，解釋起來是麻煩了一點……

「今天打擾了，不過之後還要請古小姐協助調查，我就先告辭了。」狄法曹說道。

古閨秀微微頷首。「我不方便起身，就不送了，狄法曹好走。」

狄法曹前腳剛走，古爹爹後面就進來了。「女兒，妳沒事吧？快躺下休息，他問了這麼久，妳一定累了！」

「爹，我還好，這位官爺很聰明，跟他說話不費勁。」古家以前因為高利貸的事陷入幾起糾紛，她十分討厭那些刻意曲解別人的話的官爺，一度覺得官民完全無法溝通，不過今天這位年輕官爺倒是和藹可親，也很聰明，說話俐落，挺不錯的。

古爹爹見女兒神情不對，驚喜地問道：「女兒，妳看上人家了？」

古閨秀像是被噎著，半天說不出話，只覺得一陣尷尬。「爹，您瞎說什麼啊！我只是欣賞他聰明能幹，就像我稱讚周伯伯、胡掌櫃和洪大哥一樣！」

「嘿嘿……」古爹爹只是笑，卻沒多說什麼。

在古閨秀的婚姻和愛情問題上，古爹爹絕不放過任何一點蛛絲馬跡，他把這件事放進心裡，叮嚀古閨秀要好好休息之後，就託人打聽那個狄法曹的情況去了！

古閨秀在家裡休養了兩天，心裡卻一直牽掛質庫的事，於是便趁古爹爹不在家時，收拾妥當去了鋪子。

因為之前出了事，好再來質庫裡的護院多了好幾個，他們見古閨秀來了，露出一臉愧疚的表情。

護院楊威長得高大威猛，他兩大步跨到古閨秀面前，問候道：「大小姐，您的傷勢好些了嗎？竟然讓您在自家店裡遇襲，實在是我們的疏忽！」

古閨秀擺擺手說：「我沒事，不過聽說我爹扣了你們一個月的薪水，還把那天當值的兩位小哥趕走了，這些處罰你們別往心裡去，店裡出了事，總是要懲治一下，大家才能提起精神。等到了端午，我再包紅包給大家，把薪水補回來。至於被辭退的兩位小哥，我也會找機會重新僱用他們。」

楊威為人老實，聽古閨秀這麼說，滿臉脹得通紅。「大小姐，您這麼說真是讓我們慚愧，本來就是我們做事不力，老爺罰我們也是應該的。」

「好啦，你告訴大家好好做事，回頭我會在爹面前說情的。」古閨秀本身就不是苛刻的人，也懂得一些用人之道，這些年她和古爹爹兩人分別唱黑白臉，對手底下的人恩威並施，管理得很不錯，店裡上上下下都很喜歡她。

胡掌櫃聽到聲音，從裡面出來迎接她。「大小姐，您怎麼不在家休息，有什麼事，派人傳個話就是了。」

「我放心不下，過來看看。」古閨秀淺笑道。

她朝辦公室走去，胡掌櫃在後面跟著，說道：「鋪子裡的鎖我全部重新換過了，這是新的鑰匙。您櫃子裡的東西，因為平時不大讓人插手，所以我只是粗略的清點了一下，您看……」

暗格中唯獨裝玉玦的盒子不見了，其他東西都完好如初。

古閨秀同胡掌櫃坐下來說話。「府衙怎麼說的？」

胡掌櫃說：「官差來了幾次，把損壞的門鎖和商代玉玦的當票存根拿走了。又找我、孫仁和楊護院問過幾次話，但沒有進一步的消息下來，也不知查得如何……現在府衙忙著查馬家的殺人案，咱們鋪子裡的事，可能要被耽誤了。」

「嗯，不急，別因為這件事影響生意，也請胡掌櫃多安撫一下店裡的人，讓他們別太緊張了。」

「是。」

此時，屋外的走廊上傳來說話聲，古閨秀側耳聽去，是孫仁引著人走過來了。「……掌櫃正在裡面同大小姐說話，官爺請這邊走……」

孫仁帶著狄法曹出現在房門口，古閨秀和胡掌櫃趕緊起身招呼。

雙方拱了拱手，狄法曹說：「今日張氏下葬，我想帶胡掌櫃去一趟張家，看看能否找到典當玉玦的那個王柱。」

胡掌櫃點頭說：「容我先交代幾件店裡的事。」

他把孫仁叫到面前，告訴他今日已到月末，要開始盤帳、點貨。「……就跟我上個月教你的一樣，一項一項都弄清楚，可別犯錯！」

孫仁有些緊張，問道：「師父，這次就我一個人做嗎？我怕萬一……萬一……」

胡掌櫃對徒弟比較嚴格，對著孫仁的頭拍了一巴掌。「你個沒出息的，學了一、兩個月，還沒學會嗎？」

古閨秀見狀，說道：「要不我同狄法曹去張家吧！胡掌櫃離不開鋪子，我去也一樣。」

狄法曹點頭說：「若古小姐的傷沒有大礙，替胡掌櫃去也可以。」

「我的頭不疼也不暈，挺好的。」古閨秀說道。

胡掌櫃猶豫道：「怎麼好讓大小姐跑一趟……」

幸好古閨秀是個講究效率的人，也從不擺什麼架子。「我橫豎無事，去認個人能費多大的事？倒是胡掌櫃在鋪子裡有得忙了。」

「那讓楊護院陪您一起去吧？不然老爺問起來，我們也不好交代。」胡掌櫃建議道。

古閨秀點了點頭，算是同意胡掌櫃的話。

為了安全起見，古閨秀帶著楊威，跟著狄法曹往城外張家走去。

狄法曹在路上介紹道：「張家是城郭的農家小戶，因張氏生得漂亮，被路過的馬老二看中，娶回家做了小妾。馬家的人聽說張氏是被人謀殺的，都不相信，雖然馬老二很寵張氏，但她為人老實勤懇，一直很用心服侍正妻和公婆，馬家上下對她評價都不錯，想不通怎麼會有人要害她。」

古閨秀感嘆道：「可惜了一個好女子！若不是因為私人恩怨而殺人，那就是謀財害命？」

狄法曹說：「我也是這麼想，但馬家的人說張氏是個妾室，手上並沒有多少銀兩，稍有些錢就送回娘家補貼家中兩老。張氏的丫鬟說，她死前那些日子，張家總有人去馬府找張氏，我想到妳說的玉玦和王柱的事，疑惑更甚，認為必須找到王柱盤問清楚才行。」

古閨秀疑惑地看了狄法曹一眼，看來他是在懷疑王柱跟張氏的死因有關。

她暗自點了點頭。王柱的玉玦來路可能有些問題，也許就是從張氏那裡得來的。她不過是收藏了玉玦幾日，就被人敲暈，那張氏的死，說不定真的跟玉玦脫不了關係。

她不禁說道：「我這次被人襲擊後，才知道什麼叫『匹夫無罪，懷璧其罪』，這個玉玦來路蹊蹺，和張家、馬家到底有沒有關係，是得查一查。」

狄法曹問道：「之前聽妳說這個玉玦很特別，妳能仔細講給我聽嗎？」

古閨秀說：「商代至今已有兩千多年，留下來的東西不多，其中大多數都是些青銅器，玉石非常稀少。青銅器對於研究商代禮儀、祭祀和文化有很大的意義，但稀少的玉石古玩，更有商業價值。特別是此次的這枚青玉龍形玦，質地珍貴、雕工細緻，極可能是商代王室所有。若知道這個玉玦在哪裡出土，也許就能找到一座商代王室古墓，這就像寶藏一樣，怎能不讓人心動呢？」

古閨秀的一些用詞對於狄法曹來說有些陌生、怪異，但他還是聽懂了——「原來是這樣，那玉玦就更值得調查了。」

「沒錯！」古閨秀點了點頭。

走了一陣子，他們終於走到張氏家裡，一座圍著籬笆的農家小院，院子裡停著一口樣式樸素的棺木，周圍一片哭天搶地的聲音。籬笆外，還有一堆男人在那裡推擠，像是在吵架。

只見一個身材肥碩的男人帶著一群人拿著棍子叫囂——「你家女兒在馬家死的，馬家不賠錢，你就把棺材抬到他家門口放著！沒見過你們這樣沒腦子的，他們要你們埋，你們就把人埋了？快去要錢，要了錢才能還老子的錢，要不到錢，你們也別想把人給埋了，聽到沒有?!」

在那個男人放話的時候，院子裡的老婦人捶打著一個老翁，嘴裡不斷哭罵，旁邊一堆人除了勸解，還有人在求情。

古閨秀看這情形，推測道：「張家這是被人逼債了嗎？」

狄法曹點頭說：「嗯，看來張家的情況很不好。妳仔細看看，那個王柱在不在裡頭？」

古閨秀和狄法曹遠遠站在路旁一棵樹下，她一一辨認眾人，最後發現坐在草棚下把頭垂在雙臂間的小老頭，依稀就是王柱。

「那個，土色布衣坐在草棚下的男人，好像就是王柱。但他埋著頭，我看不清楚。」古閨秀朝小院指去。

「古小姐在此稍候，我去去就回。」說罷，狄法曹大步走了進去。

古閨秀看到布衣老頭抬起頭來，他果然就是她那天見到的當戶！只見狄法曹跟他說了幾句話，他臉上的神情愈來愈驚慌，最後竟然轉身跑了！

「楊大哥，快去捉住那個人！」古閨秀喊了一聲，楊威「唰」地一下就竄了出去，動作之快，倒把古閨秀嚇了一跳。

王柱本就是個瘦弱頹靡的老頭，哪裡跑得過楊威？當楊威把他提回狄法曹面前時，他口中大喊著：「不是我偷的，不是我偷的！」

張家的人被驚動了，原本哄鬧的人一擁而上，把狄法曹和楊威圍了起來。

狄法曹走到臺階上，對躁動的人們喊道：「不要吵，府衙辦案，都往後退！」

因為張氏謀殺案，張家的人認得狄法曹，有位大娘上前來求饒道：「官爺，我大哥雖然活得不像個人樣，但他膽子小，絕對不敢做壞事，官爺饒命啊！」

狄法曹知道這位大娘是嫁到張家的王氏，把她扶了起來，說道：「只是問幾句，不是捉人，你們別怕。」

狄法曹讓楊威把王柱帶進屋，又招呼古閨秀過來，進屋之後便盤問起來——「你是王氏的兄長，也就是死去張氏的大舅吧？」

王柱縮著脖子點頭道：「是、是……」

「我不過是問你玉玦從哪兒來的，你跑什麼？還不快將玉玦的來歷一五一十招出來！」狄法曹審問時有股與他年齡不太相符的威嚴，讓古閨秀為之一振，不禁仔細打量他。他的長相是一臉正氣的長方臉，濃眉大眼、鼻梁堅挺、眼眸晶亮，看起來特別有精神。

王柱本來就膽子小，被他厲聲一問，抖著嗓子說：「那……那玉玦是春兒給我的，要我拿去當了，替她爹娘還債，真的不是我偷的啊！」

他口中的「春兒」，指的就是張氏。

狄法曹繼續問道：「既然是張氏給的，你明白講出來便是，為何在質庫那邊報假地址，而且聽我一問就跑？你在心虛什麼？」

「官爺冤枉啊！是春兒叮囑我，怕馬家的人知道了，怪她典當馬家的東西貼補娘家，所以不讓我說。春兒死後，催債的人又找上門來，我準備再去好再來質庫典當一些東西，但聽說他們丟了玉玦，我怕他們反悔，跟我要回典當的銀子，所以您今天一問，我就慌了……」

「這麼說來，玉玦是馬家的東西？」

「是，是二爺賞給春兒的……」

狄法曹的神色緩和了一些。「你說的我都知道了，我會去馬家查證，若你說的是真話，自然沒你的事，若敢騙我……」

「我……我絕對不敢騙官爺您啊！」王柱雙手直擺，模樣驚恐。

狄法曹見他的確不像騙人，便微微點了點頭。

見他問完了，古閨秀在一旁補充問道：「你們家因何欠了別人的債？」

王柱見她長得貌美，又和顏悅色，便小心翼翼地答道：「春兒嫁了好人家，她爹手上有了閒錢，就跑去喝酒。前不久還去賭博，鬼迷心竅，一下子輸了一百兩銀子！」

一百兩銀子對於農戶來說是鉅款，光是十多兩銀子，就夠他們好好過一年了。

古閨秀不解地問道：「你到我家鋪子裡典當的玉玦就有一百兩，足以還債，怎麼今天臨到下葬，還有人來催債？」

王柱哭喪著臉說：「還有十幾兩利息，哪裡還得了……」

她倒忘記「利滾利」這件事了！

古閨秀從錢囊裡掏出兩錠銀子給了王柱。「這些錢你拿去還債，再把張氏妥善葬好。她生前孝順父母，盡心侍奉公婆，是個好娘子，沒道理讓她死後這般不得安生。」

王柱頓時跪到地上，哭道：「謝謝小姐，小姐真是我們一家上下的大恩人啊！」

古閨秀連忙讓楊威扶王柱起來，接著一行人便告辭離去。

第三章　請君入甕

回城路上，狄法曹稱讚道：「古小姐真是個好心腸的人。」

古閨秀慚愧地說：「哪裡，其實他典當的玉玦遠不止一百兩，當時我們鋪子虧了他，如今補他這點錢，也不算什麼。再者……農戶都是樸實的人，我想著若他承了這份情，日後查案時，若有什麼消息，也會主動告訴我們。」

狄法曹露出讚賞的神情，開始仔細打量起眼前的女子。

她是個難得一見的漂亮姑娘，五官大小恰恰好，多一分、少一分都不合適，但讓她顯得特別的，並不是她的美貌，而是她眉梢和眼角間流露出的睿智，看起來就是個聰明的女子。

進了城門以後，狄法曹與古閨秀道別。「我還要去馬家一趟，向小姐先行別過了。」

「狄法曹請便。」

古閨秀和楊威往家的方向走去，一路上她都在想玉玦的事。那玉玦是馬老二送給張氏的，那麼張氏的死，到底和玉玦有沒有關係?!她自己因為玉玦而被人打量，張氏會不會是因為玉玦而遭人殺害?若是這樣，那最有可能殺死張氏的，就是知道她有玉玦的馬家人了！

她愈想愈心驚，卻沒有任何證據佐證自己的推測，只能期盼狄法曹在馬家查到些什麼了。

一路想著走回家，古爹爹正在派人到處找她。

「我的好女兒！妳總算回來了，爹有要緊的事跟妳說！」

古爹爹把古閨秀按在椅子上坐下，神情詭異地說：「妳不愧是我的好女兒，眼光真不錯！妳之前看中的那個狄法曹，爹已經派人打聽過了，家世、人才、相貌都是一流的，更難得的是，他今年二十歲，尚未娶妻！」

「等等！」古閨秀急忙打斷古爹爹的話。「誰說我看上他了？您去打聽別人的事做什麼，傳出去要讓人笑死了！」

古爹爹根本不聽她的話──「別急，先聽爹把話說完。這個狄法曹就是城南狄大人家的公子，狄家三代為官，他祖父當過尚書左丞，他父親曾任夔州長史，他十七歲應試明經科舉及第，出任汴州判佐，如今三年任滿，又被工部尚書閻立本舉薦，做了并州都督府的法曹，可謂前途無量啊！」

古閨秀愈聽愈覺得熟悉，一個念頭瞬間閃過大腦，她問道：「爹，這個狄法曹是不是叫……狄仁傑？」

古爹爹喜上眉梢地道：「對對對，就叫狄仁傑，字『懷英』！女兒，妳連他叫什麼都打聽清楚了，還說沒那個心思？」

狄、仁、傑！

古閨秀呆坐在椅子上，一時之間沒辦法和古爹爹爭辯，她要好好消化一下這個消息，原來帶她去查案的，就是千古神探狄仁傑！

早在她知道自己穿越到唐代時，就想過有可能會碰上一些這個朝代的名人，但因為她只是個商人之女，從未想過會和大人物有什麼交集，誰知道真讓她碰到了，還是鼎鼎大名的狄仁傑！

歷史上狄仁傑四十多歲才聲名大噪、得到重用，如今他才二十歲，這是老天要她見證一個神探是如何練成的嗎？

古閨秀一想到這裡就覺得興奮，臉蛋紅撲撲的，這副模樣落到古爹爹眼裡，竟然是另一種猜測……

身邊多出一個未來大名人，即使活了兩世，古閨秀依然無法淡定下來。所以當古爹爹打聽到了狄仁傑的各種消息，並講給她聽時，她也顧不得古爹爹的想法，撐著腮幫子聽得津津有味。

古爹爹在女兒婚事上有一些堅持，基本上要以古閨秀的終身幸福為首要條件，堅持不降低擇婿標準，絕對不委屈她的心意。他以為女兒看上了狄仁傑，於是先探聽他的家世，而後又開始打聽八卦。

這天古閨秀難得沒有出去亂跑，乖乖坐在家裡練琴，只見古爹爹滿面紅光，像一陣風似地跑了回來。

他到古閨秀房裡坐下，提起水壺灌了一大口後說：「真是天意啊！女兒，妳知道狄仁傑為何二十歲還未娶妻嗎？爹爹怕他有什麼問題，去打聽了一下，才知道是他之前被人悔婚了！」

古閨秀本想裝得淡定一點，但聽到這等大八卦，哪裡還忍得住？

「悔婚？爹，您快說說是怎麼回事？」她迫不及待地問道。

古爹爹露出了然的神情看了古閨秀一眼，說道：「他十二歲時就訂了一門婚事，是狄老爺的同窗，一位趙進士的女兒。誰知後來趙進士升遷進京，攀上京城裡一個大戶……狄家雖然三代為官，但和京城某些官宦人家還是沒得比，趙家一方面說女兒和狄夫人八字相剋，如果入門家宅會不寧；另一方面又讓京城那戶人家給狄家施加壓力，狄家便退了婚，從此跟趙家不相往來。

「狄夫人因為『八字相剋』一說氣得病了兩個月，狄仁傑因為非常敬重母親，便在病床前放話，在功成名就之前，絕不娶妻，再也不讓家人受這樣的無妄之災，那一年他十六歲。因此狄家雖然著急他的婚事，但想到之前的屈辱，也不好再逼他。」

古閨秀忍不住感嘆道：「被女方這樣退婚，狄家真是顏面盡失。趙家也太不厚道了，說退就退，說自己女兒身體不好不就行了，為什麼要說和狄夫人八字相剋？自己的家人被這樣刁難，難怪狄仁傑要說出功成名就前不娶妻這種話。」

古爹爹「嘿嘿」笑了兩聲，說道：「女兒妳別怕，爹已經託人去打聽狄家一家上下的八字了，必定把妳的八字跟他們算得很合，絕對不會有問題。」

「爹！」古閨秀聽了很著急，站起來跺腳說：「爹，我對他真的沒別的心思，就是……就是覺得他是個很特別的人，想要多了解一些，不是喜歡的那一種！」

「傻姑娘，妳長這麼大，只怕還不知道什麼是喜歡吧？喜歡一個人，就是覺得他很特別，想要多了解他一些。妳別害臊了，萬事自有爹爹為妳作主。」古爹爹笑著說。

古閨秀不能告訴爹爹自己是因為知道狄仁傑未來是個大人物，所以才關心他，當真是有口難辯。思來想去，她只得說：「爹，咱們別瞎忙了，狄家好歹世代為官，怎麼會娶商戶人家的女兒？要是到時提出要讓我為妾的條件，女兒這輩子才真是不用嫁人了，您千萬別亂來。」

古爹爹的神情瞬間變得嚴肅。「嗯，這是個大問題，讓爹想想……」

他在古閨秀的房間裡轉了兩圈，忽然扭頭往外走去，口中還急切地說著：「別著急，爹一定會有辦法！」

古閨秀看著爹爹的模樣，不禁感到內疚，可她真的不願被人亂點鴛鴦譜。她和狄仁傑？怎麼可能嘛，他是鼎鼎有名的大人物呢！而她，不過是市井中一個再普通不過的大齡剩女罷了。

巧碧推門進來傳話，見古閨秀在沈思，碰了碰她的手臂說：「大小姐，狄法曹來找您了。」

「啊？」古閨秀像是被嚇到了，她站起身來，稍微鎮定了一下情緒，才說：「喔，請他到廳堂，我隨後就去。」

巧碧退出去之後，古閨秀整理了一下裙襬，正要前去，回頭看了梳妝檯一眼，卻情不自禁地挑了一朵紅蓮花鈿貼在眉心，又輕輕塗上了一層胭脂。

廳堂裡，狄仁傑踏著黑色的官靴正在來回走動，聽到走廊上有腳步聲來了，轉身過去，便見到古閨秀提著裙襬走過來。出於習慣，對於人和環境的改變，他的觀察非常入微。他發現古閨秀今天特地打扮過，還隱約覺得這位處事一向大方的女子，今日有那麼一絲扭捏。

「古小姐。」狄仁傑作揖喊道。

古閨秀回了一禮，而後問道：「狄法曹今日前來，是案件有了什麼進展嗎？」

狄仁傑點頭，與古閨秀一道坐在茶几旁。「馬家和貴府的案子，我已有了頭緒，只是苦於找不到證據，今日前來，是想請古小姐幫個忙。」

古閨秀精神為之一振，問道：「喔？有我能幫得上忙的地方嗎？」

「是。」狄仁傑想了想，才說：「我想設個局引蛇出洞，只是對於古小姐來說，可能會有一點危險，讓在下十分猶豫。」

古閨秀想到能幫助破案，除了開心，還覺得新奇有趣，根本不覺得害怕。「狄法曹儘管說就是，有我能做的，我一定幫忙，要趕緊捉到殺人凶手才行！」

見她如此熱心，狄仁傑便說：「我會向馬府的人說，妳之前被竊的玉玦，是妳所造的贗品，真品還被妳收藏在家中。」

古閨秀一聽便懂。「若凶手是馬家的人，便會再次前來行竊，到時來個甕中捉鱉？」

「對，我正是如此打算，只是有個問題，就是必須要有可信度高的說詞，讓凶手以為他手中的東西是贗品，只有他真的相信，才會再次冒險。這一點，不知道古小姐有沒有什麼辦法？」狄仁傑說明了他的打算。

古閨秀仔細想了想，說道：「那枚青玉龍形玦的龍尾迴旋處，有一處破損，我拿到手之後，正在修復，補了蟲膠上去，並雕了修補的紋路，只是顏色還未修正，仔細看去，能看出痕跡。若疑惑它是贗品的人，看到那個修補痕跡，可能就會覺得那是假的，狄法曹不妨話裡話外多暗示一些。」

狄仁傑十分高興地說：「古小姐真是幫了大忙了！」

春日的并州城因為多日不下雨，顯得有些灰黃。

沈沈暮靄之下，馬府大廳裡，上到馬老太爺，下到丫鬟、小廝都被狄仁傑叫到這裡，剛剛已盤問完做案時間和動機。

狄仁傑起身對眾人拱手道：「好了，既然大家在張氏出事時都有不在場證明，那麼大家不用擔心，相信歹徒不是貴府的人。」

馬老爺不禁鬆了一口氣。因為之前聽到消息，說張氏是因為玉玦而被殺，那麼最有可能做案的，就是知道張氏擁有玉玦的馬老二房裡的那些人，他還真怕自己家裡出了殺人凶手。

「太好了，我們能睡個好覺了！不過還是請狄法曹早日抓到真凶，這樣我們才能真正放心。」馬老爺說道。

狄仁傑點了點頭，朝坐在一旁的馬家二爺說：「後續的調查還請馬二爺多多配合。依我分析，既然不是馬府中的人，那麼凶手極有可能是之前就知道馬二爺購買此玉玦、最後一步步找到馬府來的人，還請馬二爺將在哪裡購得玉玦，以及當時有哪些人知道等事清楚地告訴我。」

「是。因為當時買得便宜，不知道是個值錢的東西，很多事情都沒有留心，讓我想想……」馬老二答道。

聽到他說的話，狄仁傑笑了起來，眾人詫異地看著他，馬老爺問道：「狄法曹因何而笑？」

狄仁傑說：「在下聽到馬二爺說他不識古玉的價值，想到一件令人慶幸之事。說起來，此事也有必要告知你們一聲。當日那玉玦被張氏的家人賣到好再來質庫，質庫繼而被盜之事，你們想必都已經聽說了。」

眾人點頭。

他繼續說：「好再來的少當家古小姐是個癡迷古玩之人，她看出玉玦價值非凡後，為了安全起見，便做了一件贗品放在店內，真品則被她藏到家裡。所以，那歹徒殺了張氏又去盜質庫，到頭來根本是白忙一場，弄到手的只是贗品罷了，他也是不識真偽之人啊！」

眾人聽完之後議論紛紛，有人感嘆古小姐聰明，有人說大快人心，也有人可惜馬家損失了一塊珍寶，而狄仁傑則在一旁迅速地觀察眾人的表情。

稍後，狄仁傑對馬家眾人說道：「古小姐因為擔心玉玦再次惹來殺身之禍，已決定將玉玦送給府衙收藏，我還要回去準備準備，明天就要去古家拿東西了，先告辭。」

他言下之意便是暗示眾人，過了今晚，真正的玉玦就要轉移到看守森嚴的府衙中，想要動手的話，只有今晚去古家了。

從馬府出來之後，狄仁傑有模有樣地回府衙轉了一圈；而古家那邊，早先被狄仁傑安排過來的兩個捕快已經換上古家家丁的衣服，楊威也被古閨秀從質庫調來幫忙，眾人七手八腳，在她房間裡安排起機關。

待到天黑，狄仁傑也換上了家丁的衣服，悄悄來到古閨秀身邊，與大家會合。

「準備得如何？」狄仁傑問道。

古閨秀指著枕頭邊一個上了鎖的檀木盒說：「東西放在枕頭邊，床下、窗外以及走廊屋樑上用來讓你藏人的位置也準備妥當，到時就有勞各位了。」

狄仁傑點頭道：「辛苦古小姐了。」

古閨秀看了計時的沙漏一眼，說道：「現在時間尚早，歹徒行動肯定要等入夜之後，幾位不如先去客房休息，免得入夜之後疲憊。」

狄仁傑卻搖頭說：「上次質庫被盜的時間是晚飯前後，是人最多卻防備最鬆懈的時候，說明歹徒很聰明，也喜歡冒險做些出人意料的事。從現在開始，大家繃緊神經，免得被歹徒看出破綻。」

眾人聽他說得有理，分別按照之前的安排藏好，而古閨秀也裝模作樣地在屋子裡看起書來。

古閨秀看了書籍一眼，又看了枕頭邊的盒子一眼，心想：「歹徒真的會來嗎？」

她正等得無聊，巧碧就慌張來報——「大小姐，不好啦！老爺和周掌櫃在外頭吃飯，被醉酒鬧事的人打了，您快去看看吧！」

古閨秀為了方便狄仁傑行事，特地要周掌櫃邀請爹爹出去吃飯，沒想到他們卻在外頭出了意外。

她心裡著急，卻又記掛著捉壞人的事，一時之間不知道該怎麼辦。

狄仁傑從床下探出頭來，對古閨秀做了個手勢，示意她可以出門。

古閨秀微微頷首，帶上巧碧，又點了兩個家丁跟著，急匆匆地往酒樓走去，待在街口轉了彎後，她突然停下腳步，問道：「巧碧，妳說我爹被人打，是誰傳的話？」

巧碧說：「是酒樓的一個夥計，說是他們老闆要他來通知一聲的。」

古閨秀回頭往自家宅子的方向看了一眼，腳步放緩，慢悠悠地走著並說道：「那我們就去看看，順便陪我爹再吃一點吧。」

「啊？」巧碧看自家小姐這麼輕鬆，十分詫異。

古閨秀解釋道：「今天是楊叔和我爹還有周伯伯一起出門的，有楊叔在，我爹什麼時候在拳頭上吃過虧？再說，就算真出了事，爹身邊的小汪子第一個就跑回來叫人了，還等得到酒店的夥計來傳信嗎？」

楊叔是古家的車夫，也是楊威的爹，他們楊家父子從古閨秀懂事起，就在古家做事，一身功夫頗為了得，有楊叔在，古閨秀從不擔心爹爹的安危。

「那……這麼說來……」巧碧睜大了眼睛。

古閨秀笑了笑，說道：「有人不想讓我待在家裡，我就不待在家裡好了，之前還有點擔心被波及，現在家裡的事交給狄法曹他們就行了。」

巧碧跟在古閨秀左右，多多少少知道一些事，現在被古閨秀提點一下，就明白這是歹徒使的詭計，想要調虎離山。

等到古閨秀帶著人趕到鬧市時，古爹爹和周掌櫃正喝得起勁，哪裡有打鬥？果然是有人傳的假消息！而古家宅子裡，月亮灑下的光輝照著樹枝，投射在地上，隨著微風吹拂，搖搖擺擺、忽明忽暗，甚是詭異。待月亮被烏雲追上，天地為之一暗時，一個人影從圍牆上閃進了院子，摸往古閨秀的房間，不過片刻，房內便傳出打鬥聲。

待打鬥聲平息下來時，燭火被點燃了，一個黑衣人被楊威和捕快按在地上。

狄仁傑拿著燭檯走到黑衣人面前，用力扯下他的面罩，看了一眼，了然道：「果然是你。」

黑衣人苦笑道：「呵……果然是個局，可我就是不甘心……」

第四章 花市驚爆

古閨秀聞訊趕回家時，看著被綁在大廳裡的男子，疑惑地問道：「這是誰？是你們要抓的人嗎？」

狄仁傑點頭說道：「就是他，馬家大爺馬志文！因覬覦古玉，蓄意謀殺張氏、打傷古氏，現在又入室行竊，被我當場捉住，你認不認罪？」

馬志文臉色灰白，大叫道：「我沒有殺人！」

狄仁傑見他不認帳，分析道：「你自幼隨你父親走商，酷愛玉石，也最懂玉石。當馬二爺意外得到商代玉玦帶回家時，他不知道它的價值，卻被你看出它的珍貴。你向馬二爺索討玉玦，但是你們兄弟兩人為繼承家產之事早有嫌隙，馬二爺自然不肯給你，而是當場賞給妾室張氏。

「你後來又私下向張氏索討，張氏卻以『丈夫賜予之物不能轉贈其他男子』為由拒絕你，你便找賭坊之人誘惑張老爹賭博，導致張家欠下賭資，繼而以重金向張氏索買玉玦，誰知張氏早一步將玉玦交給娘家人去典當，你一氣之下將張氏推下樓，還不承認？要我傳賭坊的人和張氏的丫鬟來作證嗎？」

馬志文搖頭道：「我沒想殺她，是她自找的！當我知道她把玉玦典當了，很是生氣，一時把她爹賭博的事說漏嘴，她知道是我找人帶她爹賭博後，死纏不休，我只不過是把她甩開，誰知道她就從窗戶掉下去了，我沒有要殺她，真的沒有！」

狄仁傑見他鬆口，續道：「縱然是這樣，張氏也是因你而死，你罪不可恕。最可惡的是，你在張氏死後，不知悔改，還潛入古家質庫行竊，打傷古小姐，這一樁你認不認？」

馬志文看向古閨秀的眼神帶著一絲愧疚，但繼而有些怨恨地說：「我想把玉玦買回來，剛開始沒想過偷或搶，但我派人去她家的古玩店苦尋，她卻說沒見過玉玦，我是迫不得已才去偷的。而且，是她自己運氣不好，若她沒到質庫去，我也不用把她打暈了……」

「簡直是強詞奪理！」狄仁傑厲聲道：「你因一己私慾害人害己，到現在還執迷不悟！」

馬志文苦笑道：「一己私慾？商代的青玉龍形玦是何等珍貴稀有之物，竟然落到馬老二這等庸人手中，我若不想辦法弄到手，玉玦只會被他們糟蹋！」

古閨秀身為珍愛文物之人，能夠理解馬志文的想法，只是他太過極端，而且方法錯誤，無論如何，都不該起了害人的心思。

古閨秀輕嘆一聲，看著馬志文被帶回府衙，她對狄仁傑說：「馬志文愛惜玉玦的心意難能可貴，卻用錯了方法，真是可惜。」

狄仁傑點頭道：「這跟他自幼的性格有關。我在馬家查訪時，便聽說他博覽群書、見多識廣、頗有眼力。馬老爺本來對他寄予厚望，豈料他性格內斂、不善言詞，以至於馬老爺認為他不能擔當重責大任，對他不甚滿意，他因此更內向，與父母兄弟溝通甚少。不過，他倒不是狠毒之人，不然我也不至於這麼快就懷疑到他頭上。」

古閨秀好奇地問道：「說起來，你是從什麼時候開始懷疑他的？」

狄仁傑說：「從妳跟我一起去張家那次。我們知道張氏之所以典當玉玦，是為了替家人還債，一向老實的張老爹無故沈迷賭博，讓我生疑。我後來去賭坊調查了一下，便查出是有人收了馬家的錢，引張老爹入甕。他一開始沒打算致人於死，所以行事並不縝密，但他卻與馬府下人串通，有張氏死亡時的不在場證明。我為了拿到確切的證據，這才與妳商量，設下此局。」

古閨秀點頭道：「難怪你說他不是狠毒之人，若他一開始就打算對張氏下毒手，也就不會在賭場裡留下線索了。」

狄仁傑感謝道：「說起來，能夠破解此案，最該感謝的人是古小姐。」

古閨秀大驚，有些不好意思地說：「線索是你查的、計謀是你想的、人是你捉的，怎是要謝我……」

狄仁傑說：「若不是古小姐最初告訴我王杜和張家有關係，以及玉玦的價值，我也不會這麼快就查到事情緣由，自然也沒有後面順藤摸瓜的調查了，所以必須感謝妳。」說著就對古閨秀作了一揖。

古閨秀笑道：「狄法曹這麼客氣，倒讓我不知如何是好。這次事件純屬巧合，我也是誤打誤撞。」

「古小姐這般大方，我也就不再多禮了。」狄仁傑說道：「我還要回府衙了解此案，待從馬府尋回玉玦後，我會派人通知古小姐前去領取，今日就先告辭了。」

古閨秀笑著送他出門。「狄法曹慢走。」

經過數日，玉玦一事結案，府衙通知古家去領失竊的東西。古閨秀走進并州府衙，裡頭沒有她想像中的那麼嚴肅，反而吵鬧不堪。

狄仁傑到府衙門口引她進來，古閨秀瞧著來來往往的人，問道：「最近發生什麼事了嗎？府衙這麼忙碌。」

狄仁傑說：「坊間許多商鋪失竊，每個丟東西的店主都說發現自家牆壁上被人用水寫了『葉白衣』三字，傳聞說是京城俠盜葉白衣來并州做案了。這些店鋪丟的東西都不怎麼貴重，但做案數量不少，鬧得人不得安生。」

古閨秀想起來了，她聽胡掌櫃和洪箏說過連環失竊案的事。「我也聽說過一二，不過聽你的口氣，你也不相信是葉白衣所為吧？」

狄仁傑聽古閨秀說了個「也」字，知道她跟自己想的一樣，心中頗為安慰。這個女子不像那些衙役淺薄無知，每個都興奮地說要去捉葉白衣，以為不只能破了并州的案子，還能連帶把京城那些案子也解決，獲得大功。

「連環盜竊案的盜賊雖然想仿照葉白衣一樣留水書簽名，卻沒仔細分析葉白衣以往的做案內容。葉白衣雖然是個盜賊，但他所盜之人，各個都有可查之處，京城因調查葉白衣而破獲的官員貪污受賄案件數量，一雙手都數不過來，我相信這絕對不是巧合，很有可能是葉白衣故意為之。試問這樣一個俠盜，又怎麼會跑到并州來偷小商戶？」狄仁傑說道。

古閨秀聽得連連點頭。「只怕是誰想藉他的名號作惡，學得了皮毛，學不到精髓。」

兩人談論著，狄仁傑去庫房取了玉玦交給古閨秀，送她到府衙門口，正要道別，就見個文士疾步走了過來，著急地對狄仁傑說：「懷英，出大事了，葉白衣偷了軍械庫！」

狄仁傑神情一震，對古閨秀說：「古小姐，恕不能遠送，好走。」

古閨秀不想妨礙他們做事，趕緊說道：「狄法曹您快忙去吧。」

她話一說完，狄仁傑就點了點頭，跟那位文士並肩疾步向府衙內走去。

暮春三月，正是牡丹花盛開的季節，古閨秀帶著巧碧在花市裡逛街，挑中了好些盆栽，便要巧碧去鋪子裡請楊威帶些夥計過來搬東西。

花店老闆見古閨秀買了這麼多盆花，殷勤地請她進店裡休息，並推薦其他花給她。

「牡丹好看，杜鵑花也不錯；牡丹擺在廳堂，杜鵑放在走廊上，屋裡屋外，都好看呢！」

古閨秀客氣地婉拒。「我家院裡栽了不少杜鵑和茶花呢！」而後扯開話題問道：「老闆，我看街上多了不少官兵巡邏，戒備森嚴許多，是花市裡出了什麼事嗎？」

花店老闆唉聲嘆氣地說：「聽說是軍中丟了東西，而咱們花市裡前天也有商戶被偷了，大家都說這些案子是俠盜葉白衣幹的，所以這裡多了許多官兵，從早到晚盤問調查，影響了不少生意呢！」

古閨秀看了看門外手執長戟的巡邏兵，眉頭微皺，不知在想些什麼。

兩人閒聊間，巧碧帶著楊威眾人過來了，古閨秀將銀子結算給老闆後，眾人便把花盆搬上小車朝古家前進。

大概是因為楊威等護院身形高大，引起了巡邏兵的關注，古閨秀一行人被攔下來盤問，而楊威和官兵打交道的經驗頗多，便由他上前一一應付。

巧碧是個內宅丫鬟，不如古閨秀經常在外走動，她看到凶惡的官兵，有些膽怯，縮在護院們身後對古閨秀嘀咕：「好好的，他們攔我們做什麼？」

古閨秀安撫道：「最近城裡盜竊案頗多，他們只是例行性的盤問，馬上就會放行的。」

「哪個做賊的會在他們面前轉來轉去啊？問了不是白問嗎……」連她這個丫鬟都知道的事，官衙偏偏要做，實在令人感到無奈。

在等待盤問時，古閨秀看到幾輛裝滿花的牛車從路邊經過，上面的花朵奼紫嫣紅，十分漂亮，她指給巧碧看。「瞧那些花兒，不知是誰家要辦喜事，買這麼多回去呢。」

巧碧情不自禁上前觀看，她指著一輛裝滿建蘭的牛車，回頭對古閨秀驚嘆道：「大小姐您看，才三月，建蘭都開了呢！」

誰知她話音甫落，一聲巨響和白霧就從花車車隊裡傳出，劇烈的爆炸震得周圍的平房一陣搖晃。古閨秀被及時反應過來的楊威大力地撲到地上，待她從地上爬起時，花市裡已一片狼藉！

兩輛花車被炸散，濃煙和火星不斷迸出，街道兩旁的店鋪也遭到波及，花架和遮陽布倒的倒、散的散；運送花車的車夫和拉車的牛則倒在血泊裡，還有路邊的行人也受了傷，正在痛苦地呻吟。

「巧碧！巧碧！」古閨秀三步併作兩步朝被炸毀的花車跑去。

楊威一把抓住她，喊道：「大小姐，別過去！」

他把嚇呆了的古閨秀拉回來丟給同行的護院，自己則走上前去，從被炸爛的車子底下救出巧碧。巧碧滿身是血，脖子和後背上插著被炸飛的花盆碎片，鮮血不停地從她的脖子上流出。

古閨秀衝到楊威身邊，手忙腳亂地撥開巧碧的散髮，拍打著她的臉，喊道：「巧碧！巧碧妳醒醒！楊大哥，快找大夫，快送巧碧去看大夫！」

楊威用手探了探巧碧的鼻息，一臉沈痛地說：「大小姐，巧碧她……已經死了……」

「怎麼會這樣……」古閨秀跌坐在地上，頓覺天地都開始旋轉起來。「都怪我……都怪我……讓她看什麼花……」

她萬萬想不到，在初唐的鬧市中，竟然會發生爆炸案！這個時期已經有火藥了嗎？她的腦子完全停止運作，無法思考這種問題，腦海裡全部都是不可思議及懊悔……

街道上一片混亂，路人的哭喊聲和官兵吼叫聲不斷傳入古閨秀耳中，到最後全化作尖銳的耳鳴，直衝她的腦海。

楊威看著失神的古閨秀，急切地喊道：「大小姐，您怎麼了？傷到哪裡了嗎？」

古閨秀卻一句話都不說，只是傻傻地看著前方。

「古小姐！古小姐！」

怔忡間，古閨秀被人從地上拉起，不斷地搖晃。

她的視線漸漸聚焦，看到狄仁傑滿頭大汗站在她面前，著急地看著她。

「狄法曹……」話剛剛出口，古閨秀就忍不住把臉埋在雙手裡哭了起來。她又怕又悔，怕的是她險些丟了性命，悔的是巧碧意外身亡！

狄仁傑趕忙安排了兩個衙役過來，讓他們從楊威手中接過巧碧的屍身帶回衙門，又對楊威說：「楊護院，你先送古小姐回府休息，我處理現場之後就會過去，你們都不要離開，我有些事要問你們。」

楊威點了點頭，將古閨秀扶著往古家走去。

在路上，古閨秀漸漸回過神來，內心的疑問也逐漸冒出來。

為什麼鬧市裡會發生爆炸案，目的是什麼？

這個時期已經有火藥了嗎？是不是哪裡出了問題？

她不能讓巧碧就這麼不明不白的死了，她一定要找到害死巧碧的凶手！

古閨秀的拳頭慢慢握緊，想到她穿越來唐代這麼多年，儘管巧碧有些慌張毛躁，卻總是對她照顧周到，她的眼淚便怎麼也止不住。

她又想到趕來現場的狄仁傑，不禁多了些信心，有他在，一定能找出害死巧碧的凶手吧！

古閨秀一行人回到家時，狼狽的樣子把古爹爹嚇得不輕，問清楚發生了什麼事之後，他的臉色更是難看。

「女兒啊，妳有沒有傷到哪裡？快讓爹看看。」

古閨秀搖了搖頭說：「爹，我很好，就是巧碧她……」

「唉，巧碧那個丫頭實在可憐，妳別太傷心了，爹一定會好好安葬她。」古爹爹說完，又安慰了古閨秀幾句，才讓她回房。

古閨秀梳洗一番，又喝了杯茶壓驚，就坐在廳堂裡等待狄仁傑，並在腦海裡回想花市裡的各種細節。

她被巡邏兵攔下時，裝滿花卉的車隊是從旁邊的巷子駛出來的，車夫與巡邏兵擦肩而過時，他們笑著打了招呼，巡邏兵根本沒有查那個車隊，可見買花的人家和官府認識。

這個時候，與官府有關係，且要辦喜事大規模購買花卉的……古閨秀想了一遍，只有右武衛將軍、芮國公豆盧仁業了，再過十來天，就是他的五十大壽！

天色漸黑，到了用晚膳的時間。古閨秀因巧碧死得突然，心裡難過，根本吃不下東西。她在廳堂裡坐了一會兒，又去門口轉一轉，卻怎麼也沒看到狄仁傑的身影。

她和狄仁傑雖然只因玉玦案打過幾次交道，並不算十分熟絡，但因為狄仁傑是歷史名人的緣故，古閨秀對他有一種先入為主的信任，他既然說今天要到古家詢問，就一定會來。

華燈初上時，狄仁傑終於來了，他臉上帶著疲憊之色，衣襬上也有泥土，看來是在花市忙了一天。

「事情太多，天黑才過來，打擾了。」狄仁傑作揖說道。

古閨秀十分關心花市爆炸案的情況，把狄仁傑請進廳堂坐下之後，便急切地問道：「狄法曹，今天花市到底發生什麼事了，可有查出什麼頭緒？」

狄仁傑安撫道：「古小姐不要著急，我今天趕過來，是想聽你們在現場的人說一說當時的情況，可有看到什麼可疑的人或東西？」

古閨秀想了一下午，早把能想到的都想了，她一股腦兒地說道：「當時我正帶人把買好的花運回家，路上被巡邏隊攔下盤問，我就看到有花車從巷子裡出來，那車夫向巡邏兵打了聲招呼之後，就準備出花市去。

「因為花車上的花很美，圍觀的人很多，車隊走得緩慢，但我沒看到有什麼人丟可疑的東西到花車上去，爆炸像是直接從花車裡引爆的。我在想，那究竟是誰家的花車？到底有沒有搜查過？尋常人怎麼會有炸彈呢？」

「炸彈……」狄仁傑重複了一遍她的用詞。

古閨秀因為著急，沒有注意措詞，也沒想清楚這個時代有沒有「炸彈」這種東西，就直接說出口了。

她趕緊解釋道：「出事之後，現場的硫磺味十分刺鼻，所以我想，應該是火藥炸彈吧？」

狄仁傑眼睛一亮，瞧向古閨秀的神情多了幾分揣測，但他並沒有急著說話，而是詢問楊威等人可有在現場看到什麼。

他們說的跟古閨秀說的差不多，但並沒有她分析得那麼仔細。盤問了一輪之後，狄仁傑對古閨秀說：「古小姐，借一步說話。」

古閨秀知道有些案件的細節不能在第一時間公開，於是要其他人先出去，獨自留下狄仁傑在廳堂裡說話。

狄仁傑說道：「古小姐竟然知道硫磺和火藥，實在讓我驚訝。」

古閨秀撒謊解釋道：「我喜歡讀一些雜書，方外之人煉丹的內容裡面有寫，後來也聽說前人在打仗時用過這種東西。」

狄仁傑點了點頭，他所知道的火藥，的確是從煉丹的道士手中傳出來的配方。

「古小姐，實不相瞞，今日此事相當嚴重，涉及軍中機密，宋都督和豆盧將軍十分震怒，下令封城嚴查，但因為府衙眾人對火藥知之甚少，一時之間並無頭緒，若古小姐有什麼想法，還請直接說出來，狄某感激不盡。」

古閨秀在心裡琢磨，當下之人都不知道火藥，狄仁傑又說涉及軍中機密，說明唐代軍隊才開始研製火藥和炸彈，並未對外公開。

她想到前幾日軍械庫被盜，以及後來城中突然多了重兵巡邏之事，於是問道：「狄法曹，前幾日軍械庫被盜的東西，是不是就是火藥？今日花市這起案子，是不是和盜竊案有關？」

狄仁傑感到震驚，身為一個不知道內幕的人，她竟然猜到了這麼多，他不禁產生一絲戒備和懷疑，問道：「妳如何知道？」

古閨秀說：「火藥和炸彈這種東西一般人不能弄到手，但今日花市中的炸彈卻炸毀了兩輛車，可見火藥分量很多，加上前幾天軍械庫被盜，所以我才有這個猜測。」

狄仁傑半信半疑道：「實不相瞞，正如古小姐所猜測，花市中炸毀花車的火藥，應該就是前幾日軍械庫中被偷的火藥。」

「那就去查那個車隊是誰家的，為什麼會帶有火藥，總會有頭緒的！」她急切地說道。

狄仁傑露出為難的神色。「今天出事的車隊，是宋都督特地派人為豆盧將軍準備壽宴的花車，花車上的人都是并州府衙的勞役。宋都督是并州最高長官，而豆盧將軍此次奉皇命前來并州，正是為了檢驗火藥的效果，不管從哪個角度分析，他們都不可能有做案動機。」

古閨秀聽完也皺起了眉頭。竟是府衙自己的車上攜帶了火藥，那這事的確很難辦，不過她仍不甘心地問道：「那會不會是府衙底下的人監守自盜呢？」

狄仁傑聽完之後沈默了一會兒，才說：「要從軍械庫裡偷走火藥十分困難，在失竊案發生後，司倉參軍馬上就被看押盤問。花車爆炸之後，搬運花卉的勞役也接受了調查，而趕車的勞役死的死、傷的傷，整體來說，尚未查出任何有用的線索，況且這件事又牽扯到俠盜葉白衣，真是讓人一頭霧水。」

是誰偷了軍械庫的火藥？是誰炸了賀壽禮的花車？真的是葉白衣做的嗎？為什麼要這麼做？又是怎麼做到的？

一時之間，很多想法在古閨秀的腦海裡盤旋，卻怎麼也理不出一個線頭。

狄仁傑又說到巧碧的死，說是待仵作驗屍登記在案後，明日就可以領回安葬。「古小姐請節哀順變，這種意外，實在是難以預料。」

古閨秀沈默地點了點頭。狄仁傑又跟她聊了一會兒，古閨秀這才知道，花市一案，竟然炸死了七個人、傷者十八個！

幸而當時楊威眼明手快地保護她，不然她說不定也會受傷。

眼看時辰已晚，且狄仁傑說要連夜回府衙整理卷宗，古閨秀便送他離開，直到兩人道別，古閨秀才意識到跟狄仁傑說了這麼久的話，她竟然連一杯茶都沒倒給他喝，更沒問他用過膳了沒有。

想到這裡，她不禁覺得十分失禮，自責不已。

第五章　協助辦案

隔天清早，古閨秀親自帶著楊威等人去府衙領回巧碧的屍身。在停屍房裡，她忍著淚再看了巧碧蒼白青灰的臉一眼，難過地別過頭讓楊威幫忙裝殮，將屍身送回馬車上。

古家一行人從府衙走出，狄仁傑正與幾個府衙的人在門口迎接一隊騎著馬的官兵。

那隊官兵為首的是一個身穿白色祥雲紋長袍、黃色寶相紋圓領坎肩的年輕男子，他頭上戴著羊脂玉簪，腰際掛著鑲嵌紅、藍寶石的寶劍，胯下騎著純黑的大馬，整個人看起來有股說不出的貴氣。

年輕男子從馬背上一躍而下，眼神掃視過府衙門前的眾人，目光不算犀利，反倒有種戲謔，與周身威武的官兵和府衙肅穆的氣氛很是衝突。

他看到古閨秀一行人時，眼光在她身上停留了一下，等看到她身後的棺木後，便轉開視線，仰著頭朝府衙內走去，府衙眾人則緊隨其後魚貫而入。

古閨秀與狄仁傑擦肩而過，見他還穿著昨天那件帶著泥的衣服，知道他忙了通宵，到現在都不曾休息。兩人匆匆點頭打了個招呼，並沒有工夫閒聊。

古閨秀正要回家，卻聽到門口站崗的衙役小聲說笑道：「沒想到芮國公長得那麼威武，兒子卻生得跟個小娘子一樣好看。」

「噓，小聲點，你別瞧芮國公世子長得秀氣，聽說他一拳能打倒一匹馬，射箭能百步穿楊，武藝十分厲害！要是被他聽到你說他像個娘兒們，小心他捏死你……」

古閨秀不禁回頭朝府衙內看了一眼，原來剛剛那個貴氣的公子，是芮國公家的世子。

「芮國公豆盧仁業的世子……叫豆盧欽望吧？」她回憶著歷史，口中小聲嘀咕著。

楊威是個練武之人，哪怕古閨秀說得再小聲，也被他聽到了，他湊過來點頭道：「大小姐說得沒錯，剛剛那個人就是豆盧欽望。」

古閨秀聽他這麼一說，反倒有了興致，她在回家的路上問道：「你知道豆盧欽望？」

楊威說：「也不算知道，就是有幾個兄弟在軍營裡當差，這次芮國公帶著世子和親兵來并州巡察，少不得議論了他們一些，我在旁聽了幾句。」

「他們是怎麼說的？」古閨秀問道。

「他們說芮國公世子因為長相隨母親，太過……漂亮，從小常被芮國公嫌棄，十多歲就丟到軍營裡訓練。長相雖然改不了，但他練就了一身好武藝，學識和兵法也很優秀，頗得芮國公喜歡。現在誰若是因他的長相小瞧他，定然會吃大苦頭。」

古閨秀剛剛還在為巧碧的事傷心，沒仔細看豆盧欽望的模樣，只覺得是個身姿頎長的貴公子，現在聽楊威這麼說，才知道他是文武全才，難怪能在歷史留上幾筆。

談話間，一行人回到古家，古閨秀請她爹妥善安葬巧碧，又親自帶了三百兩銀子去古玩店找洪箏，因為洪箏和巧碧是老鄉，她希望洪箏能親自走一趟，去慰問一下巧碧的家人。

她向洪箏說了來意，洪箏一口答應，只是古玩店的生意不能丟下。「最近幾天生意很好，我這一走，可能要煩勞大小姐看一下店，都是些大單子，交給小夥計，我怎麼也不能放心。」

「這個自然沒問題，還是那些為芮國公壽辰準備禮物的生意嗎？」古閨秀問道。

洪箏點了點頭。

古閨秀有些意外。「我以為并州接連出了兩個大案子，芮國公會無心過壽辰呢！」

洪箏語氣略帶譏諷地說：「我聽客人們聊天，軍械庫裡出了大問題，芮國公自然無心過壽，還要大肆整頓軍紀，估計有不少人要遭殃，連宋都督都沒辦法完全倖免。只是再過十天就是芮國公的壽辰，宋都督為了討芮國公歡喜，下令十天內必須破案，官吏們便急著查案，而那些怕獲罪的人，自然更抓緊時間準備貴重的賀禮了。」

「十天內破案？」古閨秀想到狄仁傑連夜調查的模樣，原來還有這種命令，難怪他那麼辛苦。

洪箏向古閨秀交代了一下古玩店的事情，因大多數貨物都是在質庫裡經過古閨秀之手，所以交接起來還算簡單，下午洪箏就帶著慰問金，回鄉處理巧碧的事情去了。

古閨秀替洪箏守著古玩店，果然如他所說，客人很多。因為這些人都是高價求購珍藏品，並非一次就能敲定，有些客人來回好幾次，還要帶行家過來檢驗真偽，真正賣出去一件古玩十分麻煩。

她這一整個下午，都在花精神讓一位客人相信古玩店裡出售的「錯銀銅牛燈」是東漢時期的真品。

好再來古玩店裡的這尊錯銀銅牛燈，由燈座、燈盞、煙管三部分組裝而成，燈座是一俯首站立、雙角上聳的黃牛。牛腹中空，背負圓形燈盤，燈盤上有兩片能靈活轉動的燈罩，其中一片刻有鏤空菱形斜方格紋，燈罩上緊扣穹頂形罩蓋。銅牛燈通體光滑、工藝精湛，巧用銅、銀兩種不同材質的色澤形成完美搭配。

不僅如此，這尊銅牛燈的巧妙之處，在於當燈火點燃時，所產生的煙塵通過煙管，導入燈座腹腔中的清水，從而被溶解，確保室內空氣的清新。這樣的設計，是漢代青銅燈具中的上乘之作，所以開價十分昂貴，高達六千兩。

古閨秀看得出來，想要購買這個錯銀銅牛燈的客人，並沒有足夠的財力，但他卻是一副非買不可的樣子，他自己為難，古閨秀看著也覺得為難。

這位客人長了一臉虬髯，透過他說話、提問的內容，不難猜出是個古玩的外行人。他聽古閨秀介紹了許久，仍然猶豫不定。「等等，我是一介草莽，不知道這玩意兒是不是真的值這個錢，我要叫個人過來幫我看看。」

古閨秀也不著急。「買貴重物品的確得好好看一看，您且坐著，我讓夥計給您上茶，您坐著等您的朋友來吧！」

虬髯客點了點頭，卻沒有坐下，而是焦急地在古玩店門口走來走去。過了很久，他終於等到他的朋友，是一個身穿青衣的文士。

古閨秀看著有些眼熟，仔細想了想，這文士正是前些天通知狄仁傑軍械庫被盜的那一位。

蚪髯客引著文士進來，說道：「彭賢姪，花六千兩買這樣一個東西，真的能救我兒子一命嗎？」

姓彭的文士低聲說：「芮國公沒別的愛好，獨鍾古玩，他平日十分嚴厲，想走他的路子，除了送古玩，沒有別的辦法。王兄弟因弄丟了軍械庫的火藥，被定下怠忽職守的罪，這是要砍頭的，六千兩若能換他一命，有什麼不值？」

蚪髯客聽完，堅定地點了點頭說：「是，彭賢姪說得極對，那快幫我看看，這個東西是不是真品……」

這位來購買古玩的蚪髯客，正是因軍械庫被盜而獲罪的司倉參軍王友志的父親王良柄，而他身旁那位文士，是并州司馬彭慶。

兩人商量許久，終於把錯銀銅牛燈給買了下來。王良柄視此物為兒子的性命，如供奉神靈一般抱著裝牛燈的箱子離去。

古閨秀收了銀票登記入帳，抬眼目送他們離去，不禁嘆了口氣。

行賄真的能救王友志一命嗎？若她是豆盧仁業，身負皇命前來檢驗火藥，卻發現火藥被盜，這樣的事，誰敢包庇？此事傳到皇上耳中，必定會發怒。

「不過，若能免去死罪，判個流放，也好。」她自言自語道。

前腳剛送走客人，古爹爹後腳就進來了，他要古玩店裡的夥計先退下去，關上大門，將古閨秀拉到一旁說話。

「爹，這是怎麼了？」古閨秀看爹爹行事詭異，疑惑地問道。
古爹爹悄聲說：「女兒，爹今天要跟妳商量一件事。」
古閨秀下意識地問道：「不會又是看中哪家好兒郎，要我相親了吧？」
「不是。」古爹爹搖頭說：「爹想走芮國公的路子，捐個官。」
古閨秀大吃一驚。「捐官?!」
古爹爹神色嚴肅地說：「爹考慮了幾天，咱們家的日子雖然過得好，但身分差了些。爹想把妳嫁到狄家，就一定要謀個官位，這樣才能勉強湊個門當戶對。唉，說起來都是爹拖累了妳，讓妳受委屈了。」
古閨秀聽到她爹這麼說，急得跺腳道：「爹，您說什麼呢？有您這樣的爹爹，是我幾輩子的福氣。您疼我、愛護我，不僅給我吃穿，還從不讓我受苦，怎麼能說是拖累我？」
古爹爹依然搖頭說：「妳應該過得更好，都怪爹，讓妳和妳娘受委屈了。」
古閨秀勸道：「我們現在就挺好的啊！不愁吃、不愁穿，錢很夠用，捐什麼官呀！我和狄仁傑沒有那回事，爹您別多想了。」
古爹爹卻早已拿定了主意。「就算不嫁到狄家，我弄個官位，妳以後也是個官家小姐，更好說親。妳別勸爹了，爹是特地來問妳，咱們家送什麼古董給芮國公比較好？」
古閨秀沒辦法，只好說道：「爹，連我們這些做生意的，都知道芮國公的喜好，想走他這條路子，可見多少人都已經湊上去了？您看看咱們店裡的帳本，這一本子的東西，估計都送到芮國公手上了，咱們能別湊這個熱鬧嗎？再說，現在軍械庫出了大事，芮國公心情不好，如果事情不解決，他很難向皇上交差，哪還有心情管別人的事？送了也沒用。」

古爹爹聽古閨秀說得有道理，便改變了主意。「我也聽說軍械庫丟了重要的東西，妳說爹要是幫芮國公解決這件事，會不會直接封個官給爹當一當？」

「啊？」古閨秀不知道怎麼說自己這位老爹了……

從小她就察覺自己這位爹爹的思想和旁人不太一樣，常常做出讓人吃驚的舉動，這次他又成功讓她吃了一驚。「查案的事自有府衙的人去辦，咱們老百姓插不了手。」

古爹爹呵呵笑道：「其實我也只是想一想而已，查案我哪會啊……」

古閨秀沒把這個插曲放在心上，待到晚上打烊回家，狄仁傑卻找到古家來了。

「記得妳之前說看過火藥方面的煉丹書，我想借來看看。」狄仁傑說道。

古閨秀這下頭大了，關於火藥，她是前世上化學課時了解到一些皮毛，說看過煉丹書純粹是胡謅，萬萬沒想到狄仁傑會找上門來。「看過那些書的時間已經過了很久，一時半刻只怕找不出書來……」

狄仁傑略感抱歉地說：「貿然來訪，是我不對，打擾了。」

古閨秀看他疲憊的樣子怪可憐的，便喊住他說：「狄法曹留步。聽說宋都督下令十天內要破案，你是不是為了這件事煩心？」

狄仁傑苦笑道：「原來古小姐都知道了。這次是軍機重案，十天的時間的確很緊，最重要的是，大家對火藥了解太少。我們向軍工坊的人請教，他們卻說這是機密，不便相告……」

火藥的研製此時剛萌芽，炸彈也僅限於軍隊研製，並沒幾個人懂這些，他們現在要找丟失的火藥，還要查案子，這樣一無所知，的確十分困難。

古閨秀說道：「雖然我現在找不到煉丹的書，但是我可以把我知道的、關於火藥的一切告訴你，也許對破案有些幫助。」

狄仁傑聽了，高興地說：「太好了！」

他轉念一想，又說：「今天時候不早，我有個不情之請，能否請古小姐明早來府衙一趟，把妳了解的火藥知識，一起告訴府衙裡的人，只要大家都能了解，查案就方便多了。」

古閨秀並不在乎在人前露面，又想到狄仁傑辦案疲累，是該趕緊回家睡覺去，便應道：「那我明天一早就去府衙找你。」

狄仁傑感動不已，恭恭敬敬地行了個長揖，以表達感激之情。

為了第二天幫府衙裡的人上「化學課」，古閨秀熬夜準備了講義，她仔細回想自己所知的一切，將火藥的成分、特性、作用都列了出來。

翌日清晨，古閨秀早早就去了府衙和狄仁傑碰頭，隨他一同來到府衙一間大堂內。

大堂內聚集了大大小小不少的官吏，上到長史，下到捕快、仵作，二十多人都看著古閨秀。

有小吏過來跟狄仁傑說：「彭司馬昨夜帶人搜查城內的倉庫，早上剛剛歇下，他們一班人怕是來不了了。」

狄仁傑點了點頭，轉身對古闉秀說：「古小姐，請吧，不要怕，把妳知道的講出來就是了。」

幫古代人上課，還真是生平第一回，古闉秀有點緊張，不安地咳了幾聲才開口。

「火藥之所以叫火藥，是因為它遇到火點燃後，能夠著火產生劇烈爆炸，最初被叫作『著火的藥』。它是由七成五的硝石、一成的硫磺、一成五的木炭混合而成。木炭的狀態不同，火藥的樣子也不同，有塊狀的，也有粉末狀的，但大多都是黑的，不過也有混了泥土，是黃色的。火藥要放在乾燥的地方，受潮之後就沒用了，還不能放在有明火的地方……」

這些在現代人認為是常識的東西，狄仁傑等人並不了解，現在聽古闉秀解說，不禁感到新奇。

古闉秀正在往下說明，卻被一個人硬生生地打斷了。

「這位小姐是誰？這麼了解火藥，該不會和軍械庫失竊的事有關吧？」

第六章 府衙內賊

古閨秀聽到這話問得相當無禮，目光銳利地掃過去，在大堂門口看到了一個俊俏的年輕男子，而這個人，就是芮國公世子——豆盧欽望。

豆盧欽望此次隨芮國公前來并州辦事，奉芮國公之命，到府衙敦促查案，他每日來得都很早，不僅會詢問辦案進度，還會同捕快一起出門查案。

這麼勤奮的態度，獲得許多官吏的認可，此時他突然開口質問古閨秀，導致在場的人瞬間用懷疑的眼神看向她。

古閨秀看到眾人神色有異，頓時覺得委屈極了。「世子爺這般血口噴人，可有什麼證據？」

豆盧欽望從門口走了進來，說道：「證據談不上，只是心中有此疑惑。我記得，妳也是花市爆炸案的受害者吧？妳當時人就在現場，況且關於火藥的事都是軍中機密，妳從何得知？難道不值得懷疑嗎？尋常人家，哪裡有女子懂這些？」

這番話得到許多人的共鳴，紛紛點頭，表示女子懂這麼多火藥的事，的確不尋常。

古閨秀氣到不行，上前一步，正要開口爭辯，狄仁傑便將她攔了下來，對豆盧欽望介紹道：「世子，這位是好再來質庫的古小姐，她博覽群書、學識出眾，這一點坊間鄰里都有傳聞，前不久的馬家殺人案，正是在古小姐的幫助下破案的。」

豆盧欽望聽了，覺得煞是有趣，看向古闓秀的眼神多了幾分神采，但嘴上依然刁難道：「縱使如此，也不能說明她的清白。」

狄仁傑又說：「軍械庫被盜一案與花市爆炸案的做案時間，古小姐都有不在場證明。幾日前，因馬家殺人案結案，我派人去古家通知古小姐次日前來府衙領回玉玦，古小姐收到通知後，便去古玩店配製修復玉玦所用的蟲膠，一直到深夜才回家。此外，古小姐在花市爆炸案發前一直在汪記花店裡選花，直到回家時，才在路上碰到爆炸。」

說完，狄仁傑略帶歉意地看了古闓秀一眼。

古闓秀則是瞪著大大的眼睛看著他。她萬萬沒想到狄仁傑竟然之前調查過她，這說明什麼？他也懷疑過她嗎？

對上狄仁傑有些尷尬的眼神，古闓秀賭氣地扭過頭，狠狠地朝豆盧欽望看去。「怎麼樣？我有不在場證明，這下子可以證明我的清白了吧？」

豆盧欽望倒也坦蕩，賠禮道：「是在下多慮了，冤枉了古小姐，還請古小姐見諒，實在是妳說出這麼多的機密，讓人不得不懷疑。」

古闓秀的心情鬱悶，說話也不客氣起來。「機密？你們所謂的機密，不過是總結前人的知識罷了，你不懂是因為你看的書不夠多，我懂火藥是我的事，又不是從你們那裡把東西偷過來的，哼！」

說罷，她丟下連夜準備的講義給狄仁傑。「該講的我都講了，剩下不懂的，你們自己看去吧。」

狄仁傑心中慚愧，他屢次接受古閨秀的幫助，卻因古閨秀推測出她本不該知道的事情，讓他懷疑她身在局中，進而著手調查她，現在惹得她生氣，他實在不知道該怎麼辦才好。

古閨秀走到門口，愈想愈氣，突然轉頭對豆盧欽望和狄仁傑說：「告訴你們，別急著懷疑別人，凶手就在這間屋子裡，要查還是從你們府衙內部查起吧！」

此話一出，激起千層浪，在座的人都被古閨秀懷疑了，紛紛站起來要她給個說法。

古閨秀在家裡想了很多，本來有些不確定，所以沒把心裡的懷疑講出來，此時被豆盧欽望一刺激，把話全說了出來，又有些後悔。

豆盧欽望和狄仁傑大步走了上來，兩個人的表情都很嚴肅。

豆盧欽望問道：「此話怎講？」

狄仁傑客氣地說道：「還請古小姐明示。」

古閨秀只好硬著頭皮說：「之前我都說了，我看到花車是從內部爆炸的，想必火藥不是從外面來的，而是事先被人藏在花車裡。誰能接觸到那些花車？只有府衙裡的人！而裝著火藥的那輛花車，載了一車的建蘭，此時才三月，夏天才開花的建蘭卻已盛開，這些蘭花必定是養在溫室裡。蘭花從溫室裡遷移出去時，花匠為了防止蘭花受凍，八成在花車下面加了暖爐保溫，而事先藏在花車裡的火藥遇上暖爐受熱爆炸，這才有了那次的事故。

「我認為那次的爆炸純粹是意外，凶手完全沒必要在花市裡引燃火藥。在那裡的人全是老百姓，有什麼理由要爆炸？在那裡爆炸，只會暴露他是府衙內部人的身分，稍微聰明一點的人，都不會那麼做！我猜，他真正目的是想借用府衙的花車逃避檢查。」

她的分析引得眾人深思，狄仁傑更是聽得眼神發亮。他從一開始就在想，是什麼人大費周章地把火藥從軍械庫裡偷走，然後在花市裡引起爆炸，目的是什麼？就為了炸毀那些花，傷及一些無辜的百姓？

如果事情像古閨秀說的，是因為暖爐引起的意外，一切都解釋得通了。

在全城嚴格搜查時，哪裡最安全？最危險的地方最安全！把火藥藏在府衙的車裡，不但沒人會去搜，還方便運送，果然很有道理！

說完以後，古閨秀又有些不好意思。「不過我也不能確定，因為我不知道那些蘭花是不是有用暖爐保溫，如果不是，火藥怎麼點燃的，就要重新調查了。」

狄仁傑佩服得不得了，說道：「古小姐，正如妳所推測，我們的確在炸毀的花車裡找到了暖爐碎片。」

古閨秀心中有一絲絲慶幸，她竟然猜對了！

豆盧欽望則神情凝重地說：「那些花車是要送往麗景苑的，這麼說來，凶手是想把火藥偷偷運送過去了？」

麗景苑是宋都督為芮國公一行人安排的住處，此次宋都督為芮國公籌備的壽宴也即將在那裡舉行，若是要將火藥偷偷運進麗景苑，對方的目的很明確是針對芮國公壽宴！

大堂裡的人已開始議論紛紛，有的人緊張、懷疑，有的人則是一臉警惕。

古閨秀覺得自己繼續待在這裡不太恰當，便說：「我能想到的就這麼多，其他的你們自己去查吧，我先告辭了！」

出了府衙的大門，古閨秀不禁拍了拍胸口。想想就心驚，萬一她那套推論出錯，她就會因為剛剛的衝動，而把整個府衙的人都得罪光了……

只是，就算現在她的想法獲得狄仁傑的認同，只怕府衙裡的人也不喜歡她，畢竟是她把他們推上了嫌疑人的位置！

古閨秀默默告誡自己以後再也不能這麼衝動，回頭又怨起豆盧欽望，平白無故冤枉她，她才會熱血衝頭鬧了這一齣。

她一邊暗自抱怨，一邊晃回古玩店，店裡的夥計已經打掃完環境，開始做生意了。

洪箏已連夜趕回，看到古閨秀來了，朝她笑了笑，說道：「大小姐來了，聽說昨天接了筆大生意，辛苦了。」

古閨秀擺擺手說：「不過是讓我碰上了，沒啥辛苦的。對了，巧碧的家人怎麼樣？」

洪箏說：「對於巧碧的意外，她的家人很傷心，她爹娘身體不好，弟弟、妹妹也小，這麼多年都是巧碧一個人賺錢貼補家用。我替大小姐送銀子過去時，他們十分感激，謝了又謝，只是憂心沒了巧碧，家裡以後的日子怕是不好過，所以託我問問大小姐，能不能把巧碧的妹妹琬碧送到古家來做丫鬟？她年紀有點小，今年才八歲，怕大小姐嫌棄。」

古閨秀一直覺得巧碧的死與自己有關，自然點頭答應。「當然可以，沒了巧碧，我身邊也缺人，把琬碧接來吧！年紀小不會做事也不要緊，我慢慢教就是了。」

洪箏替巧碧家人謝過古閨秀，回頭就派人通知他們送琬碧來。

古閨秀嘆了口氣，逝者已逝，她能做的，就只有這些了。

在古玩店和洪箏一起做了些事，臨近中午時，古閨秀回府吃飯，走到家門口，卻看見豆盧欽望牽著他的大黑馬靠在牆根下曬太陽。

「你在我家門口做什麼？」雖然古閨秀心眼並不小，但她現在一時半刻沒辦法對早上那個誣衊她的人和顏悅色。

豆盧欽望朝她走近兩步，說道：「妳這個姑娘家不好好在家待著，一上午跑哪兒去了，讓我好等。」

一副裝熟的模樣！古閨秀瞥了他一眼。「有什麼事就直說，我去哪裡還要告訴你嗎？又不是查案！」

豆盧欽望看她一張小臉繃得緊緊的，知道她還在為早上的事生氣，便笑著說：「我知道早上唐突了古小姐，惹得妳不痛快，但是恕我眼界狹窄，以前實在是沒見過古小姐這麼特別的女子，便多疑了些，還請見諒。我和狄法曹聽了妳早上說的話，心裡還有些疑問，所以追過來找妳，但是妳家人說妳沒回來，狄法曹又要忙著查案，便由我這個大閒人在這裡等妳了。」

古閨秀問道：「還有什麼要問的，我知道的全告訴你了。」

「是這樣的……」豆盧欽望看了看頭頂的大太陽，說道：「這話一時之間說不完，古小姐不請我進屋坐一坐？」

古閨秀看他態度不錯，又站了一早上，便領他進屋坐下說話。

古爹爹正等古閨秀回來吃午飯，見她領了個大帥哥進門，雙眼立即亮了起來，起身問道：「女兒，這位公子是？」

古閨秀用膝蓋也能想到她爹腦袋裡在想什麼，她簡單地交代了來龍去脈。「是府衙裡的人，為查案的事找我，我帶他去小廳說話，爹先吃吧！」

「不不不。」古爹爹攔下他們。「反正是吃飯時間，這位官爺肯定也沒吃，一起坐下邊吃邊說吧！」

「爹……」

古閨秀正欲拒絕，誰知豆盧欽望竟說：「那就多謝古老爺，在下的確飢腸轆轆，餓得緊了。」

「哈哈哈，請坐。」古爹爹領著豆盧欽望坐下，還斟了一盅酒，兩人就這麼且聊且喝起來，古閨秀的眼睛看得都直了。

還好古爹爹懂得顧場面，並未直接問豆盧欽望是做什麼的、家裡有幾口人之類的。他看到豆盧欽望腰上掛著寶劍，知道他是個習武之人，便和他聊起江南劍術大師葉劍霄的趣聞。

古閨秀默默在一旁吃飯，順便聽他們說話，她好幾次忍不住去瞄自己的爹，看不出來，她爹懂的挺多的。

古爹爹侃侃而談，說著葉劍霄十年前仗義救下兩江巡撫，幫他查了私鹽大案一事，又談到最近并州的情形。「我在外做生意時，曾聽人說俠盜葉白衣就是葉劍霄，也不知道是真是假？我才剛聽說葉劍霄尋了寶鐵在秦嶺劍塚鑄劍，不可能來咱們并州做案啊，你說是不是？」

豆盧欽望點頭道：「古老爺說得沒錯，雖然在下不確定葉白衣的真實身分為何，但是也聽說過葉白衣不少事蹟，我相信他不是一個胡作非為、雞鳴狗盜之輩，這次并州的案子，一定是有人藉他的名號鬧事。」

「對，我就是這個意思。」古爹爹笑著說：「我還聽說，葉白衣做案時，都會在現場留下水印簽字，有時用清水，有時則用茶水、酒水，這些水印還會久凝不散。這次咱們并州的案子，那罪犯也依樣畫葫蘆嗎？軍械庫就和咱們的倉庫一樣，是禁水的，凶手總該不會提一桶水去偷火藥吧，你說是不是？」

就像話家常一樣，古爹爹慢慢引導著豆盧欽望。

豆盧欽望天資頗佳，他對古爹爹說：「古老爺說得有理，那幫官吏只聽聞最初看到的守衛說大門上有『葉白衣』三個字的水印，卻沒注意到水印很快便消失，更忽略了水從哪裡來的問題，既然軍械庫不能有水，那……」

說到這裡，他眼神忽然一亮。「司倉參軍王友志被傳訊審問時，坦承他那天晚上喝醉酒在倉庫中睡覺！那些水跡，極有可能是他的酒水！」

古閨秀在一旁對她爹豎起了大拇指。「爹真棒，沒想到查案子您還有一手！」

古爹爹笑呵呵地說：「哪裡，我們這些生意人，最講究消息靈通，妳不曉得，我們在外走商聽得、看得多了，想得自然也多了。」

古閨秀趕緊挾了條魚到她爹碗裡。「剛剛費了腦子，多吃魚補補！」而後對豆盧欽望說：「府衙內部和王友志關係好，會送酒給他喝的人，很容易查，對吧？」

豆盧欽望立即站起身，朝他們父女倆拱手道：「多謝兩位提點，我這就回府衙去了！」頓了一下，又對古閨秀說：「我還有事要和古小姐談，不過不急在這一時半刻，我回頭再來找妳！」說完，便像一陣風似地離開了。

古閨秀嘀咕道：「還有事啊？破案幹麼找到我家來……」

古爹爹在一旁拿眼神瞟她，問道：「女兒，快說，妳和芮國公世子是怎麼回事啊？」

「咦？爹，您怎麼知道他是芮國公世子？」古閨秀記得她沒說過，她爹也沒問過啊！

「傻女兒，爹走南闖北這麼多年，怎麼會猜不出他的身分？」古爹爹摸著下巴上的一撮小鬍子，得意地說道。

古閨秀十分好奇，搖著古爹爹的手臂。「您到底是怎麼猜出來的？告訴我吧，我也想學學看人的眼光！」

古爹爹笑著說：「這件事沒點閱歷，還真學不會。妳帶他進來時，雖然沒說明他的身分，可他既然站在我眼前，我就能憑他的穿著、舉動、談吐，大致判斷他的背景，若能注意這些細節，就能推斷他的身分了。例如……妳難道沒有聞出他的衣服被香熏過？」

古閨秀點頭道：「這個我倒是注意到了，可是咱們并州不少官宦人家都用得起熏香，您怎麼就知道他是芮國公世子，而不是其他官家公子？」

「他身上這個香可不一般，是交趾國進貢的蟬蠶香，宮裡稱為『瑞龍腦』。咱并州城裡能得到皇家賞賜的人，一個巴掌都數得出來，再想想他的年紀，妳又說是府衙查案的，除了奉命督察辦案的世子，還能有誰？」

古閨秀驚嘆道：「哇！爹，您真棒，皇家香料您都聞得出來！」

古爹爹「嘿嘿」一笑，怕古閨秀追問，立即反問道：「妳還沒告訴爹爹，妳和他是怎麼認識的？」

古閨秀把早上的事情說了一遍，古爹爹也用驚訝的眼神看著古閨秀。「我家的閨女真的長大了，平時只知妳看的書多，卻沒想到妳懂得這麼多！妳的推斷聽起來有幾分道理，難怪他會找到家裡問妳的意見。」

「爹爹您也不賴啊！從葉白衣的水跡著手，猜測出凶手和王友志的關係。」

父女兩人你誇我、我誇你，好話聽起來都非常受用！

狄仁傑和豆盧欽望結合各種資訊查案，取得了很大的進展，只是誰也沒料到，在暮春的雷雨夜中，王友志忽然招供，但之後卻自殺了！

王友志親口陳述說是他監守自盜，之所以偷火藥，是覺得皇上這麼關心的東西，一定能賣個好價錢，卻因為不懂火藥原理，導致東西送出去之後出了意外。

招供之後，王友志摔了吃飯的瓷碗，割了脖子自殺，等狄仁傑聞訊趕來時，已回天乏術。

對於王友志突然招供，狄仁傑不信，可既然有人願意出來背這個黑鍋，宋都督顯得非常高興，命令府衙速速結案，把結果向芮國公稟報。狄仁傑指出其中疑點重重，不可匆忙結案，卻被宋都督壓了下來。

豆盧欽望跑去和古閨秀說這個消息，他一臉鄙夷地說道：「宋志成的腦袋被驢踢了，王友志胡亂招供，他也相信！在發現火藥被盜時，王友志立刻就被看押，花市爆炸的當下，他正在牢房裡待著。而且，之前冒充葉白衣的盜竊案發生時間，王友志都有明確的執勤紀錄，他怎麼能分身去偷東西？凶手根本不是他，頂多算是同謀，這樣就叫結案，他想糊弄誰呢！」

宋志成就是并州大都督，朝廷二品官員，就這麼被他直截了當地指名道姓罵個痛快，讓古閨秀冒了一身冷汗。

「既然你不信，你告訴你爹，繼續查下去就行了，你跑來和我說做什麼？」古閨秀說道。

豆盧欽望答道：「找妳自然有事。這個案子我要和狄法曹一起查下去，只不過除了花市爆炸的火藥，還有一部分火藥沒找到，我擔心壽宴出問題，想請妳去麗景苑幫我檢查一番，看看火藥會不會已經被偷運進去藏起來了。」

「啊？你要我去找火藥？」這是把她當成防爆小組了嗎？

豆盧欽望一副「本該如此」的表情。「妳那麼了解火藥，由妳再檢查一遍，我才放心。」

古閨秀覺得很為難，她並不是專業人士，擔不起這個責任，但想到萬一火藥在壽宴現場爆炸了，會有很多人死傷，自己還是應該出一分力才對。

「我去幫忙可以，只是我真的不確定能否找到火藥，也不保證我檢查過的東西就是安全的，這點我先說清楚了！」古閨秀先下但書。

豆盧欽望朝她眨眼笑道：「沒問題，又不是要妳擔責任，妳就當是去玩的就行了，我會派人來接妳的。」

約定好了之後，豆盧欽望就騎上馬，飛也似地離開了。

豆盧欽望離開之後沒多久，洪箏就帶著巧碧的妹妹琬碧來見古閨秀。她是一個略顯黑瘦的小姑娘，頭髮稀疏，但一雙大眼睛很有神，看起來很聰明。

古閨秀牽過琬碧的手，對她說：「別怕，妳以後就跟著我，把這裡當成自己的家，知道了嗎？」

琬碧略顯生疏地對古閨秀行了一個屈身禮。「給大小姐請安，我爹娘常說大小姐是個大好人，琬碧跟著大小姐不會怕。」

古閨秀摸摸她的頭，心想：真是個乖孩子！

洪箏則欣慰地點了點頭，向古閨秀告別，要回鋪子裡去忙。

此時古閨秀腦中靈光一閃，突然想到一件重要的事，迫不及待就要去找狄仁傑。

洪箏看她這麼著急，就說：「我駕了馬車過來，要不這就送大小姐去府衙？」

「好，立刻送我過去！」

兩人趕著馬車來到府衙，卻被衙役告知狄仁傑同豆盧欽望一起出門了，再細問他們去了哪裡，衙役卻不肯告訴她。

古閨秀十分焦急，想了一想，又問：「那彭司馬可在？」

衙役說：「彭司馬身體抱恙，從昨天開始就沒有上衙了。」

「不好！」古閨秀跺腳道。

洪箏上前問道：「大小姐，到底怎麼了？」

她避開衙役，往旁邊走了幾步，低聲說道：「洪大哥，我懷疑彭司馬就是這件案子的凶手，可是我沒有證據，現在又找不到狄法曹和豆盧世子，我怕彭司馬已經逃逸了，這可怎麼辦？」

「彭司馬？」洪箏驚訝地問道。

古閨秀點了點頭。

洪箏說：「我知道彭司馬的家在哪兒，但現在沒有證據，我們又不是府衙的人，做不了什麼，不過大小姐若擔心他跑了，我倒可以用生意上的藉口去探望他，看看他還在不在家。」

古閨秀大喜。「那我們這就去吧！」

第七章　舊仇作祟

彭司馬的家在鬧市背後的小巷中，是間再普通不過的房子。路上，洪箏對古閨秀說：「彭司馬是坊間出了名的孝子，因父親早亡、母親重病，賺的俸祿全用在為彭老夫人治病上，還特地請了兩個人在家裡照顧彭老夫人的身體，日子並不寬裕，他至今也沒有娶妻。」

古閨秀聽了很是難過，這樣一個孝子，為什麼要做犯法之事，難道是她猜錯了嗎？

「咦？豆盧世子也在這裡！」古閨秀下了馬車，看見豆盧欽望的黑色大馬拴在巷子口的下馬石旁，驚訝地道。「那狄法曹也在這裡吧？看來他們和我一樣懷疑到彭司馬身上了，我們快進去看看！」

彭家乾淨卻簡陋的屋子裡，彭司馬正跪在彭老夫人床邊，狄仁傑和豆盧欽望站在一旁，臉色凝重。

彭老夫人搥打床沿，老淚縱橫，怒罵兒子糊塗，彭司馬則伏在彭老夫人膝邊大哭自己不孝，場面十分令人動容。

狄仁傑看到古閨秀匆匆跑來，便和豆盧欽望說：「讓他們母子倆話別吧！我們在外面等。」

豆盧欽望點頭，跟狄仁傑一同出來，迎面就被古閨秀抓著問道：「你們捉到彭司馬了嗎？他招供了嗎？」

狄仁傑點頭道：「是的，剛剛已經和他對質過，他無從狡辯，只好認罪。古小姐這次又是怎麼查到他的？」

古閨秀說：「我剛剛在家，想起彭司馬曾陪著王友志的父親王良柄到我店裡選過古董，說是要送給芮國公，替王友志求情。之前我就說過府衙內和王友志有交情的人最值得懷疑，自然會想到他頭上。本來我只是懷疑卻沒有證據，但看到你們一起出現在這裡……你們一定是查到什麼了，對不對？」

豆盧欽望答道：「是，狄法曹這幾天通宵達旦地翻看府衙內上上下下幾百人的檔案，發現彭司馬的父親同王友志的父親王良柄是老鄉，也是戰友，他們曾一起在嶺南從軍，後來他父親在剿匪中戰死，他就跟隨母親回到并州老家。今年王良柄也回鄉了，兩家開始熟絡起來，狄法曹就是根據這條線索往下查。」

古閨秀問道：「那查出彭司馬為什麼要偷火藥了嗎？」

狄仁傑上前一步說：「起因全是今年王良柄退伍回鄉後，向彭家母子透露，當年彭父之所以會死在匪徒的刀棒下，全是因為出任務前一天受了鞭撻，身負重傷導致體力不支，而下令對彭父用刑的，正是時任嶺南游擊將軍的芮國公！

「彭司馬知道這段過往後，心存怨恨，認為他父親的死，還有他們母子這麼多年受的苦，全是芮國公害的。恰逢芮國公到并州來巡察，他便想報復。他威脅王友志偷了火藥，是想讓芮國公交不了皇差，卻沒料到火藥藏在花車裡出了事，傷及百姓。」

「他威脅王友志？」古閏秀聽出事情可能不只這麼簡單，便追問起來。

狄仁傑說：「彭司馬剛剛說了，王友志身為司倉參軍多年，並非第一次監守自盜，他偷偷賣了許多軍械庫中的刀槍，今年又找彭司馬想合夥販賣軍糧，彭司馬就是以此威脅王友志替他偷火藥的。

「同時，王友志擔心多年以來被他賣掉的軍械會對不上帳，想乘機把所有丟掉的東西都推到俠盜葉白衣身上，便和彭司馬商量出用葉白衣當擋箭牌的法子，提前到處做案，散播葉白衣到并州的假消息。可花市爆炸案發生後，他們就知道紙包不住火，彭司馬便要已經被調查的王友志把所有事情都承擔下來，好保全了他，替王、彭兩家老人養老送終，所以王友志才會在獄中自殺。」

「唉！」古閏秀長嘆一聲。「軍紀律法最是無情，彭司馬何必為了往事誤入歧途，他犯下如此大錯，他的母親以後該怎麼辦？不過……幸好你們來得及交差了。」

狄仁傑搖了搖頭說：「雖然案件水落石出，但還沒有找出剩下的火藥，並不能完全交差。」

古閏秀疑惑地問道：「彭司馬都認罪了，還不肯吐露火藥的下落？」

狄仁傑點了點頭。

豆盧欽望懷疑地道：「他如此死鴨子嘴硬，只怕還沒放棄復仇。不行，火藥肯定已經被藏在我父親身邊了，一定要對他嚴加拷問！」

在他們談話間，之前被狄仁傑派回去召集捕快的官吏已經回來了，一干人等衝進屋子裡，將彭司馬扭押出來。

彭司馬被押走之前，看著豆盧欽望陰險地笑道：「再過不久，你就會跟我感同身受了！喪父之痛，我必將還給你！」

他的威脅和詛咒一直在耳邊揮之不去，豆盧欽望對古閨秀說道：「古小姐，請妳這就和我回去查火藥。狄法曹，你回府衙想辦法讓彭司馬開口，我就不信找不到剩下的火藥！」

豆盧欽望抓住古閨秀的手腕就往外走，還直接把她抱上馬背，這般男女授受不親，看得狄仁傑和洪箏目瞪口呆。

古閨秀掙扎道：「你拉我做什麼，我有馬車，我自己能過去！」

豆盧欽望心中記掛著火藥的事，不由古閨秀分說。「別鬧，我看妳也不是迂腐的人，怎麼偏這個時候鬧脾氣？」

……好吧，古閨秀也覺得自己被人騎馬載一下就嚷嚷，是有點矯情，便悶悶地閉了嘴。

待兩人來到麗景苑，豆盧欽望便叫來所有管事，一個個進倉庫盤點，並特地要管事把最近收的賀禮都搬出來依次檢查。

幾十個人把東西從倉庫搬進搬出，古閨秀卻沒看到任何像火藥的物品，豆盧欽望又帶她去各個房間尋找，依然無果。

古閨秀累得滿頭大汗。「倉庫和屋子裡都沒有，恐怕就要在院子裡找了。這裡樹木、草叢這麼多，只怕不是一時半刻能檢查完的。」

豆盧欽望看著遠處的晚霞，天色將沈，今天應該沒辦法再找了，便說：「麻煩妳這麼久，用過膳我再送妳回去吧。」

古閨秀想到自己被拉來當義工，用一頓飯不為過，恰好狄仁傑來問他們搜查的結果，豆盧欽望便請兩人一起去飯廳用膳。

「我們邊吃邊說，還不知道府衙那邊怎麼樣了？」豆盧欽望問道。

狄仁傑回答：「我把彭慶帶回去時，宋都督臉色很不好看，他本想讓案子在王友志那裡打住，我們兩人卻違背命令繼續調查，回頭恐怕還得請芮國公出面調和。」

豆盧欽望一臉不屑地道：「這件事若真追究起來，宋都督還有包庇的嫌疑，他最好讓我們順順利利把這案子給查完了事，不然回頭我爹還要問罪於他，你怕他做什麼?!」

「並不是怕他，只是府衙內先有王友志監守自盜，後有彭司馬教唆他偷火藥，若上下再不同心，事情只怕不好辦，總得顧全大局。」

兩個男人絮絮叨叨聊著，古閨秀則坐在一旁喝水等上飯。

她閒來無事，一雙眼四處掃視，打量起屋裡的擺設。雖說不是富麗堂皇，卻古色古香，非常高貴大氣。

已是華燈初上，丫鬟們捧著燈爐進來，古閨秀看到其中一個丫鬟手上捧著她鋪子裡賣出去的錯銀銅牛燈，突然嚇得摔了杯子！

「住手！不要點燈！」古閨秀大喊道。

她這樣一喊，嚇傻了丫鬟，也嚇壞了狄仁傑和豆盧欽望。

古閨秀三步併作兩步跑到丫鬟身邊接過銅牛燈，連忙跑到院子去，狄仁傑跟出來問道：「怎麼了？」

古閨秀把銅牛燈放在空地上，離遠了一些才說：「火藥只怕就藏在這個燈座裡！」

眾人大驚，古閨秀解釋道：「這個錯銀銅牛燈是彭司馬和王友志的父親在我店裡買的，當時聽說要送給芮國公做壽禮，順道替王友志求情。我今天來查倉庫時，就在想為什麼沒見到這個銅牛燈，剛剛見丫鬟準備點燈，便留了點心思。

「你們看，這個錯銀銅牛燈的銀線花紋已經變得漆黑，這種現象叫做氧化，必然是跟氧化劑放在一起發生的反應，極有可能是火藥裡的硫磺！這是彭司馬經手過的東西，我們不得不小心一些！」

什麼氧化、氧化劑，他們都聽不懂，卻知道銀線變黑，表示裡面肯定有問題。

古閨秀指著燈說：「這個燈座的牛腹是空的，快拆了燈罩，看看裡面有沒有東西！」

狄仁傑二話不說，上前動手卸去燈罩，一拆開煙管，燈座的牛腹中果然滾出一堆黑色圓球，正是之前丟失的火藥！

狄仁傑看著那些火藥，說道：「彭慶竟然留了這麼一手！若無人知道火藥藏在牛腹中，把此燈當作尋常的燈點燃，火藥就會因此爆炸，他就算身在牢中，也能做案！」

古閨秀又說：「說來奇怪，此物是東漢的古董，我倒沒想到真有人把它拿出來當燈用，也真捨得！」

豆盧欽望和狄仁傑對視一眼，兩人都想到同一個問題。

豆盧欽望氣極反笑道：「那定然是身邊出了內賊，受了賊人指使！」他大喝一聲，下令道：「來人！把管事都給我叫來，我倒要看看是誰膽敢私自收受賄賂，又是誰下令把此燈端出來的！」

剩下的事情，如水到渠成，十分容易。

豆盧欽望稍一盤問，就問出錯銀銅牛燈是一個管事收受賄賂而收下，原是準備送到芮國公面前幫王友志說情，但王友志招供自殺後，他就不敢行動，收了東西卻沒做事。今天他又聽說彭司馬被捉，生怕自己遭到牽連，就把銅牛燈混到府內用品中，想要矇混過去，萬萬沒想到裡面藏了火藥。

那管事跪在地上哭訴道：「小的只是想在國公爺面前露個臉，彭司馬說國公爺最鍾愛東漢古玩，我若替他們把這個銅牛燈送上去，必定能得到賞識。世子爺，是小的瞎了眼，不該信賊人的話，但小的絕不敢有害國公爺和世子爺的想法，請世子爺明鑑，饒小的一命吧！」

豆盧欽望擰眉道：「你就隨狄法曹去府衙吧！你在此事中到底有沒有壞心，狄法曹會給你一個交代，看在你老實的分上，我會替你說情的。」

「謝世子爺！謝世子爺不殺之恩……」能撿回一條命，管事著實感激不已。

狄仁傑帶著火藥與管事回府衙，豆盧欽望則重新請古閨秀進屋坐下。

飯廳中已擺好了飯菜，豆盧欽望舉杯向她道謝。「今天多謝古小姐，不然我的小命恐怕就在這裡結束了。妳能不計前嫌幫助我，我豆盧欽望感激不盡，敬妳一杯。」

古閨秀拿起酒杯一飲而盡，說道：「世子還是隨意些吧，你這樣正經地謝我，我倒不知該怎麼說話了。」

豆盧欽望笑道：「我就是欣賞古小姐這般灑脫！」

「過獎。」古閨秀笑了笑，說道：「可憐的狄法曹，到嘴邊的飯菜沒吃到，又回府衙做事去了。」

豆盧欽望略帶歉意地說：「我會請下人準備好飯菜送過去，這件事不盡快辦好，只怕他也不會安心。」

古閨秀點了點頭，她也覺得狄仁傑是個認真負責、工作為先的人。

兩人邊吃邊聊，後來有人傳話，說芮國公從軍營回來了，聽聞案子已破，召世子前去問話。

古閨秀聽了，忙說：「時間不早，我吃完了，世子去忙吧，告辭。」

豆盧欽望見天色已黑，便命人送古閨秀回家，他則急匆匆見芮國公去了。

軍械庫的事查了個水落石出，芮國公親自盯著案件審理，哪怕宋都督心中有別的想法，也無可奈何。

古閨秀參加庭審作證，看到彭慶在堂上認罪，哭求昔日同僚幫忙照顧他年邁病重的母親，古閨秀就覺得一陣心酸，早知如此，何必當初呢？

回到家裡，古閨秀看到琬碧正在為院子裡的花花草草澆水，不禁想起老是嗆嗆呼呼的巧碧。

自從巧碧意外去世，身邊便顯得太安靜了，她正要和琬碧說說話，卻另有丫鬟來傳話。

「大小姐，老爺請您到廳堂去。」

廳堂的桌子上堆了很多東西，如一座小山似的，有布疋、首飾，甚至還有珍貴藥材。

古閨秀驚訝地問道：「爹，又不是過年，您買這麼多東西回來做什麼呀？」

古爹爹笑得眼睛都瞇起來了，高興地道：「這不是我買的，是芮國公世子送來的謝禮，說是我們幫他破了案。這些布料和首飾是給妳的，而這些藥材則是給我的，這孩子想得真周到啊！」

「這麼多謝禮啊？」古閨秀走過去瞧了瞧，都是些上好的東西。

古爹爹說：「我起初還以為是誰家送聘禮過來呢！」

古閨秀知道她爹又在胡思亂想了，忙說：「您又來這一套！他們國公府有錢，謝禮自然該體面些，咱們收著就是了，說那些有的沒的，讓女兒的臉往哪兒擱啊！」

古爹爹忙說：「好，爹不說啦！這邊還有張請帖，說是請我們父女倆參加芮國公的壽宴。我一介商人，就不去湊這個熱鬧了，妳和世子他們去玩吧！」

古閨秀接過請帖看了看，放在一邊。「咱們家送個賀禮過去就行了，我也不去湊這個熱鬧，反正肯定沒我認識的人。」

「為何不去？妳多認識幾個人也好，說不定能看到一個中意的。」古爹爹萬變不離其宗，想的永遠只有一個——要他女兒嫁人。

「爹……」古閨秀不依，撒起嬌來。

「好好好，隨妳吧，妳不想去就別去了。」古爹爹耳根子軟，女兒一撒嬌，他馬上投降。

古閨秀開心地點了點頭，跑去古玩店找洪箏拿了一管前朝的笛子，包裝好了以後，隔天派人送去麗景苑。

豆盧欽望是個聰明人，他看到賀禮，就問古家的家丁。「你家老爺和小姐不來參加壽宴嗎？」

若是人要來，就不會提前送賀禮了。

古閨秀向家丁交代過，家丁便照古閨秀的吩咐答道：「老爺和大小姐說店裡生意忙，離不開人，還請世子爺見諒。」

豆盧欽望想了想，便隨家丁一起回到古家，親自上門來請。古爹爹不巧被周掌櫃喊了出去，只剩古閨秀在家。

豆盧欽望開門見山地說：「若真是生意忙，古老爺那裡我也不強求，只是妳必須來一趟，我爹要見妳。」

古閨秀嚇了一跳，問道：「芮國公為什麼要見我？」

豆盧欽望說：「在審理軍械庫一案時，我爹在府衙看到妳，他說妳作證時說話有理有據不怯場，又聽我說了妳幫助查案的事，說妳是個奇女子，十分賞識，想要跟妳見面詳談。」

古閨秀記得芮國公，他和宋都督一起坐在堂上，看來是個十分嚴肅威武的人，大概是長年在軍營中走動，他的氣場讓古閨秀有些害怕，只不過她沒表現出來罷了，倒沒想到他對她頗為讚許。

「我一介平凡女子，能跟芮國公詳談什麼呀！」她還是不想去。

然而豆盧欽望認定的事，絕對不輕易讓人賴掉——「我向他打了包票，說一定能把妳請過去，妳若不去，我回頭只好帶我爹到妳家來找妳了。」

「什麼?!」古閨秀瞪大了眼睛。「我哪有這麼大的面子讓芮國公親自過來？你別鬧了！」

豆盧欽望得意地笑道：「妳才別鬧了，就過去吃個飯、說幾句話，有什麼好怕的？就這麼說定了，我要狄法曹那天早上過來找妳，你們一起過來吧！」

古閨秀問道：「狄法曹也要去啊？」

「嗯，他這次立了大功，我爹也很賞識他。」豆盧欽望答道。

既然有認識的人，古閨秀也就不再推辭。「好吧，只是醜話說在前頭，我是沒見過什麼大場面的人，要是失了禮儀和規矩，你們可別怪我。」

這番話倒是事實，她平日過得輕鬆自由，古爹爹從不強求她學規矩，見了當官的要怎麼跪、怎麼叩，私塾的夫子雖然教過，但她心裡彆扭不願意做，更別說一些公侯世家的規範了。

豆盧欽望笑著說：「能有什麼規矩，妳到時跟著我就成了！」

第八章　芮國公府

雖然古閨秀性格豁達，卻仍是個女子，她也愛美，既然決定去參加壽宴，就想打扮得漂亮些，免得讓宴席上的其他人小瞧了。

其實說白了，她一開始不願意參加壽宴，是覺得自己和國公府要請的客人不是同一類人，她留然前去，顯得很突兀。

古閨秀翻了翻衣櫃，平日覺得衣服很多，可卻挑不出一件合適的穿去參加宴席。她想到昨天才收到的那些布疋，便要人從庫房取了出來。

她喊來琬碧，問道：「是這疋粉紗繡折枝花的好看，還是這疋綠緞繡蘭草的好看？」

琬碧在兩疋布之間看了半天，答道：「都好看，但是粉色的更好看。」

古閨秀有些猶豫。「會不會太花了一點？穿這麼粉出去，有點不好意思。」

琬碧卻說：「大小姐要去參加壽宴，穿紅的好。」

古閨秀聽她說得有理，點頭說：「也是，壽宴嘛，喜慶一點好。」

於是她立刻帶了琬碧去一間熟識的成衣店，請裁縫幫她們量尺寸，將衣服趕製出來。

古閨秀這套新衣配淺黃色小衫做了套襦裙；琬碧的則是一套小孩穿的衣褲。

琬碧知道她也有新衣穿，還能去宴席玩，歡喜得不得了。「小姐待我真好！」

見她高興，古閨秀也開心。她付了雙倍的價錢，兩天內就拿到了新衣，一穿上去顯得她年紀頗小，和十幾歲的小姑娘差不多。

古閨秀挑了與衣服相配的白玉粉蝶簪和玉鐲，顯得煥然一新，等壽宴那天早上狄仁傑來接她時，不禁嚇了一跳。原本就漂亮的人如此認真打扮，倒是閃耀得有些讓他無法直視了。

狄仁傑看到琬碧和古閨秀穿著同一塊布料做的衣服，忙問：「這是妳妹妹？」

琬碧搖頭說：「不是不是，我是大小姐的丫鬟。」

古閨秀卻笑著說：「是呢！她是我乾妹妹。」說完還拍了拍琬碧的頭，讓琬碧滿臉洋溢著幸福的淺笑。

瞧見她們這樣，狄仁傑感到驚訝不已，對下人這麼好的姑娘，實在不多見。

至於狄仁傑自己的打扮，由於今天不當差，他穿著日常的黛藍色長衫，比辦差事時少了分嚴肅，多了分儒雅。

因為狄家在并州也是有頭有臉的官宦人家，狄仁傑今天帶了家丁和車夫出門，古閨秀就和琬碧搭他的車一同赴宴。

并州的權貴齊聚一堂，麗景苑裡熙熙攘攘，全是來向芮國公賀壽的賓客。宋都督身為地方大官，和壽星芮國公一起迎接賓客，豆盧欽望則伴隨左右。

看到狄仁傑帶著古閨秀和琬碧前來，豆盧欽望一瞬間有種錯覺，竟覺得他們像是一家三口。

他被自己這個想法嚇了一跳，邊搖頭邊笑著上前說：「你們來了！今天人多，招待不周，還請多擔待。古小姐，我讓丫鬟帶妳去後面的小花園，來參加壽宴的夫人和小姐們都在那裡賞花、歇息，過一會兒得空了，我就帶妳去見我爹。懷英，我先帶你去見幾位大人。」

狄仁傑猶豫了一下，說道：「古小姐在這裡只怕什麼人也不認識，碰巧我三嬸今天也來參加壽宴，我先把古小姐帶去她那裡讓她照顧，再隨你去拜見各位大人吧。」

豆盧欽望點頭道：「好，那我就在前廳等你。」

狄仁傑轉頭對古閨秀說：「我母親身體不好，所以是我三嬸代表我家女眷前來赴宴。她姓郭，妳稱她郭夫人就是。我三叔是東市市令，我三嬸也懂一些生意上的事，妳和她應該很有話聊，她為人隨和，妳不必拘謹。」

唐代的女性稱呼上通常直接冠以娘家姓氏，並無冠上夫姓的習慣。古閨秀謝道：「難為你想得這麼周到。」

麗景苑的水榭中，許多夫人和小姐在裡面喝茶、賞花。

狄仁傑找到了郭夫人，引見雙方之後，他請郭夫人多照顧古閨秀一些。郭夫人出乎意料的年輕，看起來只有二十多歲，只是有些生養孩子後的虛胖，能瞧出是做母親的人了。

郭夫人驚訝地打量起古閨秀，又瞧著狄仁傑笑說：「我昨天問你要不要同我一道來，你說你有別的事，原來是這個。」

狄仁傑至今仍未娶妻，家人雖然沒有逼他，但也都很著急。郭夫人看他帶著女子一起出現，哪有不往其他方面想的道理？

狄仁傑臉色泛紅。「我與古小姐是因為府衙的公事有些來往，今日也是有別的事才來赴宴，就有勞三嬸照顧古小姐片刻，我和世子爺待會兒就來找古小姐。」

「知道知道，你放心忙去吧！」郭夫人笑得十分燦爛。

待她們在水榭中坐下，郭夫人便開始旁敲側擊地問起古閨秀的情況。「今天這麼熱鬧，妳怎麼一個人來，妳母親沒有來赴宴嗎？」

古閨秀說：「家母在我小時候意外去世了。」

「唉呀，真是抱歉，看我這張嘴，什麼都不知道就亂問。」郭夫人忙說。

古閨秀笑道：「沒事，已經過去很多年了。」

郭夫人又問：「那妳父兄呢，都沒來嗎？虧他們放心讓妳一個人出門。」

「我爹生意上的事很忙，不得空，我又是家中獨女，所以無人相伴。」古閨秀答道。

郭夫人若有所思地點了點頭。「妳爹是做什麼生意？我家相公是東市市令，說不定兩家還打過交道呢！」

古閨秀說：「我家開質庫，兼做古玩生意。」

「莫非是好再來質庫那個古家？」

郭夫人果然對市場很了解！古閨秀點點頭，接著郭夫人臉上的笑意就淡了。

她猜得到郭夫人在想什麼，無非是和她父親一樣覺得「男大當婚，女大當嫁」，難得兩個孩子走得近，就以為他們有戲，現在細問了下條件，又覺得兩家不合適，便失望了。

古閨秀覺得面子上有些掛不住，但是她理解郭夫人的想法，而且她對狄仁傑也沒有兒女之情，所以郭夫人的態度變化並不會讓她傷心。

她轉頭看向水池裡早開的蓮花，粉的白的，小小的一朵朵點綴在水面上，蓮葉下有錦鯉穿梭，十分好看。

在她們說話時，琬碧看著水池對面，一臉新奇。那裡有一群孩子拿著魚食在餵魚，引得魚兒搶食，很是熱鬧。

古閨秀從桌子上取了一包魚食給琬碧，說道：「妳也去玩吧！別走遠了，讓我能看得到妳，還有，小心別掉進水裡了。」

琬碧高興地接過魚食。「謝謝大小姐！」

旁邊的郭夫人聽了，問道：「這個孩子不是妳的妹妹嗎？怎麼稱妳大小姐？」

「是我以前貼身丫鬟的妹妹，我喜歡她，所以沒把她當丫鬟。」古閨秀淺笑道。

郭夫人詫異地說：「碰到妳這樣的主子，是小丫頭的福氣。」

此後郭夫人不再問古家的事，而是和古閨秀介紹起在場的夫人與小姐。女人在一起有說不完的八卦，古閨秀和她們不是一個生活圈的，話題的內容在說什麼人她都不知道，只是安靜地聽著。

古閨秀正覺得無聊，想著狄仁傑和豆盧欽望不知道什麼時候才要來找她，忽然就聽到有人喊「落水了」！

古閨秀聽到呼喊，匆忙回頭向水池看去，只見池裡一陣水花，有兩個孩子在裡面撲騰，旁邊一群孩子和僕婦喊的喊、叫的叫，十分混亂。

坐在水榭裡談天的夫人們也聽到了，頓時雞飛狗跳，都在呼喊著自家的孩子和隨從，場面更加紛亂。

古閨秀眼睛四處一掃，沒看到琬碧，一顆心立刻提了上來。她擠到水池邊，正好見到僕婦們把一個男孩從水裡往上拉，而琬碧正在水裡托著那個男孩。

「琬碧！」古閨秀急忙抱她起來。

琬碧渾身濕透，但是沒哭沒鬧，起來第一句話就說：「大小姐，我沒事，我會游水。」

古閨秀這才放下心，問道：「怎麼掉進水裡了？」

琬碧指著旁邊被眾人圍著的男孩說：「他想撈魚卻掉進水裡，我看他不會游水，就下去救他。」

原來如此！古閨秀轉頭去看那落水的男孩，他已被僕從抱走，一群女人跟在後面哭哭啼啼，陣仗非常大。

這時，麗景苑的僕從過來問她們有沒有事、要不要看大夫，古閨秀看琬碧好好的，就說：「孩子沒事，就是衣服濕了，有小孩子的衣服可以換嗎？」

僕從點了點頭，將她們倆帶到客房，就回頭找衣服去了。

郭夫人答應狄仁傑幫忙照顧古閨秀，也跟了過來。「剛剛掉進水池裡的男孩是黎國公的二世長孫，在家裡像寶貝似地疼著，沒想到今天受了罪，黎國公府裡有得鬧了。」

古閨秀不知道郭夫人說的是哪戶人家，但對方顯然身分尊貴，不過人命是平等的，在她眼裡，琬碧一樣寶貝。

她幫琬碧擦著頭髮，訓道：「救人雖然是好事，但要量力而為。妳看妳這麼瘦小，萬一人沒救成，把自己賠進去可怎麼辦？水池邊那麼多僕從，妳大喊一聲，讓大人們去救也不會遲，下次不可再莽撞了，知道嗎？」

琬碧乖巧地點頭說：「我記住了，大小姐。」

麗景苑的僕從取來乾淨的衣服讓琬碧換上，琬碧穿起來稍嫌大了一些，不過她卻因為又穿了新衣而高興不已，小孩子的心思就是這麼簡單。

古閨秀把琬碧上上下下整理好了，剛打算離開客房，就聽到外頭一陣腳步聲，顯然是有許多人走了過來。

此時有人敲敲門，古閨秀上前開門，就見到一位氣質十分端莊高貴的少女，帶著一群僕婦站在門口。

少女神色匆忙，不過依然得體地笑著對古閨秀行禮，問道：「請問是古夫人嗎？我是黎國公家的二小姐，聽聞您家的孩子從水裡救了我姪子，特地前來道謝。」

古夫人……古閨秀有些無語，思索著該怎麼糾正這個讓人尷尬的稱呼。

隨之而來的郭夫人笑道：「秀兒，妳又鬧笑話了，不是古夫人，古小姐是待字閨中的姑娘家呢！」

黎二小姐探頭一看，驚喜道：「郭夫人，原來您在這兒！」

說完，她面帶愧色地轉向古閨秀。「我……我是聽僕從說是古夫人……唉呀，實在失禮，古小姐請見諒。」

這位小姐有禮又不做作，古閨秀自然不會介意，她笑著說：「沒關係，二小姐進來坐下說話吧！」

郭夫人替她們介紹道：「這是黎國公家的二小姐，白秀兒；這是好再來質庫的古小姐，說起來，我還不知道古小姐的閨名呢！」

古閨秀有些尷尬地自我介紹。「我的名字叫……閨秀……」

郭夫人和白秀兒聽了有些驚訝，但白秀兒很快就笑著說：「姊姊和我閨名裡有個字一樣，都叫秀兒，是緣分呢！」

因為這句話，古閨秀對這個善解人意的姑娘更多了幾分好感。

白秀兒接著提起琬碧救了白家孩子的事，她捂著胸口說：「我們長房就奇哥兒一個獨孫，老夫人疼他疼到心尖兒上，要是他有個三長兩短，老夫人和我大嫂想必承受不住。幸而妳家孩子動作快，三兩下就把奇哥兒撈起來了，我大嫂現在陪著孩子在大夫跟前，她特地叮囑我要好好謝謝妳們。」

說完她就從僕從的手上接過一個盒子，說道：「小小謝禮不成敬意，還請妳們收下。」

古閨秀連忙推辭。「二小姐的好意我替琬碧心領了，謝禮就不必了。」

白秀兒自然不肯，把盒子硬塞到琬碧手中，一定要她們收下。

郭夫人看她們推來推去，替白秀兒說道：「古小姐，妳就收下吧！在妳看來是舉手之勞的事，對黎國公府來說可是大事，妳不收謝禮，只怕他們不會心安。」

「對啊，妳一定要收下。」白秀兒說。

抵擋不過她們的熱情，古閨秀只好讓琬碧把東西給收下。

白秀兒這才舒心，她記掛著孩子的事，說道：「我大嫂和奇哥兒不知怎麼樣了，請容我先告辭。」

古閨秀和郭夫人起身送白秀兒一行人離開，古閨秀感嘆道：「黎國公家的人太客氣了。」

郭夫人笑著說：「他們白家是書香門第，最講究這些。妳等著，除了今天的謝禮，回頭還會有人登門道謝。」

「啊？」古閨秀吃了一驚，這種事不是謝過就好了嗎？

郭夫人只是淺淺一笑，不再針對此事多說些什麼。

這麼一折騰，離午宴的時間已不遠，兩人就帶著琬碧往前頭走去。

郭夫人說：「黎國公府的二小姐，再過不久就要嫁給溫尚書的大公子，門當戶對，很有福氣。」

這麼有禮又善良的一個姑娘，能嫁得好，古閨秀也替她高興。

到了前廳，狄仁傑和豆盧欽望正在找她們。一看見古閨秀，狄仁傑立即走上前道：「聽說後院出了點差錯，又聽到有人說什麼『古夫人』，不知道是不是妳……真讓我和世子好找！妳們沒事吧？」

古閨秀搖頭道：「沒事。只是琬碧弄濕了衣服，已經換了一套了。」

豆盧欽望說：「那就好。我爹現在在書房等我們，妳快隨我們來。」

古閨秀把琬碧託付給郭夫人，郭夫人聽他們說話，知道芮國公找他們有正事，自然答應照看琬碧。

待他們離開，郭夫人看著緊隨著她的琬碧說：「妳家大小姐真不簡單，竟然能得到芮國公召見。」

琬碧開心地說：「我家大小姐最棒、最好了！」

「妳這孩子嘴甜，難怪妳家小姐疼妳！」郭夫人笑道。

芮國公在麗景苑的書房召見古閨秀和狄仁傑，豆盧欽望領他們進去。只見一個高大、威武、強壯的中年男子穿著暗紅萬字葫蘆紋的衣服，站在書架旁，正在翻閱一本泛黃的書籍。

芮國公看到幾個年輕人來了，拿著書走到案桌邊坐好，朝他們點頭，要他們坐下說話。

古閨秀向芮國公行禮之後，隨狄仁傑坐在下首的椅子上，才偷偷地抬眼打量起芮國公。與之前在府衙見面那次相比，芮國公今天少了些威嚴，多了幾分慈眉善目。

豆盧欽望開口道：「爹，這位就是古小姐。您記得吧？」

芮國公點頭道：「記得。古小姐在堂上一腔正義的言詞言猶在耳，我怎會忘記？」

古閨秀站起來汗顏道：「國公爺過獎。」

芮國公舉起手往下揮了兩下，示意古閨秀坐下說話。「我聽犬子和狄法曹都誇讚古小姐聰慧靈敏、博學多聞。今天特地請妳來一趟，除了讓妳參加壽宴，其實還有件事想與古小姐商量。」

古閨秀迅速瞟了豆盧欽望和狄仁傑一眼，他們臉上隱隱有喜色，說明芮國公找她絕不會是壞事，於是答道：「我一介平民，又是晚輩，國公爺有什麼事但請吩咐，我能做到的，一定盡力。」

見她態度果斷，芮國公歡喜道：「古小姐有男兒颯爽之姿，難怪眾人誇獎，我也就不拐彎抹角了。古小姐知道前不久軍械庫被盜，我們研製的火藥損失嚴重，恰巧主持研製火藥的方士服用了新調配的丹藥後神智不清，導致重製火藥一事被擱置，無法向皇上交差。眾人都說妳懂火藥之理，所以我想請妳到軍中助我一臂之力，幫我們重新研製火藥。」

古閨秀這下可有點扛不住了。「國公爺恕罪，實在不是小女子不肯幫忙，而是我只知道些皮毛，從未研製過火藥，實在不敢到軍中指手畫腳……」

芮國公聽了，不急也不惱。「無妨。我並不是要古小姐全權負責火藥之事，那位方士留有配方和研製方法，只因有些用語實在難以解讀，所以想知道古小姐是否看得懂，再看看能不能告訴兵工坊的人該怎麼做？如果看不懂也無妨，只是辛苦古小姐跑一趟。」

芮國公這麼客氣地與她這個無官無職的晚輩說話，古閨秀再不同意，就是不識抬舉了。

「舉手之勞，小女子怎會不幫？國公爺到時派人帶我去兵工坊就是。」古閨秀答道。

芮國公指著豆盧欽望說：「到時就讓犬子帶妳去吧。」

約定了去兵工坊的事之後，芮國公又對狄仁傑說：「早先聽閻公稱讚你，說你是『河曲之明珠，東南之遺寶』，我只當他是抬舉年輕人，這次見你連破兩案，有膽有謀，確實當得起這讚譽。你們宋都督不願自己的親隨伏罪，想要把軍械庫一案止於王友志自盡之處，你卻執意調查到底，宋都督以後恐怕不會給你好臉色看啊，年輕人。」

狄仁傑抱拳說：「下官身為法曹，就是要秉持公正、伸張正義，查明事實真相，還冤者清白。此意志，非強力可阻。」

「說得好！」芮國公賞識地拍手讚道：「你有這樣的想法，我必定保你周全，不會教宋都督任意而為。」

芮國公滿意地看了看他們三個，這才對自己的兒子說道：「狄法曹和古小姐都是出色的年輕人，欽望你要跟著他們多學一學，知道嗎？」

豆盧欽望在芮國公面前十分乖巧，抱拳受教道：「孩兒謹記父親教誨。」

由於芮國公身為壽宴主角，得趕去前面大廳主持宴席，因此說完話後就起身離開，而古閨秀三人也緊隨著往宴廳走去。

女眷所在的宴席與男賓隔著一個院子，古閨秀獨自去女眷席找到郭夫人，聽在桌的眾人聊天說笑，享受美味食物，倒也自在。只是散席時，郭夫人有意無意地說起白秀兒的婚事，又說到狄仁傑還未娶妻，想為他找個門當戶對的媳婦，還指明得是官家小姐。這般暗示，讓古閨秀哭笑不得。

只是她臉上並未表露出任何情緒，客氣地向郭夫人道別後，就帶著琬碧回家去。話雖如此，心裡總有些不舒服，她和狄仁傑只是朋友，他們為什麼要戴著有色眼鏡「提醒」她？

見古閨秀悶悶的，琬碧拿著白秀兒送她的謝禮逗她高興。「大小姐您看，白家姊姊送我的禮物好漂亮，上面這隻鳥看起來像活的一樣。」

白秀兒送給琬碧的東西，是一支鑲寶雀鳥金簪。只怕是白家臨時要給謝禮，來不及回府準備，便從哪位大人頭上現取下來送人的。這支髮簪十分漂亮，能在滿是權貴的宴席上選著戴，足以顯示它的珍貴。

「是個好東西呢！琬碧妳要好生收著，等妳長大了，會有用處的。」古閨秀笑著說。

琬碧小心翼翼地把簪子收進盒子裡，交給了古閨秀。「大小姐，您幫琬碧收著吧！」想到琬碧一個小孩子的確可能把東西弄丟，古閨秀便道：「那我先幫妳收著，等妳長大了再給妳。」

和琬碧說話，古閨秀就想到今天落水的那個男孩，便開始細問琬碧當時的情況——

「當時大家都在餵魚，很多鯉魚游了過來，有一黑一白兩條大鯉魚跳得特別高，白家弟弟說白色那條最大，是鯉魚王。旁邊就有人說因為他姓「白」，就什麼都是白色的最好，明明是黑色那條更大。白家弟弟不甘心，非要去把兩條魚捉上來比一比，結果一不小心就掉下去了。」琬碧鉅細靡遺地道。

這些世家的孩子還真是任性，小小年紀心思也夠多，還能把白色和白家的姓氏扯在一起。

知道是這麼一回事，古閨秀搖了搖頭，沒興趣繼續聽了。

第九章　火藥配方

第二天，豆盧欽望帶著古閨秀去兵工坊了解方士的配方。

雖然古閨秀是奉芮國公之命前去，但因為知道軍人忌諱女子進軍營，因此特別注意穿著打扮。她把頭髮束成高馬尾，戴了髮冠，穿上書生袍。

而豆盧欽望本就是男身女相，兩人站在一起，一眼看去，竟是雌雄莫辨。

豆盧欽望看著古閨秀男不男、女不女的打扮，笑彎了腰；古閨秀想到若豆盧欽望穿女裝，只怕要把自己比下去，也悶頭笑了起來。兩人一路上說說笑笑，直到兵工坊門前，才嚴肅起來。

并州兵工坊修建在離城外軍營不遠的山坳裡，四周的柵欄修築得很高，纏滿了鐵蒺藜。從門口到裡面的每個廠房，都有士兵看守和巡邏，是座頗具規模的作坊。

古閨秀跟著豆盧欽望走進兵工坊，立即有人帶他們去見兵曹參軍何有為。何有為是個中等身材的中年人，留著八字鬍，皮膚黝黑。

三人見面以後一陣寒暄，何參軍問古閨秀：「這位就是芮國公舉薦的古小姐吧？」

古閨秀點頭道：「正是在下。」

何參軍見她穿著颯爽、談吐俐落，沒有一般女子的扭捏，心中有幾分讚許。「軍械庫的火藥失竊，製作火藥的方士服藥致瘋，這接二連三的意外讓我束手無策。我和芮國公暗地尋找懂火藥之理的人，聽聞古小姐通曉此中門道，還請古小姐為我們解難排憂。」

古閨秀客氣地回道：「我不知能幫上多少忙，只能說盡力而為。」

何參軍點了點頭。「那我們這就去火藥庫看配方吧！」

眾人走到兵工坊深處一間像庫房的地方，何參軍命士兵從上鎖的櫃子裡取出配方，交到古閨秀手上。「這就是火藥的配方。」

古閨秀接過配方看了一眼，胸口一跳，險些叫出聲來。

這配方上寫的是化學方程式，難怪兵工坊的人看不懂！初唐年代，竟讓她在兵工坊中看到一張寫著現代化學方程式的配方，如何不讓她震驚？莫非那個瘋癲的方士也是從現代穿越而來，所以火藥才會早早在這個時候就被研製出來了？

她心中的一些疑惑被解開了，可是卻產生更多的疑問。

豆盧欽望見古閨秀臉色大變，問道：「怎麼了？這個配方有什麼問題嗎？」

古閨秀連忙掩飾道：「沒有……只是這上面是用一種十分罕見的標記方式寫成的配方，我在一本古書裡看過，沒想到真的有人用，所以吃了一驚。」

何參軍聽了，非常高興。「看來古小姐果然能夠辨識！」

古閨秀說：「大概能認得出來。但是標記所對應的物品到底是什麼、需要多少分量，我可能需要翻一些書才能確定，大概需要一、兩天的時間吧。」

一、兩天的時間在何參軍看來已經非常快了，他歡喜得不得了。這樣一來，皇差有了交代，他和兵工坊上上下下的人的性命也有了保障，一連數日未能睡好的覺，也能睡得踏實了。「古小姐放心去做，有什麼要求，儘管提出來！」
「是。」古閨秀點頭應道。
「那就馬上開始吧。我這就去把這個好消息稟告芮國公和宋都督，兩位大人也正在為此事掛心呢！」何有為說完便滿面紅光地離開了。
豆盧欽望問道：「妳需要一、兩天才能把配方整理完的話，我代替妳回家向妳父親說一聲吧，免得他擔心。」
古閨秀驚訝道：「咦？不能回家嗎？」
轉瞬一想，她現在研製火藥，大概就像後來一些專家研製核武一樣，是該跟外界隔離比較好。
「那好吧！請你和我父親說，要他別擔心，我會盡快回去的。」
豆盧欽望點了點頭便出去了。
火藥房裡只剩下古閨秀一個人，她先把配方上的東西謄錄下來，有些地方有些模糊，她需要仔細推敲一下。
她工作起來是專注而認真的人，但古閨秀畢竟不是火藥方面的專業人士，很多地方拿捏不準，有些物品的名稱對應到古代該怎麼稱呼也不太清楚，所以需要翻看很多古籍才能確定。
一直工作到晚上，有人送了飯菜過來，因研製火藥不可燃燈，她用過膳後，就放下手邊的工作，到安排好的房間裡歇息。

天黑之後，豆盧欽望來了，還帶了琬碧。

古閨秀問道：「這是做什麼？」

豆盧欽望說：「是我把妳帶過來的，總不能把妳丟在男人堆裡，我一個人回家好吃、好喝、好睡吧？妳家小丫頭說要幫妳送衣服，我就順便把她帶來了。」

古閨秀朝琬碧招了招手，把她牽到身邊，又對豆盧欽望說：「沒想到你這麼夠義氣，不過兵工坊裡很安全，你沒必要陪我，回去吧。」

但豆盧欽望卻執意留下，古閨秀也不勉強他。「你要留就留吧，只是現在什麼事也沒有，怪無聊的。」

「無聊就說說話吧！我今天去妳家報信之後，又去府衙辦了點事，正巧碰上狄法曹被宋都督訓話，好悲慘哪！」豆盧欽望聳肩道。

古閨秀瞪大了眼。「啊？他被宋都督欺負啦？」

豆盧欽望點頭道：「他說就當作是歷練，真難為他心態這麼正面。不過我爹說，淺水困不住巨龍，他遲早會離開宋都督手下，現在經歷一些挫折，也是好事。」

狄仁傑近況堪憂，豆盧欽望卻「落井下石」地說：「不僅宋都督找他麻煩，連他家裡也折騰他。昨天突然鬧著要幫他說媒，他恨不得能找個自在的地方躲起來。」

古閨秀腦海裡念頭一閃，該不會是郭夫人向狄仁傑的父母說了什麼吧？不然怎麼突然要為他說媒了？

她心裡還在嘀咕，就聽見豆盧欽望說：「依狄法曹的年紀，的確該娶妻了，這可是終身大事。他不願娶妻，可是因為有心上人？」

古閨秀感嘆道：「若真是有意中人，卻因門庭關係沒辦法在一起，的確是件非常辛苦的事。」

豆盧欽望接著她的話道：「若狄法曹真有意中人，卻顧忌門庭有別而縮頭縮尾不敢去提親，那我算是白認識他一場了。」

古閨秀知道狄仁傑曾經被退婚的事，但這種事情不好拿出來講，便說：「各家有各家的事，世子你還不是一樣沒娶妻？你和狄法曹年紀差不多吧？」

豆盧欽望的臉色瞬間變得奇怪。「都是些庸脂俗粉，我才不娶。」

古閨秀噗哧一笑，心想：「你長得這麼漂亮，一般女子的確都是庸脂俗粉，想找個比你漂亮的，的確不容易！」

豆盧欽望見她笑了卻不說話，追問道：「妳偷笑什麼？」

古閨秀快言快語道：「我只是在想，比你漂亮的女子的確不多，能入你的眼還真不容易。」

豆盧欽望臉色一變，瞪著古閨秀，把古閨秀看得一愣。

她這才想到，豆盧欽望最討厭別人說他「漂亮」，她自覺失言，想著要怎麼補救才好。

而豆盧欽望已然生氣，他帶著諷笑的意思道：「我們男子晚一點娶妻倒沒什麼，古小姐妳遲遲嫁不出去才是問題吧！」

古閨秀知道她惹豆盧欽望生氣了，被他嘲笑兩句也不計較，只是笑著說：「什麼時候嫁娶並不是問題，只要最終能找到對的人，過得開心、幸福就好了。」

豆盧欽望稍微冷靜下來，也有點後悔自己剛才口不擇言。欺負女子並不是他的本意，好在古閨秀沒和他一般見識，他也不好再彆扭下去，起身道：「一個人過得好好的，談什麼婚、論什麼嫁呀？時間不早，我去歇著了。」

雖然豆盧欽望大可回麗景苑休息，不過何有為也幫他準備了在這裡休息的地方，他就順勢留下來了。

*真是不坦率！*古閨秀看著他的背影，無奈地搖搖頭。

隔天一早，芮國公府的人送了早餐來給豆盧欽望。豆盧欽望因為昨晚的事，心中有愧，便差人把食盒送到古閨秀的房間給她。古閨秀不知這是芮國公府特別為世子準備的早餐，以為是兵工坊的膳食，一邊讚嘆早飯豐富，一邊開心地和琬碧把東西分著吃了。

用完早膳後開工，由於昨天剩下的工作不算太多，只待確定分量後，把火藥的成分送給兵工坊的工匠，讓他們去混合製作再試驗。

正午剛過，古閨秀就把手邊的事做完了。

何有為聽說事情告一段落，就趕過來讓人把寫好的配方送去給工匠，另外還單獨找了古閨秀，跟她深談保密工作的重要性。

何有為對古閨秀曉之以民族大義、動之以愛國之情，強調火藥配方的重要性，要她保證不將配方外洩。

古閨秀明白從冷兵器向熱兵器時代演變的過程中，火藥的地位有多重要。她無意改變歷史，自然不會再將這東西告訴其他人，順從地立下保證。

看她這麼配合，何有為十分放心。「可惜古小姐不是男子，不然皇上的封賞下來，給妳當個官也沒問題。不過請放心，妳的貢獻芮國公都看在眼裡，事成之後，少不了妳家的好處。」

古閨秀笑著說：「能得到幾位大人的照顧，我還有什麼好擔心的？一切聽你們安排便是。」

古閨秀回家之後，聽說黎國公府的管事又送來許多上等綢緞和金銀，說是正式感謝他們在麗景苑裡救了奇哥兒的謝禮。

同謝禮一起送來的還有一份請柬，是白秀兒大婚的請帖。

古閨秀撐著腮幫子，看著手中的請柬，苦惱地說：「唉，這是我要參加的第幾場婚宴呀？認識的姊妹都出嫁了呢。」

以前跟她一起在私塾讀書的女子們早幾年都嫁人了，曾經有那麼一年的時間，古閨秀不是參加婚宴，就是走在參加婚宴的路上，耳旁還總要被人叨唸。

古閨秀和白家因孩子落水之事而結緣，她心想：「認識一場也是緣分，請柬都送來了，那就參加吧。」

到了白秀兒成親那天，古閨秀打扮得充滿喜慶之氣。帶著備好的禮品，就領著琬碧上黎國公府祝賀。

黎國公府是并州數得上的大戶權貴，府邸寬廣，屋舍百餘間，處處都裝飾一新，洋溢著喜氣。

黎國公府嫁女、尚書府娶媳，這是并州府在五月裡最大的一件喜事。

此時天氣已稍顯炎熱，但男女雙方家中的賓客更是熱切。古閨秀上午來到黎國公府時，門前已是車水馬龍，爆竹聲連連。

古閨秀和琬碧在丫鬟的帶領下來到白秀兒的閨房，早已有白家的女賓將她的房間擠了個水洩不通，一時之間實在進不去。古閨秀不認識什麼人，就沒上前湊熱鬧，而是站在門外的院子裡聽大家嬉鬧。

「妹妹，快給我們看看妳繡的蓋頭，上面有沒有繡上一對交頸鴛鴦？唉唷，怎麼只有並蒂蓮？妳定是把鴛鴦偷偷繡在肚兜裡了，快讓嫂嫂看一眼，不許逃！」

只聽裡面不停傳出女子的哄笑聲，約莫是些小嫂子在開白秀兒的玩笑，一些未出嫁的姑娘則倚著門窗掩嘴偷笑。

好熱鬧的一個大家族！古閨秀遙遙地看著、聽著，也笑了起來。

此時一名穿著光鮮的少婦忽然上前牽了古閨秀的手，拍著她的手背說：「上次多虧了妳和妳妹妹，不然奇哥兒不知要遭多大的罪！我是奇哥兒的母親，最近忙著秀兒的婚事，一直不得空親自登門道謝，等這些事情忙完，我再去謝妳！」

這個少婦，就是黎國公府的大少奶奶田氏。

古閨秀先是驚訝，繼而看著田氏道：「我已經收到你們許多的謝禮了。上次是我妹妹也在水邊玩耍，她又恰好諳水性，便順手救了奇哥兒，這是奇哥兒的運氣，不必這麼客氣。」

她這話說得讓田氏非常高興，笑著說：「待會兒用過宴席，下午就去我院子裡坐坐，讓妳們看看奇哥兒，他一直叨念著那位救了他的妹妹。」

待花轎來接走新娘子，女方的賓客就開宴吃喜酒。用過飯，田夫人便請古閨秀和琬碧去自己院子裡坐。

田夫人邊走邊說：「奇哥兒出生時身子就弱，老夫人怕他不好養，親自帶他去寶相寺裡養到兩歲才帶回府。寶相寺的方丈大師說奇哥兒六歲時有道難關，若是遇到貴人相助，跨過去之後就能一生康順。今年奇哥兒剛好滿六歲，可見妳們就是大師口中的貴人了。」

自從靈魂穿越之後，古閨秀就不知道該不該相信命理之說，但她知道不該說些掃興的話，於是笑著回道：「田夫人抬舉我們了，是奇哥兒命好。」

古閨秀和琬碧來到田夫人院裡時，奇哥兒才剛看到她們，立即睜大了眼睛指著琬碧說：「是妳，我記得妳！」

琬碧也看著他，但是不知道該怎麼做，於是又轉頭看向古閨秀。

還未等古閨秀說些什麼，奇哥兒已經撲向琬碧，抱著琬碧的一隻胳膊說：「妹妹教我游水！」

琬碧卻說：「我八歲了，你得喊我姊姊。」

奇哥兒不信。「妳比我矮又比我瘦，怎會是八歲？」

「又不是誰長得高誰年紀就大！」琬碧說道。

奇哥兒猶豫了一下，喊道：「那姊姊教我游水！」

琬碧看了田夫人一眼，見田夫人眉頭微蹙，便說：「現在還沒到盛夏，誰會去游水？等天氣熱一些再教你。」

奇哥兒有點洩氣，但轉而又說要帶琬碧去找親戚的孩子玩。田夫人想了想，見琬碧乖巧懂事，就同意了。

奇哥兒得到母親的允許，飛也似地拉著琬碧跑了。

因為兩個孩子，古閨秀和田夫人認識了，她們坐在屋裡說了半天話，格外投契，賓主盡歡。

古閨秀最近忙著打理質庫和古玩店的生意，因為古爹爹和周掌櫃上京談生意，古家的一切全靠她和胡掌櫃、洪箏三人商議。以前有她爹在身邊時都不覺得辛苦，現在古爹爹離開了，她才知道什麼叫分身乏術。

這天夜裡，古閨秀點著油燈在看質庫和古玩店上半年的財報，琬碧則端著一碗蓮子羹，敲門進來了。

「大小姐，喝碗蓮子羹，消消暑氣吧！」琬碧輕聲說道。

在油燈下看文件，眼睛容易疲倦，聽見琬碧這麼說，古閨秀便放下工作休息一會兒。她一面喝羹，一面問琬碧。「妳今天去白家，玩得開心嗎？」

自從琬碧和奇哥兒成為朋友之後，奇哥兒便一直派人來接琬碧去白家玩。

琬碧點點頭，接著道：「奇哥兒總算學會游水了，不過他不太會憋氣、換氣，游不了多久就要停下來休息。」

古閨秀叮囑道：「你們要注意安全，莫讓田夫人擔心。」

「是。不過我以後也沒辦法教他游水了，田夫人要帶著奇哥兒去京城，這是田夫人給大小姐的信。」

琬碧掏出一封信遞給古閨秀，古閨秀展開來看，原來是田夫人的長兄想讓奇哥兒進京求學，白家已經同意了，田夫人不日就要帶著奇哥兒去京城的長兄家裡長住。

她和琬碧好不容易交到新朋友，沒想到才經過一個夏天，大家就要分別，兩人不由得都有些悶悶不樂。

第二天一早，胡掌櫃登門，將古爹爹從長安寄來的信送了過來。

古爹爹在信裡說，他覺得長安的質庫和古玩生意都很好做，想盤兩個店面，把好再來的生意拓展到京城。信裡列出了預算，要古閨秀幫他考慮一下可行性。

古閨秀覺得長安的達官貴人和生意人都多，只是古玩雖然有市場，但競爭也大，倒不如先經營普及率不高的質庫，風險低、投資少，是試水溫的好選擇。只是古家可用之人並不多，若真要在京城做生意，古爹爹就得親自處理，這樣他們父女就要長期分隔兩地了。

她將自己的顧慮寫在信裡回給古爹爹，胡掌櫃派人送信之後，又說：「老爺還派人送來一批貨物，說是在長安黑市中買到的，老爺要大小姐親自過目，還請大小姐移步看一看。」

古閨秀到了倉庫，發現三個大箱中滿滿的都是陶瓷。有邢窯的白瓷、越窯的青瓷，甚至還有幾尊唐三彩！

她吃了一驚，小聲對胡掌櫃說：「送貨回來的夥計說是我爹從黑市上買回來的？」

胡掌櫃點頭道：「是的，傳話的人是老爺身邊的衛林，不會有錯。這些貨有什麼問題嗎？」

古閨秀沒急著回答，而是抱起瓷器開始檢查。瓷器底部一般會有窯廠的印章，而這些瓷器為了模糊出處，印章早已被弄毀，變得模糊不清，但只要仔細察看，依然能辨析一二。

「胡掌櫃，這些瓷器只怕是御窯瓷，這些白瓷和青瓷大多是一品宮瓷，那尊唐三彩是皇家瓷。也不知是誰這麼大膽，竟偷了宮裡的東西出來賣，難怪爹要我親自看。」

胡掌櫃緊張地問道：「那……那可怎麼辦呢？」

古閨秀說：「這些東西已經流入黑市，我們不買，也會有別的人買。只是有兩點禁忌，一則千萬不能告訴別人我們知曉這是御窯瓷；二則這些東西不能在關內出手。你安排一下，讓這些東西隨西去的商隊送到關外吧，能賣出好價錢。」

胡掌櫃一一記下，便著手安排去了。

古閨秀心想，她爹膽子可真大，黑市的官貨也敢收。但她若開口問，爹爹一定會表現出一問三不知的樣子，說根本不知道那是御窯瓷。不過，話說回來，做當鋪和古玩這一行的，若想撈到好貨賺大錢，又怎麼可能只走白道生意呢？

解決完店裡的事，古閨秀歇下來吃了兩口午飯，就聽到有人高喊著她的名字走進店裡。那聲音和陣勢，除了豆盧欽望還會有誰？

「這是怎麼了？別人聽了，還以為我欠你錢呢！」古閨秀趕緊招呼一臉紅光的豆盧欽望坐下。

豆盧欽望連一口水都沒來得及喝，就著急地舉著手中的信說：「我爹從京城來信了，他說皇上聽了妳的事之後，不僅賞賜妳大量的金石玉器，還要傳召妳進京面聖！」

古閨秀嚇得從椅子上跳起來。「什麼？進京面聖?!」

豆盧欽望見她終於有點反應，笑著說：「是呀，能見到皇上，妳很驚喜吧？這可不是一般人能有的機會！」

與其說是驚喜，不如說是驚嚇。古閨秀問道：「皇上為什麼要見我？」

豆盧欽望得意地說：「有這樣一位奇女子，皇上當然要見見啊！」他說這句話的意思，好似古閨秀得到皇上關注，也是他的榮耀一般。

可古閨秀臉上的驚訝消失之後，立即轉變成皺著眉頭的愁容。豆盧欽望見她這樣，就說：「妳該不會是畏懼天子的皇家威嚴吧？不用怕，我爹和我會陪妳進宮，皇上並不可怕，再說妳是立了功去謝恩的，有什麼可怕？」

古閨秀煩惱地說：「我並沒有什麼功勞，不過是分析出那個瘋癲方士的配方，還多虧兵工坊眾人一起努力，才能重製火藥，皇上召我進京做什麼呢？」她只想過她的平淡生活啊！

豆盧欽望見古閨秀一臉憂心，於是收起玩笑的神色。「妳大概不知道，現在我朝還在和突厥打仗，我聽我爹說，皇上有意把火藥投入前線使用，此次召妳進京，大概跟這件事也有關係吧！」

他這麼一說，古閨秀更犯愁了。她對火藥所知有限，更不會製造炸彈、火槍和大炮，她進宮有什麼用呢？

豆盧欽望又說：「我爹快馬加鞭讓人提前送信回來是要妳先準備一下，聖旨最晚三天就到，收到聖旨後，我就帶妳進京。」

古閨秀想了想，她在這裡擔心也沒用，大不了進宮後直截了當地對皇上說她能力有限，幫不上忙，他總不能強迫她吧？往好的方面想，趁著此次進京的機會，能和她爹一起把京城的鋪子給開起來，也挺不錯的。

「好，我知道了，我會盡快準備的。」古閨秀說道。

豆盧欽望起身道：「那妳準備吧！我找狄法曹去，把這個好消息告訴他。」

古閨秀問道：「狄法曹也要進京嗎？」

豆盧欽望點了點頭。「對，他破了軍械庫一案有功，我爹還在皇上面前極力舉薦他，皇上想看看他到底是怎麼樣一個少年英才，說不定還會提拔他呢！」

豆盧欽望眨了眨眼睛，低聲說：「妳也知道宋都督處處打壓狄法曹吧？他此次進京若得了皇上青睞，以後的日子就好過了。」

原來如此，看來芮國公真的很關照狄仁傑呢！古閨秀淡淡一笑。

有豆盧欽望和狄仁傑兩人一起陪同上京，而且京城裡還有她爹在，古閨秀便沒那麼緊張了。只是現在時間緊迫，她得趕快把店鋪和家裡的事情安排好才行。

幸而這裡還有胡掌櫃和洪箏兩人在，有他們主事，并州的鋪子理應不會出什麼大錯。

「我和我爹不在的這段期間，有勞你們兩位辛苦一段時間，等我去長安跟我爹會合，我就讓周掌櫃趕回來幫你們。」

洪箏說：「大小姐放心，我和胡掌櫃打理店鋪這麼些年，不會有問題的。只是大小姐一個女子進京，我們實在不能放心啊！」

胡掌櫃應和道：「是啊！」

古閨秀道：「別擔心，我打算帶楊大哥和琬碧隨我進京，還有宮裡來傳旨的人和豆盧世子以及狄法曹陪同，怎麼會有事呢？」

胡掌櫃與洪箏想了想，覺得古閨秀說得有理，放心之後，便替她高興起來。

宮裡的人速度非常快，第二天下午就到了并州，府衙的人收到消息，一群人浩浩蕩蕩前來古家宣旨，場面十分轟動，消息瞬間傳遍了整座并州城。

田夫人趕來送行，笑著說：「之前妳還說要替我送行，沒想到妹妹倒是提前一步進京，而且還是去面聖的，真是羨煞旁人啊！妹妹如此貌美，卻遲遲不嫁，原來是有天大的福分在皇家等著妳，姊姊先恭喜妹妹了！」

古閨秀覺得十分尷尬，田夫人誤會了。

因為火藥的事不能外傳，所以眾人並不知道古閨秀進京面聖所為何事，就常理來推斷，一個女子去見皇上，還能為了什麼？只怕是馬上要成為皇上的女人了吧！

田夫人雖然不知道古閨秀是怎麼被皇上看上的，但是她的確長得漂亮。田夫人順著眾人的猜測，就這麼誤會了，古閨秀卻還不能解釋，這種有苦說不出的感覺，真難受！

第十章　天子腳下

古閏秀與狄仁傑兩人奉旨進京領賞謝恩，這是他們的榮耀，也是并州府的喜事。縱使宋都督不待見狄仁傑，在這種大事上，他也不敢使絆子，還親自帶人在城外十里亭送他們上路。

此行有京城傳旨的官員及隨從、豆盧欽望及芮國公府的護衛，還有古閏秀和狄仁傑自己帶的人，一行車隊浩浩蕩蕩五十餘人，在初秋的早晨出發了。

豆盧欽望、狄仁傑、古閏秀坐在一輛馬車中，三人或看書或下棋，偶爾還走出馬車騎騎馬，一路上彼此相伴，並不覺得無聊，時間轉瞬就過，長安已近在眼前。

車隊趕在天黑關城門之前進城，住并州駐京城驛站中落腳，芮國公提前聞訊，派人來接他們三個年輕人去國公府用膳，而宮裡的人則要回宮覆命，說明天一早再派人來接他們進宮，大家就此分開。

大概是因為芮國公在自己家中的緣故，這次古閏秀見到芮國公，覺得他更和藹了。因為古閏秀是女眷之故，芮國公夫人也出席了洗塵宴，果真跟古閏秀之前猜的一樣，豆盧欽望母親的長相美得出塵！

芮國公夫人體態婀娜，待他們溫柔有禮。笑起來時，那一雙月牙眼似會說話般，攝人心魂。古閏秀在心中感嘆，若她時至中年也有芮國公夫人這般容貌和儀態，也不負此生了。

芮國公夫人許久不見兒子，招手要豆盧欽望上前，她仔細瞧了瞧，笑著說：「還好，這次出遠門沒有瘦。」

豆盧欽望答道：「多謝母親牽掛，我隨父親在并州當差並不辛苦，日子過得好，也沒有危險，母親不用多慮。」

芮國公夫人點了點頭，目送豆盧欽望坐回下席。

為了替他們洗塵，芮國公安排了宴席，席間芮國公夫人待古閨秀十分友善。「驛站那種地方人來人往，古小姐一個女子，恐多有不便，如果願意，不如來我們府上居住。」

古閨秀謝過她的好意。「此次進京，主要是面聖謝恩，在驛站裡等待宮人傳召比較方便。我從小隨父親外出走商，對住宿之處並不挑剔，再說我也帶了護衛和丫鬟，怎好到府裡叨擾夫人？」

見她拒絕，芮國公夫人並不勉強，而是笑著說：「不知怎的，我見古小姐第一面，就覺得極為投緣，這感覺像是……像是見到我年輕時的一個手帕交一般熟悉。」

古閨秀聽了，不知芮國公夫人用意為何，只好笑著說：「夫人抬舉了。」

飯後芮國公派人送古閨秀和狄仁傑回去，又說道：「皇上明日就會召見你們，到時宮中見吧。」

古閨秀心想——如今是永徽元年，唐高宗李治才二十二歲，皇后是王氏，武則天則還在感業寺為尼，一切都才剛剛開始……

想到史書中所記載的一切，未來五十多年，是波詭雲譎的半個世紀，也是她要親眼見證的歷史，古閨秀不禁有些緊張，打了個寒顫。

芮國公看在眼裡，笑著說：「皇上和你們一樣是年輕人，又是個仁君，你們不用緊張，早點回去歇息吧！」

「是，謝芮國公款待。」狄仁傑與古閨秀同時行了個禮。

由於豆盧欽望就住在國公府，回驛站的路上只有狄仁傑和古閨秀兩人，狄仁傑關心地問道：「妳很怕見皇上？」

古閨秀搖頭說：「不是，那種感覺說不上來，不是怕，大概是敬畏吧……」

狄仁傑點了點頭，平民女子要見皇上，畏懼天子的威嚴，自然是敬畏。

可古閨秀不是，她畏懼的不是李治，而是歷史。歷史的車輪滾滾前行，她身為知曉未來的人，不敢輕舉妄動，怕影響歷史的軌跡，把中國這臺馬車引向不可知的未來。

別的尚不提，光說火藥，此時還不該出現的東西，她該如何應對？

古閨秀思緒非常紊亂，一些從前沒正式思考過的問題，在她置身於偌大的長安城中時，如潮水般席捲她的腦海，讓她不得不面對。

只是想了一路，也沒半點頭緒，看來明天進宮時，只好兵來將擋、水來土掩了。

古閨秀剛剛回到驛站，楊威就從門口迎了出來。「大小姐，老爺來看您了！」

古閨秀抓緊走了幾步，往驛站裡的房間走去。古爹爹和周掌櫃正坐在她房裡討論事情，因為情緒激動，聲音有點大，古閨秀還走在院子裡，就聽到了古爹爹的聲音。

「不行，現在還不到時候，還不能告訴閨秀！」

周掌櫃耐心地勸道：「可是一旦閨秀進宮了，說不定就會有人認出閨秀，到時豈不是更糟？」

古閨秀聽不懂他們在說什麼，屏息想要聽得更清楚一點，不料狄仁傑和楊威從後面跟著走進了院子裡。

楊威問道：「大小姐怎麼不進去？老爺和周掌櫃都在房裡等您。」

狄仁傑也說：「我來向古老爺問個好。」

古閨秀回過神來，說道：「喔，好，我們一起進去吧。」

古爹爹和周掌櫃聽到了外面的聲音，立刻停止談話，兩人表面上都看不出有什麼異常。

古爹爹笑著說：「唉唷，我的女兒，妳怎麼不說一聲就進京了，爹收到消息時，嚇了好大一跳！」

古閨秀解釋道：「聖旨來得突然，寫信告知已經太遲了，所以我等到進京之後，才讓楊大哥通知你們。」

古爹爹說：「還好，路上平安就行。」

古閨秀點頭道：「有朝廷的人護送，還有豆盧世子以及狄法曹陪伴，很安全。」

周掌櫃在一旁祝賀道：「閨秀，恭喜妳，能獲得皇上賞識，這可是至高的榮耀，妳爹和我知道以後，都高興得不得了。」

古閨秀看他們倆一個關心、一個恭喜，臉上都是笑咪咪的，完全看不出剛剛爭論的痕跡，真是兩隻老狐狸……

她在心裡盤算，既然爹爹現在不願告訴她，她就當作什麼都沒聽到好了，她相信他們倆都是為了自己好。

思考中，狄仁傑已經和古爹爹聊了起來，說完路上的見聞，幾人又談起明天進宮的事，古爹爹竟然一反常態，關心起古閨秀的穿著了。

「乖女兒，妳帶了哪些衣服進京？明天進宮的衣服準備好了沒有？可不能在御前失儀啊！」

古閨秀自然也會看場合打扮，她帶的幾套衣服都是質料比較好的，臨出門的時候，還特地讓胡掌櫃去珠寶店採購了一批首飾。畢竟人靠衣裳馬靠鞍，在京城這種地方，不裝裝面子，就容易被人看不起，她自然會把自己打點妥當。

「之前黎國公送的那幾疋布很好，我拿去做了秋衣，剛剛裁製好的三套我都帶了過來。我還讓胡掌櫃幫我採購了首飾，說是今年長安最時興的，穿著這些進宮，應當不會丟人才對。」古閨秀答道。

古爹爹笑著說：「好、好！我的乖女兒長得美，穿什麼都好看。」

古閨秀又問起在長安開店的事，古爹爹只說等她面聖完再談，要她好好歇著，便先和周掌櫃離開了。

次日清晨，古閨秀早早起床，等候聖旨傳召。

初秋的早晨下了小雨，地面微潤，空氣裡瀰漫著泥土與青草香，聞起來倒有幾分春天的味道。古閨秀聽到驛站外的街道上傳來叫賣聲和說話聲，好奇地走出去觀看。

驛站外有個早市，昨天大家進城時天色已不早，外面已收市，現在她才知道他們就住在鬧市正中間。

「哇，不愧是大唐首都，這麼熱鬧，這種繁榮的程度，不輸後世啊！」古閨秀喃喃自語著，轉頭就看到狄仁傑提著一袋東西從街上走了回來。

「狄法曹，你起得這麼早，是去逛街了嗎？」古閨秀問道。

狄仁傑提起手上的梨晃了晃，說道：「是啊，很早就聽到外面傳來叫賣聲，便去市場裡轉了轉，看到這梨不錯，買回來嚐嚐。走，我們先去大堂吃早飯，然後分梨吃吧！」

古閨秀轉身跟他朝裡面走去，笑著說：「梨子可不能分著吃，分梨分離，意思不好！」

狄仁傑一愣，腳步也走慢了幾分，他仔細想了想，應道：「嗯，這麼說不好，我們不『分梨』。」

古閨秀覺得狄仁傑這麼說有些深意，但這個雙關語是她先說的，她怎麼好意思追問？於是便扯開了話題。「長安的集市裡東西多嗎？」

狄仁傑點頭道：「很多，還有胡商和波斯商人在賣稀奇的玩意兒，我怕耽擱事情，沒有久看，等我們辦完正事，就一起去早市逛逛。」

「好啊。」古閨秀欣然答應。

兩人在驛站裡用了早膳，開始張望起來，卻遲遲不見宮裡的人來接他們進宮。不過，一想到皇上日理萬機，他們只是兩個小人物，皇上能抽空看一眼已是恩惠，他們有什麼立場嫌等得太久？

百無聊賴之際，豆盧欽望騎著馬趕來了，他氣喘吁吁的下馬，將兩人喊到房間裡——「計劃有變，皇上今早醒來說昨夜夢到先皇託夢，要去感業寺拜祭，召見你們的事要等到下午。」

古閨秀吃驚地問道：「感業寺?!」

豆盧欽望點頭，見她一臉驚愕，問道：「怎麼了？」

古閨秀急忙搖頭說：「沒什麼，呵呵……」

感業寺，那不是武媚娘出家為尼的地方嗎？先皇託夢之說不知真假，古閨秀腦海裡卻已產生諸多聯想。

既然上午沒事，古閨秀打算去找她爹，昨天時間太晚，沒來得及商量開新鋪子的事，她想趁這個機會盡早定下來。

一知道她的打算，豆盧欽望和狄仁傑就說要送她過去，怕她一個女子人生地不熟走錯地方，古閨秀知道他們沒事，便欣然同意。

他們三人找到了古爹爹住的客棧，古爹爹和周掌櫃都不在，只有小廝衛林在客棧裡。衛林對古閨秀說道：「大小姐，老爺和周掌櫃去逛鬼市了，還沒回來，您坐下來等吧。」

「鬼市？」古閨秀眨了眨眼。

「鬼市」的來源眾說紛紜，有人說是地名，也有一說是指古玩散貨交易市場，因是凌晨半夜開市，太陽出來即關市，所以稱為鬼市；另外，鬼市上常有一些來路不明的貨物、賣家與買家，因此鬼市也有暗中貿易的意思，也就是黑市。

想到古爹爹之前派人送回并州的那些御窯瓷，古閨秀突然很想去見識一下長安的鬼市。

「世子，你知道鬼市在哪兒吧？」古閨秀問道。

豆盧欽望從小在京城長大，自然知道。「現在去來不及了，鬼市已經收市，妳爹肯定馬上就回來了。」

果然，話音剛落，古爹爹和周掌櫃就趕著車回到了客棧。

他們的馬車上滿滿兩箱古玩，古爹爹高興地對衛林說：「把貨搬到房間仔細輕放，上好鎖！」

說完，他招呼古閨秀等人坐下。

古閨秀問道：「爹，您又買到好東西了？」

古爹爹點頭說：「是啊，長安不愧是皇城腳下，鬼市裡很多好貨，有時間爹帶妳去看看！」

礙於有其他人在場，古閨秀就沒明說那些貨可能有問題，而是和古爹爹商量起開質庫的事。雖然她之前曾請胡掌櫃送信給她爹，不過既然她人都來了，當面聊更方便也更省事。

「在長安開質庫，需要大量資金周轉，而且這裡的鋪面肯定很貴，若貨源足、生意好，那麼需要付給當戶的銀子肯定也多。來長安之前我在家裡盤過帳，對照爹寫給我的預算，可能需要再清一些存貨出去才夠。」古閨秀說道。

古爹爹連連點頭。「我的乖女兒，有妳這麼個好幫手，我不知道省多少心！過兩天，我就安排妳周伯伯回并州，處理一下存貨的問題。」

古閨秀點頭道：「嗯，那我們就趕緊看看有什麼合適的鋪面，盤一間下來吧！」

雖是自家生意上的事，但他們父女倆並未避諱狄仁傑和豆盧欽望。

豆盧欽望聽到他們的對話，自告奮勇道：「我讓管家幫你們看看吧，我家在長安這麼多年，總比你們熟悉。」

古爹爹一陣推辭，說不好麻煩他，但豆盧欽望卻一副非幫不可的模樣，古閨秀只好承了他這份情。

眾人正在閒聊時，芮國公派人送信來給豆盧欽望，說皇上打算在感業寺為先皇焚三日香，近幾天都不可能召見狄仁傑和古閨秀，但要給他們的賞賜會在他們進宮前賜下。

古閨秀聽見這個消息，偷笑了一下。李治真的是為太宗焚香祈禱？只怕是為了武媚娘吧！

總之，既然最近三天沒他們的事，古閨秀就當自己在放假，不用時時待命了。

古爹爹中午在酒樓裡宴請眾人吃飯，飯後豆盧欽望回家找管家商量鋪面的事，狄仁傑也說要去拜訪人在長安的二叔父，而古閨秀閒來無事，便帶了楊威和琬碧一起去逛街。

難得來一趟京城，古閨秀看到琳琅滿目的商品，非常心動。橫掃了眾多小攤，吃的瓜果與肉脯、用的胭脂水粉和頭油、穿的胡虜小皮草、戴的波斯頭紗，還有樣式十分新奇的繡花鞋，以及那哄小孩子玩的捏麵人，她統統都買。

逛到市集盡頭，古閨秀看看楊威手上大包小包提的東西，滿意地伸了個懶腰說：「啊，多少年都沒這樣血拼了！真爽！」

誰知一個懶腰還沒伸完，一個黑影突然從熙熙攘攘的人群裡竄出，衝著古閨秀撞過去。古閨秀只覺得腰間被人扯了一把，接著那人就把她推倒，一溜煙跑開了。

古閨秀警覺地往腰間一摸——她的錢袋被搶了！

「搶劫啊！」古閨秀大喊一聲，楊威放下手中的東西追了出去，琬碧急忙去扶古閨秀起來，兩人撿起地上的物品，跟著追了過去。

市集裡一片雞飛狗跳，搶劫的人顯然很熟悉地形，在坊間左右亂跑，楊威的功夫不錯，在後面緊追不捨，引得路人一片驚呼。

古閨秀跟得很吃力，但還是隨著他們的腳步追了上去，楊威的身影轉進一條偏僻的巷子裡，對方已招來五、六個同夥，和楊威打了起來。

古閨秀不敢走上前去，她和琬碧只會給楊威添麻煩，雖然想去喊人過來幫忙，卻不知哪裡能找到捕快。

此時，她眼尖地看到巷子外的人群中有兩個挺拔的男子腰間佩著刀劍，她衝上去求助道：「兩位大哥，請你們幫幫我，我錢袋被搶了，現在我的護衛又被搶匪圍攻，你們快救救他吧！」

兩個男子面面相覷，顯然是第一次遇到這種事。古閨秀見他們不吭聲，著急得不得了。

「求求你們幫幫忙！習武之人不就是應該路見不平，拔刀相助嗎？」

他們依舊沒說話，但他們身後卻走出一個衣著富貴的年輕人。「這位姑娘說得沒錯，你們還不去行俠仗義？」

他話音剛落，其中一人便如疾風般朝小巷子竄去，另一人則依然留在富貴公子的身邊。

剛剛因為太過焦急，古閨秀並沒有看清楚，現在冷靜下來，才發現這兩個佩刀男子應該是這位公子的護衛。而公子身後，還跟著一個戴著垂紗斗笠的青衣女子，顯得十分神秘。

古閨秀因為擔心楊威，不再細看，向富貴公子道了聲謝，就跑去巷子口察看戰況。

其實楊威一人並不完全占下風，只是他沒有帶兵器，跟小混混們械鬥十分吃虧，現在來了一個帶刀的人幫忙，三兩下就把眾人制伏了。

古閨秀見楊威只有手上有擦傷，放下懸著的一顆心，走到搶劫的人面前說：「光天化日，皇城腳下，竟然敢搶劫！年輕人不學好，居然當起了劫匪！」

富貴公子跟了過來，對出手幫忙的護衛說：「將這些人送到京城府尹手上。順便代我問問他，長安最近的治安可好？」

護衛領命，和楊威一起找了繩子把幾個小混混綑住，兩人一起把這些人送到府衙去。

古閨秀先是被搶劫，又跑了半天，好不容易心情平復下來，才驚覺自己大概是遇到了一個家世不得了的人物，不然哪個年輕人敢隨隨便便向京城府尹問話呢？

她整理了一下情緒，鄭重地向富貴公子道謝，問他何名何姓、家住何處，改天好上門道謝。

富貴公子笑著說：「舉手之勞而已，不必謝了。看姑娘買了這麼多東西，看來很會逛街，不如同我說說，這街上有些什麼好玩的，我走了許久，倒覺得很沒意思。」

他這個要求有點奇怪，古閨秀卻難以推辭，只好找了間茶樓，與他們一道坐下，將自己買的東西拿出來給他們看。

「這個是全聚德肉脯，店家說是皇上微服私訪吃過的東西，很多人搶著買，所以我也買了一點；這些繡花鞋是個八十歲的老奶奶一針一線做出來的，過程非常辛苦，手工也相當好，我多買了幾雙，這樣她就可以早點收攤回家；這幾條頭巾和面巾是波斯商人賣的，雖然有點貴，但樣式新奇；這條圍巾是狐狸尾巴做的，從胡商手中買來……」

古閨秀滔滔不絕地介紹著，富貴公子一一看過，才把手上的東西交給同行的斗笠女子，問她喜不喜歡。聲音雖小，但古閨秀聽到富貴公子說的是──「媚娘，妳可有中意的東西？」

古閨秀的心頓時撲通亂跳。天啊！如果沒弄錯，現在同她坐在一張桌上的人，可是李治和武媚娘啊！

大唐的皇上和未來的女皇！

自從豆盧欽望告訴她皇上召她和狄仁傑進宮，她就想過可能會見到創造歷史的兩個傳奇人物，但像這樣在市井巧遇，她是萬萬沒預料到，也沒有心理準備的。古閨秀努力保持鎮定，卻有些控制不住內心的激動、好奇和害怕。

是的，害怕。她心中雖然不畏皇權，也沒有封建思想，但總歸有些忐忑……

李治謊稱替先皇祈禱，在感業寺閉關三日，事實上卻是陪著武媚娘逛街，這個小秘密，他們肯定不希望被人發現。她在這裡撞見他們就算了，若揭穿他們的身分，只能說是自找死路！

想清楚這一點，古閨秀反而冷靜從容起來。

她笑著對武媚娘說：「姑娘，再過些時候，市集就收攤了，若再不挑選好，可就買不到了。」

武媚娘拾起桌上的波斯頭巾，對李治說：「這個很漂亮，你買一條給我好不好？」

李治想到武媚娘一頭秀髮因出家而剃掉，心中一痛，攬住她的胳膊說：「好，我買給妳，妳要什麼我都給妳！」

鬧市之中眾目睽睽，兩人卻明目張膽、卿卿我我，古閨秀不得不打斷他們。「既然這樣，我們快去吧，不知道那波斯商人還在不在。」

古閨秀帶著他們找到賣頭巾的波斯商人，李治果真大手一揮，將餘下的頭巾、面巾等物都買下來送給武媚娘。武媚娘欣喜之餘，還不忘從中挑了幾條轉送給古閨秀，感謝她引路。

古閨秀不想顯得太拘謹，只當不知道他們的身分，收下了謝禮。

楊威和李治身邊另一個護衛辦完事情回來找他們，古閨秀不想再做電燈泡，便告辭離開。

看著她離開的背影，武媚娘對李治說：「呀，忘了問這個姑娘的名字，不知道以後還有沒有機會遇到？」

李治好奇地問道：「怎麼，媚娘喜歡和這個姑娘作伴？」

武媚娘點頭說：「她很特別，一個女子遇到劫匪，不僅沒有驚慌失措，還能在人群中看到我們的護衛，知道誰可以幫助自己，很機靈勇敢，皇……您不覺得嗎？」

李治想了想，點頭道：「的確如此，要不我讓許飛去打聽一下她是誰？」

此時武媚娘已經看不到古閨秀的身影了，而且在她沒回到李治身邊之前，也不希望有其他女子引起李治的興趣，於是搖頭說：「她既然能與我們在市集裡相遇，若真有緣，以後必定還會見面。我們出來這麼久，還是早些回去吧，免得徒生事端……」

李治點了點頭，帶著武媚娘與兩個護衛離開了茶樓。

第十一章　進宮面聖

古閨秀回到驛站以後，神情仍有些恍惚，坐在房裡呆呆的，不知道在想什麼。

豆盧欽望回家轉了一圈之後，滿臉歡喜地來驛站找古閨秀，見她在發呆，問道：「這是怎麼了？」

琬碧在旁答話道：「我們去逛街，遇上劫匪搶錢，幸好有楊叔叔在，把劫匪捉住送官了。」

豆盧欽望眉頭一擰。「竟然有這種事！這可是京城，那些小賊膽子也太大了！妳下次要出去之前先叫上我，京城可是我的地盤！」

古閨秀回過神來，點頭說：「已經沒事了，就是嚇了一跳，並沒有什麼損失。對了，你過來有什麼事嗎？」

說起這個，豆盧欽望臉上又現笑容。「聽我家管家說，家裡有一家店鋪經營不善，想要盤出去，我就讓管家把鋪子留給妳，妳要不要去看看？」

古閨秀一聽便覺得不對，哪有這麼巧的事？

「世子，你該不會特地從你家的產業中賣一間鋪子給我吧？」

京城的鋪子是可遇不可求，就算生意不好，也不至於隨便變賣。

豆盧欽望說：「不是，真的是經營不善，鋪面又小，管事正在煩惱怎麼處理，妳買走了正好。再說，我家御賜的產業多得很，就算給妳一處又怎麼樣，妳何必這麼見外？」

古閨秀被豆盧欽望的「直爽」弄得啞口無言，只好說：「那就去看看吧。」

豆盧欽望見她有意，高興地說：「明天就帶妳去看！」

兩人約定好此事，第二日一早便出門去看。鋪子的確不錯，雖然不是在鬧市，卻也是臨街的好位置，分明不像是要變賣的差鋪面！

古閨秀還在猶豫，但豆盧欽望已經急匆匆地讓管家帶著古閨秀辦理交接，古閨秀只好心存感激地收下，想著以後在獲利上讓豆盧欽望抽點成當作報答。

離開鋪子以後，古閨秀和豆盧欽望去找古爹爹，古爹爹和周掌櫃看了鋪面也都很滿意，事情就這麼定了下來。

豆盧欽望眉飛色舞的，低價賣出一間鋪面，反倒像是得了大便宜一般，讓古閨秀實在弄不懂他心裡怎麼想的。

送走這位小爺，古閨秀無奈地搖了搖頭。這個人哪，怎麼什麼都不圖，還特地趕著送人東西？

不過……真的是什麼都不圖嗎？她有點不確定了……

等候了三日，宮裡終於傳來確切的消息，皇上要召見古閨秀和狄仁傑。

清晨時分，古閨秀和狄仁傑奉詔入宮，芮國公在皇宮門口等候他們兩人，一起進宮。

走在大興宮平滑乾淨的青石板路面上，古閨秀感慨萬千。

狄仁傑亦是如此，他輕聲對古閨秀說：「我從未想過我會這麼早就踏入大興宮。」

古閨秀說：「我也是，我沒想過我真的會站在這裡。」

他們兩人說著一樣的話，卻有各自的心事。

狄仁傑從啟蒙讀書到科舉應試，直至踏上仕途，進入朝堂侍奉天子一直是他的目標，只是在他的計劃中，進入中央，走到皇上身邊，需要一些時間，保守估計也要到四十歲左右才有可能。他萬萬沒想到，只因為破了軍械庫一案，就提前得到皇上召見，那未來又將如何？他滿懷憧憬，卻也略顯忐忑。

而古閨秀更是心情複雜。她並非第一次進入大興宮，上一次她站在這裡，是她隨著導師前來勘探大興宮遺跡時。

大興宮，是隋代興建的皇宮，後來被唐睿宗改稱為「太極宮」，是包含大明宮、興慶宮在內的三座皇宮中，最尊貴的一座。當年進行勘察時，她很想多了解這座宮殿一些，無數次看著復原模型，想像這座宮殿原本的模樣，而此時此刻，她就站在這裡，怎教她不感慨人生無常？

興嘆中，他們已隨芮國公走到皇宮的朝政區。

芮國公見他們兩人目光明亮有神，笑著說：「你們都是第一次進宮，難免好奇一些，四處看看沒什麼，但是在宮中行走，切忌亂闖、亂入、亂說話，這裡面哪怕一個宮女或是太監，都可能影響你們的人生，千萬要記住。」

狄仁傑和古閨秀感謝他的提點，一起走上兩儀殿前的階梯。

兩儀殿外有護衛站崗，也有太監守門，有個頭髮花白的太監看到芮國公來了，笑著上前說：「芮國公，您來啦，皇上下朝後就等著您呢，這兩位就是皇上要見的人？」

芮國公也笑著說：「是的，桂公公辛苦了，麻煩引見。」

「哪裡哪裡。」被稱作桂公公的太監打量了兩人幾眼，說道：「請隨咱家進來。」

推開鏤花精雕木門，兩儀殿高高的紅漆門檻後，就是正廳。廳堂裡有李治辦公的案桌，以及兩列太師椅等其他陳設，李治正坐在龍椅上。

古閨秀未來得及多看，袖角就被狄仁傑拉了一下，她趕緊低下頭，兩人一同跪下向李治請安。

李治抬起頭，語氣平和。「都平身吧。芮國公，他們就是你說的人？」

芮國公答道：「回稟皇上，正是他們。」

李治頗感興趣。「你們上前來，讓朕看看是怎樣的青年俊豪和巾幗女子，讓芮國公對你們讚不絕口。」

狄仁傑和古閨秀上前兩步，李治細看了兩眼，突然從龍椅上站了起來，繞過桌子走到古閨秀面前。「是妳?!抬起頭來！」

古閨秀別無選擇，只能抬頭，但她的神色卻絲毫不變，彷彿不認識李治一般。

李治見她毫無驚訝之色，心想她要麼沒認出自己是市集上那個人，要麼就是早知道自己是皇上。

芮國公驚訝地問道：「皇上認識這位姑娘？」

李治猶豫了一下，回道：「朕認錯了。」而後坐回龍椅上問古閨秀：「并州兵工坊的火藥配方，是妳寫的？」

古閨秀答道：「民女只是將兵工坊提供的底稿修改補全，並不能算是民女寫的。」

李治笑道：「這麼謙虛，兵工坊那麼多能人將士都沒辦法，只有妳能補全，這是妳的本事，也幫了朕很大的忙。說到這裡，朕給妳的賞賜，妳可還滿意？」

古閨秀謝恩道：「皇恩浩蕩，謝主隆恩！」

能拿來賞人的東西差不多就那幾樣，像是綾羅綢緞、金銀珠寶之類的。若是一些古玩，她還比較感興趣呢，不過能得到一國之君的賞賜，還是值得驕傲。

「免禮。起初聽芮國公說是個年輕女子寫好配方，令朕十分驚訝，見到妳之後，朕更驚訝。想來朕以後要重新審視天下女子了，有妳這樣才貌兼備、學識非凡的人，也許民間還有其他治國良士呢！」李治笑道。

見他扯遠了，芮國公趕緊接過話。「皇上，上次并州兵部上奏的事，您考慮得如何了？」

李治用拳頭敲了敲桌子，看來似乎還沒下決斷，他轉而問起古閨秀。「朕問妳，若朕要妳用火藥製作攻城克敵的武器，妳可知道怎麼做？」

古閨秀心中打了個突。她不想成為殺人兵器的推手，也不想改變歷史進展，於是答道：「皇上，民女不懂皇上說的是什麼意思？」

李治聽了有些失望，但他對一介女子也沒抱太高的期望，只是嘆了口氣，道：「看來那瘋癲方士說的，也只是些渾話了。」

古閨秀知道他口中說的瘋癲方士，就是那個寫出火藥配方的人。看他寫的方程式，她猜測他也是穿越人士，雖然她曾對火藥這麼早出現感到訝異，但後來想想，那個方士既然瘋了，就表示老天不想讓他改變歷史，她就更不用跳出來了。

芮國公有些不甘心，對古閨秀說：「那位方士之前曾寫了封信給皇上，裡面談到很多用火藥製作的武器，說只要能成功製造出來，可在百步之外取敵首級，千里之外毀人城池。在火藥沒做出來之前，我們都不信這些話，但在火藥研發出來之後，我看到火藥的威力，便覺得信中所寫內容或許是真的，只可惜，那位方士因誤服丹藥已神智不清。我想到古小姐懂得火藥，可能也知道那些武器。」

邊聽芮國公說話，李治邊取出一個匣子，芮國公接了過來，從匣子裡展開一封信，把信遞到古閨秀眼前。

信裡的毛筆字寫得不堪入目，但配的圖畫卻十分清晰，手槍、機關槍、大炮、手榴彈，甚至是火箭……

「告訴朕，在妳讀過的、關於火藥的書裡，可見過這些武器？」李治問道。

古閨秀覺得心臟都要蹦出來了，但她什麼也不能說，哪怕她知道這些東西，也不會做，對它們的內部構造更是一竅不通。她若說知道這些武器，不僅騎虎難下，也許還會讓唐代提前進入熱兵器時代。

「民女……民女從未見過這些圖案，皇上恕罪，民女無能，不能為皇上分憂。」古閨秀誠惶誠恐地說道。

李治擺了擺手。「罷了，朕問過很多頂尖的匠人，他們都不知道這些東西，朕又怎會怪罪妳？」

他又對芮國公說：「這件事就先放在一邊，舅舅和兵部的大臣們都覺得信上說的東西很荒謬，還是等找到頭緒以後，再從長計議。」

古閨秀大概是芮國公最後的希望，她一口咬定沒見過、不會做，芮國公也沒辦法，只得從命。

李治又問起狄仁傑的事，狄仁傑恭敬地應答，將自己處理的一些案件說給李治聽，李治問他關於唐律的見解，他回答得也很好，讓李治對他頗為賞識。

「難怪芮國公對你讚不絕口，之前工部尚書閻大人也舉薦過你，果然是少年英才，朕很高興。現在朕手上有一件案子，不方便給大理寺的人查辦，朕要你拿著朕的手諭去查個清楚，你可做得到？」

狄仁傑一愣，顯然是沒料到會有這樣的皇命。皇上關心的案子，卻不讓大理寺的人辦，那肯定是有些不能見光的因素在其中，而且一定是很棘手的事，不過……他從來沒在案件面前怯步過。

「皇上如果信任微臣，微臣定當竭盡全力調查清楚。」

「好！」李治頓了一下，喊來桂公公。「你先帶古小姐下去休息，再宣左藏令。」

知道他們要說案件的詳細內容，古閨秀向李治行了禮之後就告退，隨著桂公公去偏殿休息。

桂公公將古閨秀安置好，命令一奉茶宮女與她相伴，就離開了。

古閨秀向宮女禮貌性地打過招呼之後便不再說話，怕招來口舌是非，她在側殿裡坐著，觀看建築上的雕刻、彩繪以及各種擺設，這對癡迷於考古的她來說，是極大的樂趣！

奉茶宮女見古閨秀悶悶的，坐在那裡獨自一人左右張望，看樣子似乎沒什麼事要吩咐，便漸漸懈怠，此時恰有一老嬤嬤前來找人，她便主動上前搭話喊道：「王嬤嬤，您怎麼親自過來了？」

王嬤嬤說：「皇后娘娘請皇上用午膳，為表誠意，我這把老骨頭少不得跑一趟。」

奉茶宮女道：「嬤嬤請進偏殿稍等，皇上正在和芮國公商議國事，一會兒得空，奴婢就告訴您。」

「好好好，那我就進來討杯茶吃。」王嬤嬤笑道。

奉茶宮女引著王嬤嬤進來，王嬤嬤一隻腳跨過門檻，瞧見坐在偏殿的古閨秀，立即呆住了，扶著門框就喊了一句。「唉呀，我的老天爺啊！」

王嬤嬤的驚呼聲在安靜的宮殿裡顯得十分突兀，古閨秀吃驚地望著她，不明白這位老嬤嬤見到自己時為什麼會露出一副見到鬼的表情。

奉茶宮女也嚇到了，緊張地問道：「王嬤嬤，您怎麼了？」

王嬤嬤一手捂著胸口，一手扶著門框，鎮定了一下，疾步走到古閨秀身邊，先是屈膝福了一禮，而後問道：「頭一回在宮裡看見這位姑娘，不知是哪位貴人？」

古閨秀見這位老嬤嬤對她行禮，趕緊站起回禮。「我並不是宮裡的人，今天是進宮謝恩的。」

「原來如此。難怪老奴不認得，不知姑娘因何事來謝恩？」王嬤嬤在古閨秀旁邊坐下，一副要話家常的樣子。

古閨秀知道製作火藥的事情不能亂說，便敷衍道：「我無意中幫我們并州都督做了一件事，得到皇上賞賜，因此受賞謝恩。」

「姑娘是并州人？」王嬤嬤狐疑地問道。

古閨秀點了點頭。

誰知王嬤嬤緊接著又問：「老奴見姑娘生得美麗大方，不知父母是誰，竟生出這般好女兒？」

「嬤嬤誇獎了，我不過是個商戶家的女兒。」古閨秀開始覺得有些不對勁。

見老嬤嬤開始追根究柢，古閨秀隱隱起了警惕之心，話故意答得不清不楚。但這老嬤嬤耐性不是一般的好，不停追問，包括她姓什麼、家裡做什麼生意、今年年紀多大等等，近乎逼問的談話讓古閨秀滿頭大汗。

好在狄仁傑和芮國公同皇上說完話出來了，她急忙向嬤嬤告辭，如見到救星般向狄仁傑走去，但是王嬤嬤也緊隨其後，走到芮國公面前問安。

「有些日子沒有見到國公爺了，老奴向國公爺請安，也問夫人安好。」王嬤嬤說道。

芮國公顯然和王嬤嬤是舊相識，笑著說：「王嬤嬤近來身體可康健？內人也掛念著您呢。」

「很好，老奴好著呢！」王嬤嬤笑了起來。

閒話了兩句，王嬤嬤終於去找皇上了，古閨秀不禁鬆了口氣。

狄仁傑見狀，問道：「怎麼了？一副如臨大敵的樣子。」

古閨秀說：「剛剛在偏殿遇見那位嬤嬤，她拉著我說了好久的話，問我姓甚名誰、為什麼進宮，還問我爹娘是誰、家裡是做什麼的，樣樣問得仔細，感覺不太尋常。」

芮國公和狄仁傑聽了，也覺得很奇怪。

芮國公猜測道：「王嬤嬤是宮裡的老人了，她是皇上的乳娘，現在又在皇后娘娘身邊貼身伺候，一向謹言慎行，做事十分妥帖，不太可能這麼多管閒事。也許……也許是看到宮裡有新面孔，替皇后娘娘多關心一下吧。」

誤會她是皇上的新寵，所以才盤問她？古閨秀想來想去，也覺得只有這個解釋說得通了。

三人從宮裡出來之後，古閨秀心情舒暢，推掉製造武器的事，她就沒別的事，只要京城的鋪子開起來，她就能回并州了。但芮國公和狄仁傑則心情沈重，芮國公是因為軍事抱負落空而失落，狄仁傑則是接了棘手的案子而煩憂。

拿了皇上手諭的狄仁傑片刻也不敢耽誤，當天就查案去了。而古閨秀和他打了一聲招呼之後，就收拾好東西，從驛站搬去客棧跟她爹一起住。

古爹爹盤下鋪面之後，開始張羅開張的事，一面找木匠打造櫃檯、貨架，一面招募夥計。古閨秀在一旁幫忙，古爹爹卻心疼女兒，不讓她做些粗活，只讓她盤點帳簿、書寫信件，古閨秀看到有周掌櫃、衛林、楊威等人幫忙，便放下心來。

「好再來」質庫長安分店在古氏父女倆努力下，正在一點一滴成形，此時古閨秀收到黎國公府田夫人的書信——她帶著奇哥兒進京了。

田夫人寄住在田大人家中，田大人雖然是她的親長兄，但她與長嫂早年有些嫌隙，若不是為了奇哥兒的前途，她萬分不願寄人籬下。

抵達京城安頓之後，田夫人從并州驛站打聽到古閨秀的下落，想約她聚一聚，因不願看長嫂的臉色，便直接帶著孩子與古閨秀約在外面相見，而她所定的地方，正是感業寺。

古閨秀接到信函，前來赴約。見田夫人到達京城之後反而穿著樸素、身形消瘦，猜測她現在過得不太好，便格外關心。

「半月不見，夫人清減了許多，可是進京的路程太過操勞？」

田夫人牽著古閨秀的手說：「出門才知路途辛苦，別的還好，只是奇哥兒實在鬧人，一路上我沒睡上一頓安穩覺。」

古閨秀道：「他現在的年紀正是調皮的時候，是要操心一些。」

田夫人絮絮叨叨地對她說：「因為是住在兄長家，再親也不比自己家，我不敢帶太多人到京城來，只好自己照顧奇哥兒。我現在只願兄長早點解決奇哥兒進學的問題，到時把他丟給夫子，讓夫子狠狠地管教管教。」

古閨秀看向不遠處的樹下，奇哥兒正拉著琬碧在玩，兩人不知在說什麼，很開心的樣子。

田夫人大概是在路上悶壞了，很想和古閨秀多聊聊，在往寺裡走去的路上，她又說：「我聽兄長家的僕婦說感業寺的香火很旺，便想來替奇哥兒祈個福。」

古閨秀順著她的話說：「感業寺有皇家庇佑，自然靈驗。」

田夫人眼珠一轉，小聲問道：「說到皇家，妳進宮的事怎麼樣了？」

古閨秀知道她心裡在想什麼，便直截了當地說：「我前些天已經進宮謝恩了，等我幫我爹把長安的生意打理好，我就能回并州了。」

「這就回去了？」田夫人一臉驚愕地問道：「見著皇上了嗎？」

古閨秀點頭道：「見到了。」

「見到了就結束了？」她的口氣掩飾不住驚訝。

田夫人想了半天，總算接受自己之前揣測錯誤的事實，原來古閨秀進宮不是去做皇上女人的！

她有些尷尬地道：「原來是這樣，我還以為妳會在長安久住些日子……」

古閨秀並不揭穿田夫人的想法，只是一笑帶過，與她牽手進入正殿去焚香祈福。

第十二章 寺內重逢

琬碧帶著奇哥兒在寺裡玩，各自訴說這些天的見聞，當琬碧告訴奇哥兒她們在市集裡遇上搶劫時，奇哥兒蹦起來說：「妳別怕，我娘說了，她會幫我找個習武師父，到時我學了武功，就能保護妳！」

琬碧笑了起來。「你這麼嬌氣，還習武？」

奇哥兒臉上脹得通紅，辯解道：「我哪裡嬌氣了？又不是女孩子！妳不信，我表演給妳看，出門前，我表哥教了我幾招！」

說著，他就比劃著拳腳蹦起來，最後一招還張開雙手翻了個跟斗。

琬碧正要鼓掌叫好，豈料奇哥兒落腳的地方是一片濕滑的青苔，他就這樣摔在地上。

「唉呀，奇哥兒，你摔著了嗎？」琬碧趕緊走到他身邊察看。

奇哥兒在琬碧面前丟了臉，咬著牙不說話，但額頭上卻滾下大顆的汗珠，顯然是疼得厲害。

琬碧著急地問道：「摔到哪兒了？你說話呀！」

奇哥兒倔強得很，他不說話，掙扎著想站起來，卻又摔倒在地上。

琬碧見情況不對，急忙跑去殿裡喊古閨秀和田夫人。

田夫人嚇得不得了，跑出來把奇哥兒抱在懷裡問道：「我的兒，你哪裡受傷了？快說話，急死娘了！」
奇哥兒見到娘親，情緒再也繃不住，「哇」地哭了起來。「我的腳斷了，好疼啊！」
古閨秀解開他的褲腿幫忙察看，原來是腳踝扭到了，腫得很厲害。
有尼姑聽到奇哥兒的哭鬧聲，走過來問道：「幾位施主，發生什麼事了？」
古閨秀說：「這位師父，孩子的腳受傷了，請問是否方便提供一盆冷水？」
尼姑說：「幾位請隨我到這邊來，我幫你們打水。」
田夫人抱著奇哥兒，跟隨尼姑到廂房裡坐下，尼姑則從井裡打來一桶水，徹骨冰涼。
古閨秀把奇哥兒的腳放進去泡著，安慰道：「奇哥兒忍著點，要先用冷水鎮一下瘀血，免得皮肉之下繼續流血，一會兒就送你去看大夫，沒事，別怕。」
這位尼姑又找來活血化瘀和止痛的藥水，田夫人十分感激地說：「這位師父真是位女菩薩！」
尼姑說：「舉手之勞而已，還是盡早送孩子去看大夫吧。」
古閨秀這才仔細看這位善心的尼姑，一看之下忍不住吃了一驚。這位尼姑長得十分貌美，即使是一身青衣布帽，也掩飾不了她的風華。
古閨秀暗暗心驚，心中不由得冒出一個想法——*這位尼姑相貌如此出眾，又在感業寺，她該不會是武媚娘吧?!*
雖然她曾在市集上碰到李治和武媚娘，不過當時武媚娘頭戴垂紗斗笠，根本看不清模樣。

儘管古閨秀有這種猜測，但目前還是孩子的傷勢要緊，實在容不得她細想。

初步處理完奇哥兒腳上的傷之後，田夫人揹起奇哥兒，準備坐馬車回城找大夫。那位尼姑送他們出去時，路上卻突然竄出三個尼姑，二話不說，上前架起美貌的尼姑吼道：「讓我們找不到不說，妳竟然還敢偷溜出寺?!」

美貌尼姑解釋道：「沒有，是孩子受了傷，我送送他們而已。」

其中一個尼姑大吼：「還敢狡辯！妳以為我們不知道妳心裡打著什麼鬼主意？我告訴妳，別作美夢了！」說著一把扯下美貌尼姑的帽子，只見她頭上已長出寸長的頭髮。

另外一個尼姑說：「妳竟敢偷偷蓄髮，把人給我帶回去，把頭髮剃乾淨！」

她話音剛落，就有兩個尼姑上前來架住那位美貌尼姑。

美貌尼姑掙扎道：「妳們放開我，我是經過允許的……」

田夫人和古閨秀被這突如其來的衝突嚇了一跳，見美貌尼姑受欺負，古閨秀上去要勸說，旁邊卻有其他尼姑攔道：「施主趕快送孩子看大夫去吧，寺裡的尼姑不守戒律，讓施主笑話了。」

古閨秀想了一下，對田夫人說：「妳先帶奇哥兒和琬碧回去，我留在這裡看一下，畢竟是幫過我們的人，總不能看著她被人欺負。」

田夫人點頭道：「是啊，能幫她說說話也好，但是別強出頭，妹妹小心。」

送走田夫人，美貌尼姑已經被綁去後院了，古閨秀疾步追上去，只見她已經被人按在廂房裡開始剃頭。

古閨秀上前阻止。「幾位師父手下留情，容我說兩句話。」

有尼姑攔在廂房門口不讓古閨秀進去，臉上的表情很不耐煩。「施主，這是我們寺內的事，還請不要插手！」

古閨秀笑著說：「寺內的事，我自然不敢插手。只是我今天來是傳皇后口諭給武才人，剛剛孩子受傷，我一時忘了，現在還請眾位師父讓我傳完話，好早點回去交差，妳們也可以辦自己的事了。」

聽聞「皇后口諭」，屋子裡陡然一靜，門口的尼姑有些緊張，結結巴巴地說：「什……什麼武才人？這裡沒有武才人。」

古閨秀笑盈盈地道：「這裡也許沒有武才人，但是在皇上和皇后心裡，武才人依舊是武才人。妳們既然這樣攔著，那我直接說給妳們聽也無所謂。皇后娘娘說──『武才人，本宮一直牽掛著妳，不知妳在感業寺處境如何，不過放心，待先皇一年孝期過後，本宮便派人接妳回宮，還請珍重。』」

攔著門、手拿剃刀的尼姑們全都停了下來，面面相覷，美貌尼姑也不哭了，驚詫地看著古閨秀。

僵持了一會兒，幾個尼姑權衡輕重之後尷尬地離開了。古閨秀進到屋裡，替美貌尼姑戴好帽子，問道：「妳沒事吧？」

美貌尼姑擦著臉上的淚，搖了搖頭，而後問道：「妳認識我？」

古閨秀低聲說：「我聽出了妳的聲音，我們之前在市集裡見過，是不是？我知道妳是武媚娘。」

武媚娘笑道：「我剛剛在寺裡看見妳就認出來了，但是我以為妳不記得我，所以沒有說出來。不過……妳怎麼知道我是武媚娘？」

古閨秀說：「我進宮見過皇上了，知道那天在市集遇見的男子是皇上，能讓皇上特地出宮相見的人，除了妳還有誰？」

武媚娘臉上有一絲羞怯。「原來妳是宮裡的人！妳剛剛說的話是真的嗎？皇后真的要接我回宮？」

古閨秀搖了搖頭說：「我不是宮裡的人，我剛剛說的話是嚇唬她們的。」

武媚娘吃驚道：「妳……妳假傳懿旨？」

古閨秀卻一點也不怕。「妳可以讓這話變成真的啊！」

武媚娘一臉不解，古閨秀也不道明，只說：「剛剛那幾個人這麼欺負妳，可不像是尋常出家人會做的事。」

武媚娘失落地說：「她們受命於蕭淑妃，故意為難我，只因皇上前些日子來寺裡看我。」

「喔，原來是蕭淑妃的人，難怪！蕭淑妃為皇上誕下一子，氣勢囂張，我聽說皇后娘娘在宮裡的日子也不好過呢！敵人的敵人，也許就是朋友……」

武媚娘是聰明人，這次古閨秀的話她立刻就明白了。「姑娘的意思，是要我向皇后娘娘求助？」

古閨秀點頭道：「若皇后肯出手幫妳，皇上又喜歡妳，妳自然能回宮。妳是從宮裡出來的，定然知道該怎麼做。」

武媚娘日思夜想的就是想逃離感業寺，每次皇上到感業寺來，她都想盡一切辦法見到皇上，好讓他念起舊情，只是皇上對她雖然舊情難捨，卻絕口不提接她回宮的事。她知道因為她是先皇的遺孀，又是出家修行之人，皇上壓力太大，所以她也不逼迫，只祈求有一日能懷上龍種，到時再藉此回宮。

此刻她聽古閨秀這麼說，頓時了解若有皇后支持，皇上便不是孤掌難鳴，只要兩人都願意接她回宮，事情就好辦多了。

只是……她還有一件事情不太明白。

「不知姑娘為何要幫我？」武媚娘問道。

古閨秀想了想，她只是遵從歷史順水推舟罷了，可這話該怎麼跟武媚娘說才好呢？思索一番之後，古閨秀答道：「與妳兩次相遇，妳都直接間接幫了我的忙，我不過是還妳一個人情罷了，何必多慮？」

武媚娘感激道：「錦上添花者眾，雪中送炭者少。姑娘的情義，媚娘會謹記在心，還請姑娘告訴我妳的閨名。」

古閨秀說：「我叫古閨秀，只是個尋常的商戶之女，不久之後就要回并州了。武才人不必記掛我，我們大概不會再相遇了。」

「并州？我的祖籍也是并州。」武媚娘說：「總覺得和姑娘緣分不淺，若媚娘真有翻身之日，定會厚謝姑娘。」

古閨秀淺淺一笑，沒把她的話放在心上。「武才人多保重。我要走了，再不走，只怕那些尼姑會起疑。」

武媚娘親自送古閨秀離開感業寺，等回過身時，她心中已有了決斷。要借皇后之手回宮，能幫她聯繫和遊說皇后的，只有那個人了……

思及此，武媚娘忽然想起今天正是八月十五，宮裡各殿會派人出來送香火錢，她急忙回房找出筆紙寫信，以圖和宮內取得聯繫。

古閨秀獨自走在回家的路上，心中還念著剛剛和武媚娘說的那些話。她今天是有些衝動，但想到在這裡的一生，她和家人都將受到武媚娘影響，甚至接受她的統治，那麼今天出手幫她，絕對不是件壞事。

她出神地想著歷史和現實交錯的種種，沒有留意身邊的情況，轉瞬間，她身子一輕，被一個騎馬的人攔腰撈到了馬背上。

古閨秀嚇得大叫，不斷地拍打著那個人，誰知耳邊卻傳來大笑聲。她扭頭一看，騎馬的人，正是豆盧欽望。

「世子，你這是在做什麼，快放我下來！」古閨秀氣急敗壞地喊道。

豆盧欽望並未放她下馬，只是略微減慢速度，讓她從趴在馬背上的姿勢變成坐在他身前。他半圈著她的身體說：「我去找妳，妳家下人說妳和田夫人到感業寺上香，所以我就找來啦！妳怎麼一個人？」

古閨秀不會騎馬，她抓著馬的鬃毛，有些緊張。「奇哥兒的腳扭傷，田夫人先帶他回去了。」

豆盧欽望問：「妳沒帶琬碧出來？妳看看，如果妳遇到的人不是我，而是其他壞人，直接把妳抓了就跑怎麼辦？連個通風報信的人都沒有！」

古閨秀覺得兩人的姿勢太親密，又氣他捉弄自己，憤怒地說：「琬碧同田夫人一起回去了！再說，誰會捉我？也就只有你這個瘋子會這樣！你快停下來，我要下去！」

見她在馬背上反抗得厲害，豆盧欽望沒辦法，只好放她下來，而他自己也下馬，牽著馬跟她一起走。「喂，妳真的生氣了？生什麼氣啊，我來找妳玩的。」

古閨秀說：「你……你放尊重點，男女有別！」

豆盧欽望又大笑起來，道：「原來是這樣！我沒別的意思，這不是看妳沒馬車能回去，想送妳一程嘛！」

古閨秀懶得和他爭辯，這個話題只會愈說愈尷尬。

豆盧欽望看著古閨秀滿臉通紅，覺得有意思極了，十分得意自己今天一時興起的舉動。「今天中秋節，我是來邀妳晚上一起去賞燈的。告訴妳哦，長安的花燈可好看了，妳在并州一定沒見過那麼多花燈，美得不得了呢！」

有鑑於他剛剛過分的舉動，古閨秀覺得有必要跟他拉開點距離，於是拒絕道：「我家店鋪的事情還沒弄好呢，哪有心思出去玩？我不去。」

豆盧欽望失望道：「事情再多也不差這一晚，不去看看多可惜？我專程訂了賞燈的花棚，妳不去，我跟誰去啊？」

古閨秀依舊搖頭。「我真的不去。再說，中秋節闔家團圓，我和我爹該一起過節，我哪能丟下他一個人，跟你跑出去玩？」

豆盧欽望緊追不捨地說：「請妳爹一起去看燈啊！」

古閨秀腳步加快，耐心已有些不足。「你幹麼總盯著我呀，我不想上街湊熱鬧不行嗎？」

「不去就不去，像是我求妳一樣！」豆盧欽望跨上馬背，抽了一鞭子就跑了。

古閨秀琢磨著，明明就是他在求自己啊，怎麼說得像不是一樣……

她獨自又走了一段路，卻見常常跟在豆盧欽望身邊的一個侍衛調頭尋了過來。「古小姐，世子爺要小的送您回家。」

古閨秀無奈地搖了搖頭。豆盧欽望這個人哪，任性又彆扭，鬧脾氣走了，還擔心她一個人的安全問題！

回到長安城內，古閨秀就屏退了那個侍衛，隻身上市集購物。

經豆盧欽望這樣一鬧，古閨秀才意識到今天是中秋節。她在街上買了不少吃的，另外打了一壺酒帶回家，決定今晚和她爹、周伯伯等人好好聚一聚，畢竟大家最近都很辛苦。

她又想到狄仁傑辦公辛苦，便繞道去驛站請他晚上一起吃飯，豈料他不在驛站裡，古闉秀只好託人帶個話，回家去了。

如今她和古爹爹已搬到新盤下的房子裡居住，回家後她張羅下人做了許多菜，等古爹爹、周掌櫃與夥計從外面忙完回來，都高興得不得了。實在是生意太忙碌，大家都忘記今天過節了，直誇她想得周到。

夜幕降臨，古家人不分主僕，按照古闉秀的主意，直接在院子裡擺了張大圓桌，一桌人圍著桌子熱熱鬧鬧地吃飯，抬頭就能見到圓圓的秋月，感覺十分愜意。

古爹爹問道：「女兒，妳沒請仁傑過來吃飯嗎？他同妳一道上京，卻老是一個人，我們該多照顧他一些。」

古闉秀說：「我去驛站找過他，他不在，也許去他二叔父家過節了。」

話剛說完，狄仁傑就拎著幾斤滷肉來了。「伯父、闉秀！抱歉我來晚了，最近忙著查案子，完全忘了過節的事。」

進京以後，古家人與狄仁傑的關係拉近不少，彼此之間的稱呼也省去官與民那一套，就像尋常人一般往來。

古爹爹招呼道：「來來來，我們才剛開始吃，快來坐。唉呀，你看，這丫頭非得擺個圓桌，說大家這樣坐著熱鬧，你就隨意坐吧！」

狄仁傑提著滷肉走過來，看大家在皎潔的月光下聚在圓桌邊吃飯，覺得很是熱鬧有趣。古闉秀把自己身邊的空位收拾出來，狄仁傑便也隨著大家不拘禮數，坐到了她身邊。

他笑著說：「這圓桌有趣，能坐這麼多人，還不分主次，倒也方便。」

古閨秀答道：「中秋家宴，講那麼多禮數做什麼？大家在京城都很辛苦，今天晚上吃好、喝好，犒賞自己才是應該。」

狄仁傑點點頭。「此話說得極是。」

坐在狄仁傑另一邊的楊威替他斟酒，狄仁傑笑說自己遲到先自罰三杯，又敬古爹爹、周掌櫃等長輩，連著五杯酒下肚，喝得又快又急。

古爹爹興致被他挑起，高興地說他酒量好，古閨秀卻說：「別空著肚子喝酒，先吃點東西吧。」

狄仁傑擦嘴坐下，道：「無妨，我先前吃過晚飯了。只是回到驛站收到妳的傳信，便過來湊個熱鬧。」

古閨秀驚訝道：「你已經吃過啦？之前是去你二叔父家了嗎？」

狄仁傑搖頭道：「不是。我去查案了，回來路上隨便吃了碗麵。」

古閨秀看他生活過得這麼簡單，勸他多吃些菜，又說：「你一個人住在驛站，本就孤單，吃飯沒個定數，趁我和我爹還在長安，你就來跟我們一起吃飯吧！」

狄仁傑本就因為古閨秀邀他過中秋而感到高興，如今見古閨秀對他關懷備至，連忙應了下來。「那我以後可就厚著臉皮來吃飯啦！」

他又喝了兩杯，細想古閨秀的話，覺得她沒把自己當外人，心頭暖意湧上，仗著幾分酒意，放開平日恪守的禮節，大膽邀她。「我在來的路上看到許多花燈，不如我們一會兒吃了飯看燈去？」

其實古閨秀原本就想看燈，但之前豆盧欽望惹惱了她，她才故意拒絕，現在見狄仁傑邀約，便高興地說：「好啊，我聽說長安的花燈規模浩大，早就想看，正愁沒人一起呢！」

兩人約好，狄仁傑一高興，又和眾人飲了數杯，但因為怕醉酒誤了看燈，便放下杯子不再喝酒，轉而吃起桌上的菜。

一頓飯吃得差不多，眾人各自離桌，古閨秀和狄仁傑則向古爹爹請退，高興地上街遊玩去了。古爹爹看著古閨秀歡快的背影，長長地嘆了口氣。

周掌櫃看在眼裡，拍了拍他的肩膀說：「放寬心吧，該來的終究會來。」

古爹爹目光悲戚，一直看著古閨秀離開的方向。「我從不敢奢望將閨秀據為己有，只盼能將她養大、教好，可是我終究對不住她，耽誤了她的婚事……」

周掌櫃勸道：「這怎麼是你的錯？你是為了她好才百般挑剔，尋常人哪裡配得上她？」

古爹爹說：「老周啊，我總擔心，不知道我現在做的對不對，你說，等閨秀知道了真相，她會不會怨我？」

周掌櫃搖頭說：「何須多慮？閨秀是這麼懂事的孩子，自然知道你處處都是為了她好，也一定會理解你之前和如今的用意。」

「是啊，她很懂事，她會懂的……」古爹爹仰頭一口乾掉杯中的酒，道：「我耽誤了她二十年，是該讓她回去了。」

第十三章　醋意橫生

此時的古閨秀全然不知古爹爹在焦心什麼，她與狄仁傑走到街上，外面人頭湧動，熱鬧至極。狄仁傑怕古閨秀走丟，伸手拉住她的手臂，將她牽在身邊。

古閨秀感覺手臂一緊，低頭看了一眼，心漏跳了幾拍，但抬頭再看向狄仁傑，他卻是神色尋常地說：「我們去宮門前看，那裡有皇家做的大燈。」

看著他緊拉著自己，古閨秀心想——他也許是喝多了吧，這裡這麼多人，他拉著我也是權宜之計。如此一想，古閨秀便不再多慮，高興地跟他看燈去。

兩人一路隨著人潮前進，好不容易擠到皇城外，遠遠地就看見城牆上全都掛上了宮燈，燦若繁星。正城門外的廣場上，還有一盞巧匠紮的嫦娥奔月巨型大燈。

就算是在現代，古閨秀都沒見過那麼大的燈，她興奮地說：「哇，嫦娥奔月燈真好看，做得跟真的一樣，我們再走近一些瞧吧！」

狄仁傑看前面人牆紮實，想要擠過去不是易事，環顧四周一圈之後，出了主意。「我們從那邊的拱橋上繞過去，對面人少。」

皇城的護城河邊建了許多賞燈的看臺，由禁軍負責守衛，專給皇親國戚和權貴人家過節賞燈所用。

豆盧欽望家的賞燈臺位置極好，可他卻無聊得很，一個人坐在看臺上喝酒，完全無心賞燈。反正古閨秀不和他去賞燈，原本訂好的花棚也用不著了，不如坐在這裡發呆。

他今天隨家人一起出來，父親和母親在觀看皇上登上城樓向萬民致意後，就打道回府；族中的弟弟、妹妹們喜歡熱鬧，上街去玩了；就他一個，不想回家，也不想湊熱鬧，獨坐在看臺上。

豆盧欽望寂寥的身影與周圍萬頭攢動的景象對比，顯得格外孤單。

一壺酒喝完，他起身拿酒，卻正好見到正前方的拱橋上跑過一對男女，男的挺拔矯健，女子窈窕美麗，兩人手牽著手，分外醒目。

那兩人，赫然就是狄仁傑和古閨秀！

豆盧欽望白天在感業寺外和古閨秀鬧脾氣之後離開，心中本就不太爽快，如今見古閨秀和狄仁傑出來看燈，更是生氣。她先前明明說太忙了不想看燈，如今怎麼就這麼歡快？還和狄仁傑手牽著手?!

他實在氣不過，當下就提了酒壺朝兩人追了過去。

古閨秀隨狄仁傑跑向護城河另一邊，這裡離皇城城牆太近，平日有侍衛看守，百姓不敢過來。今日因為過節，河岸兩邊都開放了，卻依然無人來，因此成了看燈的絕佳之處。

從拱橋上往下跑時，因為速度太快，古閨秀險些被裙子絆住腳，幸而狄仁傑眼明手快扶了她一把，她才沒有摔倒。

站穩之後，古閨秀站在河邊環顧四周。「哇，在這裡看花燈果然清楚，河裡的燈影也好看。」

古閨秀是真心讚嘆。古代沒有電燈，現在他們人在戶外，除了天上的月光，就只剩花燈的光了，這些光影倒映在河中，如夢似幻，讓人著迷。

狄仁傑見她開心，也很歡喜。「妳這麼喜歡花燈？回頭我幫妳做一個，我兒時常幫弟弟妹妹們做。」

古閨秀笑道：「小孩的玩意兒我才不要，過節看看就好啦！」

兩人正在說笑，豆盧欽望就提著酒瓶，搖搖晃晃地追了過來。

古閨秀眼尖，招呼道：「世子，你也發現這賞燈的絕佳之處啦？」

兩人白天雖然鬧得有些不開心，但不是什麼嚴重的問題，古閨秀並不放在心上，只是一笑置之，開心地和豆盧欽望打招呼。

豆盧欽望見古閨秀像沒事人一樣和自己說話，一時想要責問她，卻又不知該如何開口，整個人悶在那裡。

狄仁傑看他醉醺醺的，身上的酒氣連自己這個喝過酒的人都覺得熏人，便上前拿走他的酒瓶。「你怎麼喝了這麼多的酒？再喝就醉了。」

豈料豆盧欽望大手一揮。「不要你管我，我今天『高興』，我想喝！」

狄仁傑不知他的心事，又勸道：「就算再高興，也得節制一下。」

往日古閨秀一直覺得豆盧欽望是個有一說一、有二說二的性子，也沒想得太複雜，於是順勢問道：「有什麼事這麼開心？說出來讓我們也開心一下呀！」

豆盧欽望卻以為她故意激怒自己，酒氣湧上心頭，脫口就問：「妳為什麼不和我出來賞燈，卻跟他一起出來？為什麼不願意讓我載妳騎馬，卻和他手牽手？」

明明是自取其辱的話，豆盧欽望卻因醉酒之故，不顧後果地問了出來。

他這話讓狄仁傑和古閨秀兩人嚇了一跳。

古閨秀面紅耳赤地說：「你這人怎麼亂說話？從早上開始就不太正常，我不想跟你說話了，等你明天酒醒，我們再說！」說罷便要離開。

但豆盧欽望沒得到解釋，哪裡肯放她走？他上前抓住她的肩膀吼道：「妳為什麼討厭我？告訴我啊！」

古閨秀一面扳開他的手，一面說：「我沒有討厭你，你喝多了！」

喝醉的人一向都覺得自己沒有喝多，此時豆盧欽望竟順著古閨秀的手，強行把她拽到身邊，像小孩子吃醋般說：「就許他牽妳的手，我也要牽！」

古閨秀雙手被他捉住，臉色都變了。狄仁傑見豆盧欽望明顯是在發酒瘋，便上前拉他說：「世子，快鬆開閨秀。」

豆盧欽望見狄仁傑插手，更是不滿，嚷嚷道：「你憑什麼管我，走開！」

醉酒之人下手不知輕重，豆盧欽望又是習武之人，他一掌推開狄仁傑，讓他整個人站不穩，連退數步，眼看就要掉進河中！

古閨秀趁豆盧欽望推人時掙脫，見狄仁傑有危險，便伸手去救他，人是拉到了，但狄仁傑一個成年男子的重量，豈是古閨秀拉得住的？

就這樣，兩人齊齊墜入河中！

皇城外的護城河極深，邊緣又是石板砌的，光滑無比。幸而狄仁傑和古閨秀都諳水性，沒有出大事，但卻怎麼也上不了岸。

豆盧欽望見兩人落水，心中大驚，酒已醒了一半，連忙喊禁軍來搭救，好半天才找到繩子，將兩人從護城河裡拉了起來。

從水裡出來的兩人狼狽不堪，古閨秀更是火大，跺腳怒道：「豆盧欽望，你發什麼酒瘋啊！」當下扭頭就走。

豆盧欽望自知理虧，想要賠罪和關心，無奈酒未全醒，加上著急，什麼話都說不出口。

狄仁傑拍了拍豆盧欽望的手臂道：「你早些回家，什麼事都等到明天再說吧，我先送閨秀回去。」

說罷，狄仁傑三兩步追上氣極離去的古閨秀，一路勸慰著她，一起回古家去了。

古家眾人見古閨秀和狄仁傑渾身濕透了回來，急忙地問出了什麼事，古閨秀只說賞燈的人太多，她和狄仁傑不小心被擠下河去。古爹爹雖然不信，但看到古閨秀情緒不好，也不追問，只命人趕緊準備熱水。

狄仁傑把古閨秀送回家，身上只用乾毛巾略微擦了一下，就告辭回驛站。他出了門，在街口便看見豆盧欽望站在那裡，不由得大驚。

他走上前去，豆盧欽望搶在他前面開口說：「今晚我酒喝多了，對不住你們。」

狄仁傑雖然感覺到他不單單是喝多了的問題，但別人的心事不好追問，只哈哈一笑說：「我這才知道世子喝了酒會發瘋，以後我可不灌你喝酒。」

豆盧欽望見狄仁傑還能跟他說笑，心中一輕，知道他不會為落水之事介懷。但想到大家都是聰明人，他喜歡古閨秀的心思，狄仁傑必定了然，不免有些尷尬。

「古小姐她還好嗎？」豆盧欽望試探地問道。

狄仁傑答道：「你今晚言語唐突，她恐怕有些生氣，不過閨秀並不是小氣之人，你明天給她賠個不是，就沒事了。」

豆盧欽望忽然想到，古閨秀與狄仁傑已直呼對方名字，而與自己卻是「小姐」、「世子」的稱呼，親疏遠近早已表現出來，為什麼自己之前沒注意到，還一心覺得自己和古閨秀很親密呢？

他錯估了兩人的關係，今天一再言語無狀，終究惹得她不快。

他在心中苦笑，從未覺得如此失落。想了一下，他對狄仁傑說：「我是沒臉再見古小姐了。我的歉意，就勞你替我轉達。」

狄仁傑驚訝道：「不至於此吧？」

豆盧欽望說：「我早就接到調令，要去江南大營報到，只是心中牽掛著一些事，所以遲遲沒有動身。如今時限將至，我要出發了，就不再去惹古小姐生氣了。」

「原來如此，但之前沒聽你說起過啊？」狄仁傑若有所思地說著。

豆盧欽望要調去江南大營的事是真的。他之所以沒有第一時間出發，是因為古閨秀還在京城，他想多跟她相處一些時日，卻不料酒過情傷，徒生事端，鬧得現在如此尷尬，便想一走了之。

一時之間狄仁傑也說不出別的話，只讓豆盧欽望早些回去，有什麼事，明日再說也不遲。

但豆盧欽望卻執意不肯走，呆呆地站在街口，遙望著古閨秀的家門。

見他如此，狄仁傑心中也不知是什麼滋味，只能嘆氣。他的立場說什麼都不方便，便任由豆盧欽望獨自在這裡神傷了。

到了第二日，古閨秀已不生氣了，從豆盧欽望的言行舉止，她大概能猜出他的心意。她不停思索著若他今日來道歉，她該怎麼做才能避免尷尬，可是她左等右等，卻不見豆盧欽望半個人影，到了下午，不禁有些氣惱。

傍晚時，狄仁傑過來吃晚飯，席間見古閨秀悶不吭聲，便在飯後把她喊到一旁，問道：「閨秀，世子來找過妳沒有？」

古閨秀氣呼呼地說：「他端著架子，哪裡肯來找我？道歉更是奢望了！」

狄仁傑嘆道：「我昨天回家時，看到他站在妳家附近的街口，只怕是站了一晚，沒想到他真的沒進來。」

「啊？」古閨秀驚訝極了。

狄仁傑將昨天和豆盧欽望的對話轉述給古閨秀聽。「他怕惹妳生氣，要我代他道歉，說是馬上就要去江南大營，就不見妳了。我今天特地去向芮國公打聽了一下，世子果真是要去江南，明天一早就出發。」

古閨秀咬著下唇沒有說話，萬萬沒想到，朋友一場，他竟要不告而別！

狄仁傑看了看她的臉色道：「現在時間尚可，妳隨我出去一趟吧！」

古閨秀問道：「去哪裡？」

狄仁傑說：「世子此去軍營，待回來時，妳定然已回并州。下次再見不知是何年何月，你們今天若不能當面道別，日後定會引以為憾。」

他這麼一說，古閨秀也覺得她和豆盧欽望說不定再也見不著了，他既然不好意思來見自己，她就找他去！

「好，我們走吧！」古閨秀點了點頭。

狄仁傑與古閨秀怕驚動芮國公，便由狄仁傑前去把豆盧欽望約出來，說是臨別前再喝一杯。豆盧欽望念在與狄仁傑並肩查案的情誼，出來與他話別，但進到酒館時卻發現古閨秀坐在裡面，當下慚愧地紅了臉。

豆盧欽望被狄仁傑按著坐到座位上，與古閨秀面對面，其實他有很多話要說，但看著古閨秀，卻什麼話都說不出來。

古閨秀繃著臉說：「我還沒有問罪於你，你卻已經不把我當朋友了！」

豆盧欽望低聲道：「我羞於見妳。」

古閨秀見他這般可憐，不再裝模作樣，而是笑著說：「一個男子，臉皮竟然這麼薄，倒顯得我厚臉皮了！我知道你把我當最好的朋友，處處待我好，為我著想，有什麼不好意思的？若說不好意思，也是我愧於接受你的好。只是我覺得，我們都把彼此當作摯友，若太過推辭，倒顯得生分，也有點小氣，你說是不是？」

古閨秀為了不讓豆盧欽望尷尬，把一切歸於友誼。豆盧欽望也不願從此不和古閨秀來往，既然她主動給他臺階下，他自然順水推舟。「是我小氣，也是我把妳想得太小氣了，是我不該。我在這裡把昨天和今天的錯，一併賠罪，還望古小姐不要見怪才好。」

古閨秀瞪大了眼睛說：「昨天落水的事倒也罷了，你今天打算不辭而別才是大錯，分明沒把我們當朋友，光賠罪可不行！」

豆盧欽望說：「妳說什麼我都依妳。」

古閨秀想了想，道：「我早就不想喊你『世子』了，若你許我喊你『豆子』，那就是真的把我當朋友，我才原諒你。」

豆盧欽望驚愕地看著古閨秀，他心裡覺得「豆子」這個稱呼有點怪異，卻又顯得親密，於是答應下來。

古閨秀看了看狄仁傑，又說：「我們三個朋友一場，早該把虛禮放開一些，你是小傑，你是豆子，你們都可以喊我的閨名，這樣才對嘛！」

豆盧欽望指著狄仁傑說：「『小傑』？小妞？哈哈哈，相比之下，我的『豆子』可是好太多了！」

狄仁傑臉色微紅，卻不介意。「你既然這麼喜歡『豆子』這個名字，那以後我保管喊到你生厭為止。」

因這些暱稱，三人之間的氣氛變得輕鬆許多，很自然地笑鬧了起來。談笑間，狄仁傑依舊喊古閨秀為「閨秀」，豆盧欽望卻偏要喊得跟狄仁傑不一樣，決定喊她「秀兒」。換了稱呼，三人的關係顯得又進了一步。

古閨秀問豆盧欽望出行的事準備得如何、要去多久之類的，三人聊到三更才散。

待各自回到家，豆盧欽望心中舒暢不少。雖然他對古閨秀的喜愛之情被古閨秀用友誼敷衍過去，但彼此的關係卻比之前更親近，心情上歡喜大於失落，終於安了心，準備到江南大營去。

狄仁傑雖然對古閨秀的胸襟大為嘆服，卻也產生悵然若失的感覺。他先前覺得古閨秀對他格外關心，是有別的意思，如今想來，只怕是自己將她的熱情大方會錯了意，這一晚反倒沒睡好。

自豆盧欽望離京南下，古閨秀便覺得日子有些索然無味。平日豆盧欽望在她耳邊聒噪時不覺得怎樣，現在少了個人，她才發現生活忽然變得有些無趣……心，彷彿空了一塊。

不過，幸好還有狄仁傑這個朋友陪著她。

這天，古家眾人吃過晚飯之後，古爹爹早早就睡了，狄仁傑問古閨秀：「伯父是太疲倦了嗎？怎麼天還未黑就去歇息了？可是哪裡不舒服？」

古閨秀搖頭道：「不是。他們半夜要去鬼市掃貨，所以先睡，這樣晚上才有精神。」

狄仁傑點了點頭。

古閨秀問他：「你幫皇上做事還需要多久的時間？我家的鋪子就快開張了，等生意一做起來，我就回并州了，你呢？」

狄仁傑嘆了口氣。「皇上交代的差事有些棘手，牽扯較深。我雖有些頭緒，但一直沒有找到證據，眼下正是為難，若一直沒有突破，真不知何時才能完結。」

古閨秀見他這般苦惱，勸道：「總會查清楚的，別著急。橫豎家裡沒什麼急事，我就等你一段時日，我們一起來京城，該一起回去才是。」

狄仁傑也不放心古閨秀獨自上路，她願意等他，他自然高興，只是事情還得快點做完才行。

兩人聊了幾句後就各自回去休息，狄仁傑因為記著古爹爹半夜要去鬼市掃貨，所以第二日一大早他就來古家幫他們卸貨、整理，好讓古爹爹早點去補眠。

有狄仁傑幫古閨秀的忙，古爹爹忍不住笑呵呵地說：「那貨物就交給你們，我和妳周伯先下去歇息了。人老嘍，熬夜熬不住啦！」

古閨秀說：「你們快去歇著吧！我們來整理就行，等會兒喊你們起來吃午飯，我燉湯給您喝。」

古爹爹非常高興，笑著去睡了。

古閨秀帶著狄仁傑到庫房，指著幾箱貨物說：「這些都是從鬼市買回來的貨，我現在需要把它們入冊分類，並初步估價，然後派人送回并州的古玩店去。我來驗貨，你來入冊吧。」

狄仁傑取來筆墨，按照古閨秀所描述的記錄下來。這幾箱貨物名目眾多，有銘刻、漆器、玉石、古錢幣、書法、瓷器和雕塑。

古閨秀一一察看，推測出處、質地、工藝、背景等各方面的資料，整理入冊時還會順帶為狄仁傑講一些古董知識，狄仁傑聽了，更是對古閨秀的眼光和學識感到佩服。

古閨秀從最後一個箱子裡抱起一個花瓶，上下左右看了半天，道：「白梅青瓷越窯窄口花瓶，一品宮瓷，釉色青翠，釉光瑩潤，潔淨素雅，色澤豔麗，估價兩百兩。」

「越窯一品宮瓷？」狄仁傑筆下一頓，疑惑地看向古閨秀。

古閨秀知道他的想法，低聲道：「沒錯，這是御用的瓷器，也不知如何流落到宮外。這些東西入手後要送出京城才能賣，外頭人人都想要宮中的用品，畢竟能賣個好價錢。」

狄仁傑問道：「倒賣宮中物品，沒人管嗎？」

古閨秀說：「在明面上賣，自然有人管。但是鬼市有不成文的規定，不得過問貨物來源，也不得查詢貨物去處，自有一套體系，官府想查也查不到。雖然鬼市裡的貨物大多來源不正，但只要一出手，貨物就洗白了。我上次問過我爹，他說法典裡有那麼一條，具體怎麼說的我記不得了，大致上的意思是說，在交易中保護善意的協力廠商，這點你能理解嗎？」

狄仁傑點了點頭。他熟知法典，知道古閨秀說的是對的。哪怕鬼市裡的物品是經由偷盜搶劫而來，但協力廠商透過市場正規買賣入手，那麼他所得的物品，就會得到律法保護，即使是追查，也是當初的賣方賠付被偷盜者的損失，不會追究到他們身上。

狄仁傑神色凝重，放下毛筆，從古閨秀手中接過白梅青瓷花瓶，問道：「閨秀，妳跟我說句實話，妳覺得這個花瓶，是從哪裡來的？」

古閨秀知道自家是「善意的協力廠商」，並不怕被追查，便答道：「你看這個花瓶的底部和瓶口內側，雖然印章被刮花了，但是依然看得出，這的的確確是越窯皇家窯口出來的東西，理應是供給宮內使用的，大概是被宮人偷出來變賣的吧！」

狄仁傑追問道：「妳經手過的這種瓷器，有多少？」

古閨秀回想了一下，道：「有三、四十件了吧。」

狄仁傑說：「妳不覺得奇怪嗎？經過妳手上的就有這麼多，更何況流落在其他人手中的？若只是簡單的偷盜，數量會這麼多嗎？」

古閨秀先前並未往深處想，現在聽狄仁傑這麼一講，立刻警惕地問道：「宮裡發生什麼事了？是不是跟你查的事情有關？」

狄仁傑的確發現了一些線索，而他現在需要古閨秀幫助，便不再隱瞞。「皇上剛登基之時，大力清點了國庫一番，發現左藏、右藏的帳目很多都對不上，特別是左藏的庫物，缺口巨大。

「在大理寺調查之下，捉到偷盜國庫的竊賊左武侯引駕盧文操，以及與他串通的左藏令等人。可是犯人雖然捉到了，但貨物與錢財無一追回，全都不知下落。盧文操一個小小的引駕，竟然敢偷竊國庫巨資，還能把所盜之物藏匿得不見蹤影，皇上疑心幕後有人操縱，但礙於皇家和大臣的壓力，只能草草結案。他私下找我查案，便是想讓我把這件事的幕後黑手找出來。」

古閨秀沒想到是這樣的大案，問道：「你懷疑這些瓷器就是國庫裡的東西？」

狄仁傑點頭道：「左藏掌錢帛、雜彩、天下賦調，我去查過帳簿，貞觀十三年邢窯上貢的瓷器與皇上登基時越窯燒製的瓷器，兩批共計八百餘件，全都不翼而飛；另有對不上帳的錢帛、賦稅，共計兩百餘萬兩！」

「天哪，這麼多錢！」古閨秀嚇呆了。

這麼多錢，招兵買馬都夠了，難怪李治非得查個水落石出！

但古閨秀轉念一想，皇家和大臣都阻止李治繼續查下去，其中必然另有乾坤，她不禁為狄仁傑擔心。「雖說有皇命在身，但是這個案子真的可以查嗎？」

狄仁傑嘆道：「我自然知道查下去的凶險。但此事關係重大，皇上又對我寄予厚望，我怎麼也得盡力去辦。更何況，看皇上的意思，也不是不顧一切要把全盤給抖出來，他現在需要的是證據，以圖後計。」

古閨秀雖然有些擔心，但她知道狄仁傑的命運，知道他會安然無恙，也就不過分憂慮了。「等我爹睡醒以後，我向他問清楚鬼市的事，他買了好幾次瓷器，應該都是從同一個人手中買的，可能查得出線索。」

狄仁傑高興地道：「這樣就再好不過了。」

第十四章　鬼市查訪

狄仁傑和古閨秀把貨物整理完，待到午飯時間古爹爹起床時，便問他瓷器是從哪個商人手中買的。

古爹爹也算是個老江湖，他們一追問，古爹爹立刻反問道：「你們要查什麼？」

狄仁傑覺得要調查此事，需要古爹爹全力協助，便避重就輕地說：「國庫裡丟了很多財物，您從鬼市上買回的一些貨物，恐怕就是國庫丟的那些贓物。皇上命我追回物品，所以想知道您這裡可有什麼線索？」

古爹爹是生意人，生意人有生意人的規矩，他本該緘默不語，卻又想到古閨秀。若幫皇上把贓物追回，等他日古閨秀站到皇上面前，也許能得到幾分青睞，對古閨秀的未來極有幫助。

「這裡頭的事，我本不該講，我現在可以告訴你們，但你們要小心行事，仔細籌劃，否則一旦打草驚蛇，可就再也找不到那些人了。」

狄仁傑凝神道：「伯父請講。」

古爹爹說：「提供貨物給我的，是一個叫做劉儈的人，他早年在吳王府做過小廝，但因為手腳不乾淨，被攆了出來。這人平日喜歡結交各種人物，他利用在吳王府認識的那些人，做起了鬼市的生意。

「我和他有舊交情，這次進京時無意間在鬼市遇到，才與他搭上線。你們若要找他，就去鬼市的玉石攤上找，他的攤子上總是掛著一面牛角小旗子。只不過，若想查他的物資來源，只怕有些困難，自從他被趕出吳王府之後，疑心就變得很重，小心又謹慎。」

古閨秀覺得劉儈之前只是個小廝，卻能拿到國庫的貨物，上頭必然還有其他人，於是追問道：「爹，您知道劉儈上面還有誰嗎？」

古爹爹搖頭道：「這個就不能問了，是我們生意人的規矩。」

狄仁傑得到這條線索已大喜過望，連忙說：「已經夠了，剩下的我自己去查就是，不為難伯父了。」

古閨秀與他商量道：「我跟你去一趟鬼市吧，你不懂其中的門道，若獨自去，只怕會被劉儈看出來。」

古爹爹憂心道：「女兒，妳還是別去。」

狄仁傑也說：「是啊，妳別去，妳也知道這其中凶險。」

古閨秀卻不依。「咱們家買了贓物，雖說按法典不會被追究，但他日若真的被查出，有我們在其中出力，皇上也不會為難我們，有備無患啊。」

古爹爹想了半天，才說：「若妳非去不可，就戴上面巾喬裝一番吧！那裡不是妳一個女孩子家能拋頭露面的地方，再帶上楊威，我才放心。」

古閨秀答應道：「好啊，我上次從波斯商人手中買的面巾，正好能派上用場。」

幾人商議好了之後，當夜子時，狄仁傑就帶著古閨秀和楊威出發了。

午夜露重，古閨秀身披暗紫色帶帽大斗篷，臉上戴著銀色面巾，整個人只有一雙眼睛露在外面，可謂保護得十分周全。狄仁傑也換上了薄皮坎肩和小羊皮靴，戴了頂氈帽，看起來有幾分像胡人。

兩人看著對方，都笑了起來。

三人走在靜悄悄的街頭，按照古爹爹提供的資訊，往鬼市尋去。

他們兜兜轉轉，從朱雀大街上轉入西南面的通濟坊，在坊內的小碼頭上僱了一艘小船，順著廣通渠往下，出了水門急轉向北，待上岸過後，繞過一片樹林，就看到了籠罩在外城郭陰影下的小市集。

古閨秀感嘆道：「這地方還真是不好找，若不熟悉其中門道，哪裡知道京城腳下還有這樣一個地方？」

狄仁傑看到鬼市中人人都戴著大帞子，或是披著斗篷，說話小聲，行走猶如鬼魅，不禁叮囑古閨秀道：「妳緊跟著我，不要輕易出聲，更不要拋頭露面。」

古閨秀點了點頭，跟在狄仁傑身後，由楊威護著，慢慢朝鬼市走去。

鬼市中的鋪面又小又擠，每個鋪子裡都只點一盞昏暗的油燈，連貨物都不容易看清楚，更別說人臉了。

鬼市中多數都是賣玉石古玩的，店家只在一旁看著，並不主動招攬生意。狄仁傑裝模作樣地一家家逛過去，時而和古閨秀低聲交談。

待走到一家掛著牛角小旗子的攤位前時，狄仁傑和古閨秀放慢了腳步細看起來。乍一看，這個小攤子和其他攤子並沒有什麼不同，賣的都是些零碎玉石和一些偽劣的瓷器。在棚子下，一個模糊的身影坐在裡頭，也不知是睡是醒。

古閨秀猜測這個人就是劉儈，於是從攤子上拿起一個白瓷筆洗，略有抱怨地對狄仁傑說：「誰跟我說鬼市裡能買到好東西？都是騙人的，你看這瓷器粗糙，一家不如一家，想給爹爹挑個像樣的生辰禮物都挑不到，枉費我大半夜跑出來了。」

對於她的用意，狄仁傑心領神會，順著她的話道：「傳言也許是真的，可能是我們沒找對地方，再耐心看幾家吧。伯伯那麼喜歡瓷器，尋常的東西怎麼送得出手？若實在找不到，我回頭託人南下，怎麼也得花高價買個好東西回來孝敬他老人家。」

兩人故意在攤子面前說這些，劉儈果然「嘿嘿」笑了兩下，低聲道：「兩位朋友想要上等的瓷器，這鬼市裡並不是沒有，只是看你們出不出得起價了。」

古閨秀立即道：「你這是在小看我們吧？我從不怕東西貴，就怕東西不好，若你拿得出好東西，我定然給得起你要的價。」

她這話說得極為囂張，劉儈聽了，便覺得是大金主送上門了，不好好賺一筆，怎對得起老天爺的眷顧？

「看這位小姐如此有眼光，必然是出自大富大貴之家，一般的物品我就不拿出來獻醜了，若您真的有意要買，我拿個東西出來，您開個價。」

劉儈轉身進棚，摸了半天，從箱子裡抱出一個白釉綠彩枕。「小姐，您看這個瓷枕，這可是邢窯的一品貢瓷，一般人弄不到的東西，送長輩絕對好，您說值什麼價吧！」

古閨秀接過瓷枕，對著月光仔細瞧起來，這個瓷枕枕面中央以綠彩繪四朵菱形花紋組成大菱形圖案，四角又各繪小朵花紋。瓷面光潔、小巧雅致，的確是不錯的瓷器，只是……

古閨秀淡淡一笑，對劉儈說：「你果然是欺負我們年紀小，當我沒見過世面哪？」

劉儈臉色一變，問道：「小姐這話什麼意思？」

古閨秀道：「這個瓷枕雖然質地和工藝都不錯，但絕不是邢窯貢瓷。去市面上尋一尋，不用花五十兩就能買到，並不是什麼難得一見的好東西。」

劉儈辯道：「小姐您自己不識貨，怎能說這不是邢窯貢瓷？您看這底面，還有邢窯的蓋印呢！」

古閨秀見他欺負人，便說：「我見過的好東西，只怕比你賣過的東西都多。邢瓷類銀，瓷白如雪、樸素淡雅，很少帶紋飾，你這綠彩枕哪裡是邢瓷？更何況，若真是貢瓷，你又豈敢留著蓋印不抹去？你若有好貨，就快點拿出來讓我瞧，我是誠心求寶物，你也犯不著跟銀子過不去，別再這樣磨磨蹭蹭地試探我，本小姐可沒時間跟你耗下去。」

劉儈心中暗驚，眼前的少女看身形、聽聲音，年紀並不大，怎麼眼光這般犀利？再者，聽她說話，似是極懂其中門道，他使大著膽子說：「若小姐誠心要買，就等等我，我去拿個東西給您看，您必定喜歡。」

古閨秀故意使壞地說：「若再誆我，我非把你攤子掀了不可！」

劉儈低聲一笑，轉到棚子後面，往黑暗裡鑽去。

古閨秀對楊威使了個眼色，楊威立刻悄無聲息地跟了上去。

見劉僋取貨去了，古閨秀小聲對狄仁傑說：「希望他能夠相信我們，拿出真的貢瓷。」

狄仁傑笑著說：「妳剛才演得這麼逼真，他必然是相信了。」頓了一下，又說：「妳凶起來還挺可怕的。」

見他取笑自己，古閨秀羞惱地道：「還不是為了取得他的信任，少不了得唬一唬他。我演戲演得投入，你不幫我，還在旁邊看我笑話，小心我不幫你了！」

狄仁傑聽了，連連賠罪。

兩人等了許久，就在古閨秀險些懷疑劉僋要棄攤而走之時，他終於帶著一個箱子回來了。

他拍拍箱子，得意地道：「小姐，這裡頭的東西，保證能入您的眼。」

古閨秀迫不及待地打開箱子，一尊青釉蓮花尊躺在裡面。她使勁眨了兩下眼睛，覺得有些難以置信。

劉僋見到古閨秀的表情，一方面得意，一方面驚嘆這小姑娘真的是個行家，能瞧出這蓮花尊的價值。

他從棚內取出油燈，又點亮了兩盞，讓古閨秀看得更清楚一些。

古閨秀小心地抱起蓮花尊，對著光仔細觀看。這個蓮花尊高兩尺多，長頸鼓腹，自上而下有層層飾紋，分別是飛天、寶相花紋、蟠龍，以及瓣尖向外翹起的蓮花瓣。蓮花尊通體青綠釉，集貼花、模印、雕刻、堆塑、刻劃等多種裝飾技法於一體，是極為稀有的珍品！

「這……這是北朝貢瓷！」古閨秀愛不釋手的說道。

北朝時期佛教盛行，這件蓮花尊使用了飛天、寶相花、菩提葉、蓮花等佛教裝飾題材，正反映了當時佛教藝術對北方陶瓷的影響。而這件蓮花尊的工藝複雜、製作精緻，加上添有蟠龍等紋樣，非皇家不可用，必然是貢品。

劉僧聽古閨秀一語點中，想到京城乃藏龍臥虎之地，他可不能因她年輕而怠慢她，便說：「小姐眼力真好，這正是北朝皇家貢瓷。想必小姐也知道，北朝遺物因戰亂留下的沒有幾件，這件物品的價格，就不用我多說了吧？」

古閨秀連連點頭道：「這東西我要了，你開個價吧！」

劉僧沈思了一下，想到她是行家，不敢亂開價，但是又想再試試她的斤兩，於是說：「看小姐這麼喜歡，八千兩就讓您拿走。」

古閨秀眉頭一緊，這東西固然好，可八千兩也太高了。「這東西本是無價之寶，但要看它放在哪裡。如今它流落進鬼市之中，我無意追究它的來路，但憑良心說，此件出價五千兩足矣，你莫不是又要欺我？」

劉僧心下一驚，這女子不僅眼力好，連估價都這麼準，實在是讓他無半點空隙可鑽。

「五千兩……這也太低了一點，此物我得來不易，您再添一點吧。」劉僧放低了身段。

狄仁傑在旁邊聽了半天，忽然心生一計——「這位老闆，我們今夜出來，未料到能遇見這樣的珍品，銀子並未帶在身上。不如這樣吧，你今天中午帶著這個蓮花尊到熙春樓來，讓我們再仔細瞧瞧它。價錢到時再議，如何？」

劉儈有些猶豫，離開鬼市去酒樓裡交易，實在有些壞了規矩。

狄仁傑佯裝忐忑地低聲對古閨秀說：「這麼大一筆支出，半夜三更哪裡支得出錢來？」

古閨秀見他也演起戲來，便道：「可是今天如果不買下，回頭讓別人買走了怎麼辦？想再送給爹爹這麼合適的生辰賀禮，可就不容易了。」

劉儈看眼前這對年輕男女樣貌俊美，言語間看得出誠心要買，便說：「你們想回去拿錢再買也行，不過明天看貨的地方，由我來定。」

狄仁傑見他答應，按捺住心中的欣喜。「好，你說個地方，我們去找你也行。」

劉儈說：「這條廣通渠上游就是西市，在西市河邊有個稻香酒舍，我們午時在那裡見，如何？」

「稻香酒舍？我們對京城不是很熟，不難找吧？」狄仁傑問道。

劉儈一聽更放心了，原來他們是外地人！他笑呵呵地說：「不難找，那酒舍是我兄弟開的，門口掛著和我這攤一樣的一面小旗，在河邊一眼就能看到。」

三人約定好再次見面的地點，狄仁傑便帶著古閨秀離開了。他們在小渡口與前去查探的楊威會合，古閨秀問他尾隨劉儈去取貨，有沒有查到什麼線索。

楊威說：「鬼市後面有個馬棚，劉儈在那裡騎了一匹馬往西奔去，我怕打草驚蛇，不敢僱馬，只能遠遠跟在後面。他騎馬到三里外一個農莊裡，從地窖裡取出一個箱子，然後折回。在他離開後，我去農莊裡查探了一下，裡面住著十來個人，還有人守夜，看起來不像莊稼漢，倒像專門守地窖的護衛。」

古閨秀和狄仁傑相視一眼，心裡都明白，那個農莊大概就是他們私藏贓物的地點。

古閨秀問狄仁傑：「現在怎麼辦？」

狄仁傑說：「妳忙了大半夜，我先送妳回去歇著。那農莊我會派人盯著，現在還不是驚動他們的時候。」

古閨秀問道：「那明天中午呢？」

狄仁傑說：「明天少不了還要請妳跟我去一趟稻香酒舍，把戲給演完。」

古閨秀點頭表示答應。

三人從小渡口搭船返家，午夜幽靜，只聽見楊威用船槳划水的聲音。古閨秀長時間未曾熬夜，在船兒輕搖之下，已經瞌睡連連，不一會兒就靠著船篷睡著了。

狄仁傑見她如此辛苦，心中實在不忍，只恨自己不懂古玩，沒辦法獨自和劉儈斡旋。

在船兒駛進水門時，河道的風口突然捲來一陣疾風，帶起古閨秀臉上的面巾往河裡飄去。狄仁傑眼明手快，一把抓住面巾，暗自慶幸抓得及時，沒讓面巾落水。

他回頭看向古閨秀，只見她側著頭睡得正香，大斗篷垂在頭上，遮住了她的額頭和眼睛，而面巾掉下之後，露出她如玉的臉頰和紅唇，看得狄仁傑怦然心動。

狄仁傑心頭一緊，拿著面巾的手也覺得炙熱無比。他不敢再看古閨秀，扭過頭去盯著河道兩旁如困獸伏臥的建築，努力讓自己靜下心來。

船兒駛到城內的通濟坊，幾人正要上岸，狄仁傑制止楊威叫醒古閨秀，輕聲說：「我來揹她回去吧。」

楊威有些遲疑，但想到自家小姐和狄仁傑向來親密，連老爺都沒說什麼，他更不好置喙，於是點了點頭，幫忙將古閨秀扶上狄仁傑的背。

第二天天光大亮時，古閨秀從床上醒來，驚愕地自問道：「我是怎麼回來的？」

想到同行的狄仁傑和楊威都是男子，定然是他們把睡著的自己弄回來的，不禁覺得有些不好意思。

待到離午時還差兩刻時，狄仁傑就帶著馬車來接古閨秀。

古閨秀招呼楊威把提前準備好的一萬兩現銀抬上馬車，狄仁傑卻說：「銀子我這邊已準備好，不能讓妳冒這麼大風險。」

古閨秀有點驚訝，沒想到狄仁傑一人在長安能弄到這麼多錢。其實她是真的想買下那蓮花尊，所以這錢她花得毫不猶豫，但狄仁傑現在不要她出這筆錢，可見蓮花尊買不著了。

待她坐上馬車，卻見車內還有一人，不禁感到訝異。

狄仁傑介紹道：「這位是魏柯魏大人，奉皇上之命前來協助查案。」

古閨秀同他行禮，但之後即不再多言，而是保持安靜。

狄仁傑與魏柯正在討論此次的案情，魏柯道：「根據狄大人提供的線索，我已派兄弟去查過稻香酒舍，那酒舍的主人是劉儈的妻弟，以前同在吳王府當差，後來劉儈因盜竊事發被趕出來，他的家人也受到波及，他們一家索性全都離開，在西市做起小生意，但日子過得不太如意。

「前兩年，劉儈突然以他妻弟之名開了一家酒舍，生意雖不是特別好，但有些常客每隔幾日就會去，他們多是各個官邸侯府的管事，算得上是小有臉面的人。」

古閨秀佩服地看著魏柯。真是不得了，短短一上午，就摸清楚對方這麼多底細，皇上身邊的人果真不簡單！

狄仁傑拱手道謝。「經魏大人這麼一說，我就清楚多了，今天中午有勞你和其他兄弟。」

魏柯點頭，不再多說。

狄仁傑怕古閨秀不知他們的安排，便告訴她：「一會兒妳只管當作正常買賣和劉儈談價錢，買下蓮花尊之後，我們再透露出還想買其他藏貨的意思，引他上當。」

古閨秀了然道：「放長線，釣大魚。」

狄仁傑聽她這個比喻說得貼切，笑道：「就是這樣。」

長安有兩大市集，東市和西市。

東市為手工作坊區，西市為市場區。古家新開的質庫就在西市中，離稻香酒舍並不是太遠，狄仁傑一行人坐上馬車以後很快就找到了。

劉儈一早就在酒舍窗戶後打量街上來來往往的人，見狄仁傑與古閨秀坐著華麗的寬棚馬車而來，馬車上卻沒有姓氏官牌標示，更確定他們是從外地來的商戶人家，頓時放心許多。

狄仁傑進酒舍之後對店小二說是來談生意的，店小二立刻將他帶到裡間與劉儈見面。

由於昨天半夜黑燈瞎火，雙方都沒把對方看得很清楚，如今在白天見面，少不了重新打量彼此一番。

只見劉儈穿著深醬色長袍，蠟黃的臉上還能看出極深的眼袋和黑眼圈，可見是長期熬夜的人，身體不太好；劉儈則是略帶驚異地看著他們，心想這對男女相貌俱佳、氣質出眾，小戶人家可養不出這樣的兒女，必定是大金主，他可不能讓他們輕易溜走。

劉儈急忙將兩人客氣地請入座，笑著說：「兩位如約前來，這裡只有粗茶淡飯，怠慢了。」

狄仁傑說：「吃飯倒是其次，我們是為了蓮花尊而來，不知老闆把東西帶來了沒？」

劉儈點頭道：「東西自然帶了，兩位的錢可備齊了？」

狄仁傑笑著點頭說：「今早我們同家中長輩商量過此事，長輩得知覓得一尊北朝蓮花尊，心中歡喜，立即撥錢讓我們買下。又說鬼市中能覓得這般寶物，必然還有其他好東西，若有入眼的，要我們一併買下。我們得到這樣的囑咐，覺得十分為難，昨夜找了許久才找到這樣一件蓮花尊，哪裡還買得到其他寶物？」

劉儈眼中一亮，這話正合他意。「寶物自然難得，可也絕不是沒有，若少爺和小姐真心想要，我幫您想想辦法。」

狄仁傑大喜，道：「當真？」

劉儈說：「我手上的貨可能入不了兩位的眼，不過我這些年在鬼市多少認識一些朋友，我幫您張羅張羅，五日後的晚上，請兩位再來鬼市一趟如何？」

狄仁傑點頭道：「那就多謝你了，對了……你怎麼稱呼？」

古閨秀在一旁聽他們講話，心想狄仁傑還真是小心謹慎，明明知道他叫「劉僧」，竟然從頭到尾沒露出馬腳，還故意問他怎麼稱呼。

劉僧說：「大夥兒都叫我劉大，您也這麼喊我吧！」

說完，劉僧重新把蓮花尊拿出來，古閨秀出面和他談了一會兒價，劉僧想到他們以後還有生意來往，便退了一步，最終以五千五百兩把這尊古物售出。

狄仁傑命人將現銀從馬車上搬下來，與劉僧說好五日後在鬼市碰頭，便帶著古閨秀離開。

回到馬車上，古閨秀注意到魏柯不見了，便問他去了哪裡。

狄仁傑說：「魏大人已經帶著人在稻香酒舍附近潛伏。這五日之中，劉僧和哪些人見過面、說過什麼話，必定能查得一清二楚。」

古閨秀驚嘆道：「真厲害！」

狄仁傑說：「那當然，他們是皇上身邊的得力幹將，皇上能將他們借給我用，實在是給了我很大的方便！」

兩人正聊著，此時馬車外忽然有人敲車窗，狄仁傑應聲出去，重新進來以後，臉色嚴肅了不少。

「閨秀，現在正是用膳的時間，剛才在稻香酒舍妳都沒動筷子，我們找地方吃了飯再回去吧。」

古閨秀隱約覺得出了什麼事，便依狄仁傑的安排去做。

馬車帶著他們在西市轉了一圈，最終在熙春樓停下，狄仁傑要了包廂之後，請古閨秀大吃一頓。一頓飯吃完，狄仁傑還沒有要走的意思，而是請人送來了兩套衣服。

狄仁傑遞了一套男裝給古閨秀，道：「劉會派人跟蹤我們了，妳把這套衣服換上，我們悄悄地從後門走，把人甩掉。」

古閨秀嚇了一跳，沒想到劉會小心謹慎到這個地步！

她在屏風後換好裝束，儼然變成了一位貴公子；狄仁傑則是換上小廝的衣服，扮成她的跟班。

看著彼此的裝扮，兩人都笑了起來。等古閨秀打著扇子悠哉地從後巷走出去時，果然沒人跟過來。

狄仁傑將古閨秀送回家，叮囑她要小心，他因為還有其他線索要查，就先離開了。

第十五章　身世之謎

好再來質庫已在長安開張做生意，因為質庫在京城並不普及，所以開張初期古閨秀建議古爹爹在市場上僱用一些當地的青年，編一套標準的說詞，要他們把好再來質庫的作業流程解釋給人聽，現在人多的地方，間或都能見到替古家宣傳的人。

開張這幾天，生意雖說不上好，但已有不少百姓前來詢問，算是個好兆頭。

古閨秀回到家後沒多久，便換上平常穿的衣服，去鋪子裡幫忙接待前來諮詢的人。她剛送走一位想典當東西的老爹爹出門，眼角就瞥見有人在外面縮頭縮腦地窺視。

她心中一驚——難道是劉僉的人跟過來了？要是被他知道她是誰，會不會懷疑起狄仁傑的身分和目的？

她急忙對楊威說：「楊大哥，鋪子外面有個鬼鬼祟祟的人，你快去看看，最好能把他捉住，別讓他跑了！」

楊威提起精神說：「大小姐，您且等著。」

只見楊威用力一躍，胳膊攀上牆頭，整個人翻出了牆外。他從街道後面繞到正面，果然見到一個瘦弱的男子躲在隔壁鋪面的牆根下，對著好再來質庫探頭探腦。

楊威悄無聲息地走過去，一把提住那個男子的後衣領，喝道：「哪裡來的小賊?!」

瘦弱男子嚇得大喊：「唉呀！」

楊威二話不說將他提進院子，按在古閨秀面前讓她審問。

古閨秀見這男子白白淨淨、文文弱弱，心下有些犯疑，覺得他不像是劉儈那一路人。她問道：「你是誰？為什麼在鋪子外面鬼鬼祟祟地偷看？」

男子細聲答道：「我……我只是路過！」

古閨秀見他不承認，語氣加重了幾分。「你再不老實，我就讓我家護衛狠狠把你揍一頓！」

楊威十分配合地大喝了一聲，男子緊張地縮著腦袋，看向楊威的眼神十分害怕。「你們敢……你們要是打人，我、我一定報官！」

古閨秀心中稱奇，這人還敢報官？難不成是她誤會了？

但她眼睛一閃，看到男子胸前塞了一個長長硬硬的東西，像是一根棍子，於是說：「你身上帶著棍棒，肯定不懷好意！楊大哥，把他的武器拿出來！」

楊威上前要搜他的衣服，男子卻緊抱住胸前，大喊道：「不行不行，這個不能給你！」

不過他根本不是楊威的對手，楊威三兩下就撥開他的手，將他懷裡的東西搜了出來。

古閨秀接過來一看，竟然是一幅畫卷！

她心下有些忐忑，難道這男子是想來典當畫卷，又拿不定主意，她卻把他當賊給捉了進來?!

「這……楊大哥，你先鬆開他，讓他起來。」古閨秀有些狐疑，但還是伸手去扶這位男子。

她拿著畫卷，彎下身時手一滑，整幅畫卷一下子鋪展開來。

楊威一見到展開的畫，驚訝地說：「大小姐，這是您的畫像！」

古閨秀低頭一看，這幅畫上的女子似乎真的是她！

不對，不是她，畫上的女子梳著雙環高髻，身穿流雲廣袖襦裙，在牡丹花叢前執扇撲蝶，整個人明麗鮮活，她可沒有這樣打扮過。可是……若說不是她，畫中人與她的眉眼之間卻像極了，難怪楊威張口便說是她的畫像。

古閨秀雙手拿起畫卷仔細端詳，只見畫的右上角寫著——北方有佳人，絕世而獨立，一顧傾人城，再顧傾人國。寧不知傾城與傾國，佳人難再得！

這是描寫漢武帝寵愛的李夫人美貌的字句，落款的刻章是「臨風」兩字。

古閨秀看著畫中的女子，隱約覺得她和自己關係不淺，便轉向瘦弱男子問道：「這是誰的畫像？」

男子心虛地說：「反正和妳不相干。」

古閨秀指著畫像說：「這女子和我長得一樣，你拿著這幅畫到我家門口，卻說跟我不相干？」

男子被問得急了，帶著哭腔說：「小姐，您就放我走吧，至於這是怎麼一回事，您很快就會知道了，小人現在什麼也不能說，您就饒了我吧！」

古閨秀見他求饒，笑著說：「我又沒打算把你怎麼樣，你走吧，這畫我先留下，等我弄清楚是怎麼回事，再還給這畫的主人。」

這下男子更急了，忙說：「不可不可，這幅畫我一定要帶走！」

古閨秀有意逼他吐露點真相出來，故意為難道：「我偏不給，門開著，你要走就走吧！」

男子猶豫了片刻，最後竟然咬牙走了。

「欸，你這樣就走了？」古閨秀有些訝異。

男子頭也不回地溜之大吉，古閨秀搖了搖頭，就拿著畫到鋪子後面的小房間，放在桌上仔細端詳起來。

「北方有佳人……佳人難再得。畫裡的人到底是誰？跟我有什麼關係？這個『臨風』又是誰？」她不禁喃喃自語。

沈思間，古閨秀忽然聽見耳邊傳來敲門聲。

「女兒，妳在房裡嗎？是爹爹。」

古爹爹來到小房間，一眼就看到古閨秀放在桌上的畫。他伸手拿起這幅畫，專注地看了半晌，最終沈沈地嘆了一口氣。

古閨秀從未見過她爹如此憂愁的模樣，爹爹在她心裡一直如年輕小夥子一般有活力，能嬉笑著應付絕大部分的問題，然而此刻他卻滿面愁容。

古閨秀連忙問道：「爹，您怎麼了？」

古爹爹放下畫坐到桌邊，招手要古閨秀坐到他身旁。「來，爹有話對妳說。」

古閨秀依言坐下，看著古爹爹嚴肅又帶著傷感的神情，不敢出聲。

「女兒啊，妳娘走得早，妳大概忘記她的樣子了吧？看，這畫像上的人就是妳娘，妳和她幾乎是一個模子印出來的。」

古閨秀心中早有這樣的猜測，但得到古爹爹的證實，她還是有些驚訝。「這是娘的畫像嗎？那剛剛拿畫的男子是誰？爹認識嗎？」

古爹爹猶豫了一會兒，想了想，似是下定決心般道：「妳娘是京城人氏，大概是妳外公家的人見到妳的長相，懷疑妳的身分，所以派人前來探聽吧。」

「我的外公家？」古閨秀疑惑地問道。

古爹爹點頭道：「妳娘原本是京城有頭有臉的人，因為一些原因和家裡斷了聯繫。爹這次來京城，除了做生意，最主要是想聯繫上妳娘的家人，爹打算讓妳和他們相認，以後跟著他們生活。他們有權有勢，肯定能為妳安排一樁極好的婚事，讓妳享盡榮華，無憂無慮。妳以後大概不能再跟著爹了，爹捨不得妳，又怕妳怪我，但想到我的乖女兒這麼懂事，一定能理解爹的苦心……」

古閨秀大概明白是怎麼回事了。

她的婚事磕磕碰碰這麼些年，一直沒個著落，爹將她看得很重，不願把她嫁給尋常人家，可那些有身分的人，卻又看不起古家的商戶地位，再三考慮之下，爹便想起那個從來不曾管過她，卻有身分、有地位的外公家，想讓她頂著他們家的光環嫁個好人家，謀求下半生的幸福。

爹爹這樣為她精打細算，她怎麼會怪他？只是事情真有這麼簡單嗎?!

古閨秀抓著古爹爹的手臂說：「爹，我理解您的用心，可是外公家若真的對我好，我娘當初為何會跟家裡斷了聯繫？他們這麼多年來又為何從不聯繫我們父女？只怕京城的大戶人家看不起我們這般生意人。若是如此，我投奔他們又怎麼樣？我跟著您過得很好，婚事我一點也不急，您何必為我做這種打算？」

古閨秀猜測她娘和她爹礙於門庭差距，於是兩人私奔了。既然父母的婚姻得不到家族認可，又為什麼會接受她？她不是貪慕虛榮之人，也不願去受別人冷眼，更不願為了榮華富貴而放棄父女之情！

古爹爹卻搖著頭說：「妳娘當初是迫不得已，她是個驕傲又剛烈的女子，自然不願意低頭，這才和妳外公家鬧僵了。他們不知道我們父女倆的存在，若是知道，早就接妳回去了。妳看，他們這才聽到一些風聲，就派人拿著畫像來看妳了。」

古閨秀心中犯疑——當年到底發生了什麼事？外公家不知道有她這麼個外孫女可以理解，怎麼連她爹這個女婿的存在都不知道？那當初他們就不是私奔嘍？

「爹，娘當初到底跟家裡發生了什麼事啊？」古閨秀不禁問道。

古爹爹站起來摸了摸她的頭，說：「以後再慢慢和妳說吧！爹現在還不知道妳外公家到底是什麼態度，待弄清楚了，再全部告訴妳。妳先好好想想爹說的話，做好心理準備。」

古閨秀看著古爹爹背著手走出去的身影，撒嬌道：「爹不該這樣，您話只說一半，讓我心裡怎麼安生！」

見古爹爹沒有回頭的意思，古閨秀又喊道：「爹，不管怎麼樣，我不會捨下您一個人去過好日子的！」

古爹爹的背影一頓，仰頭笑著說：「好女兒，爹爹沒白疼妳！」

他笑著走出了房間，古闔秀則在房裡看著她娘的畫像，心裡很不是滋味。

她看著畫中的人自言自語道：「娘，爹對我說的這些話，怎麼像是打定主意要和我分開一樣？就算跟外公家相認，難道不能繼續和爹一起生活嗎？如果他們不接受爹，我也不會接受他們的……」

接下來三、四天，古爹爹總是有意避開古闔秀，像是要把她推開一樣。這讓她十分著急，覺得這樣下去不是辦法。

她本來就不是這個世界的人，她穿越時空而來，能成為她爹的女兒是莫大的幸運，若是生在別的人家，未必能得到這般寵愛，更不用說這麼大的自由。現在爹為她著想，想把她送入富貴人家，可那樣的生活必定會失去自由，這是她無法容忍的，她必須為自己找到出路。

幾經思考，古闔秀決定幫狄仁傑談完這次「古董生意」後，就收拾東西回并州，往後京城的一切就跟她沒關係了！

「楊大哥，幫我準備馬車和行李，我們三日後一早就回并州！琬碧，我們上街買東西去，妳說我們帶什麼東西給胡掌櫃和洪大哥好呢？胡掌櫃年紀大了要補一補，就買點補品給他吧；洪大哥的話，就買些筆墨好了，他們一定會喜歡的。妳說我們突然回去，會不會嚇他們一跳？」

古閨秀故意在院子裡大聲說這些話，這突如其來的安排讓眾人有些不知所措，但看她又不像在開玩笑，在她一再命令之下，楊威只好準備起回程的行裝了。

琬碧隨古閨秀上街，想來想去，忍不住問她：「大小姐，我們真的要回去了嗎？」

古閨秀點頭道：「是啊，我不喜歡待在京城，爹想把我永遠丟在這裡，得早點回去，我才不要聽他的安排！」

「啊？老爺為什麼要把大小姐永遠丟在這裡？」琬碧皺著眉頭，憂心地問道。

古閨秀嘆道：「因為他覺得這是為了我好啊，可是我不這麼認為。」

琬碧聽不太懂，但她能感受到古閨秀很不開心，於是立即笑道：「不論大小姐在哪兒，我永遠跟著您！」

「最喜歡妳了！」古閨秀忍不住掐了掐琬碧的小臉。她來到古家以後吃得很好，已長出些肉了，變成非常可愛的小姑娘。

兩人在街上掃了一堆貨，準備回去送給家鄉的眾人。

她們買完東西回到家門口時，一個戴著竹帽的和尚衝著古閨秀喊了聲：「阿彌陀佛，女施主請留步。」

古閨秀見周圍沒別的姑娘，便停下腳步問道：「大師是在叫我？」

和尚上前一步，雙手合十道：「是的，小僧觀女施主面善，似有佛緣，有幾句話想請問女施主。」

古閨秀「噗」地笑了出來。「不會吧，這年頭還有出家人下山招搖撞騙？您下一句是不是想問我的生辰八字，還想為我算命呀？大師，我不信這個，您找錯人了。」

說完，古閨秀拉著琬碧的小手朝家裡走去，任憑那和尚在後面喊了幾聲，她都不理。

和尚望著她的背影，連唸數聲「南無阿彌陀佛」，手中的佛珠撥得飛快，看起來心情相當不平靜。

古閨秀快步進門，正巧碰到古爹爹出來找她，她朝古爹爹晃了晃手上的禮物。「我回家要給大家的東西都買好了，爹有什麼想帶回去的嗎？」

古爹爹嘆道：「女兒，妳又何必這樣？妳明知道爹是為了妳好。」

古閨秀假裝生氣道：「爹也知道我不願意和您分開，您卻要把我往別處攆。」

古爹爹一臉無奈地看著她，又是歡喜，又是不捨，又是頭疼。猶豫之間，聽到一聲佛號，轉頭就看到那個和尚站在門外。

他神色微緊，對古閨秀說：「逛了半天，妳快去歇歇，準備吃晚飯了。」

「嗯。」古閨秀不作他想，逕自進了院子。

古爹爹思索了一會兒，朝和尚走去……

古閨秀既然決定回并州，便在吃晚飯時把這件事情告訴了狄仁傑。

狄仁傑最近和魏柯在調查線索，忙得不得了，但這幾日吃晚飯時，他也隱隱察覺到古閨秀和古爹爹之間不尋常的氣氛。

現在古閨秀突然說要回并州，狄仁傑在飯桌上不方便細問，待用完飯，他就單獨拉著她走到一旁，問她究竟是怎麼回事。

古閨秀自己都沒弄清楚她和爹口中的「外公家」是怎麼回事，便沒把詳情講出來，只說：「并州的鋪子裡有些事需要我趕回去，我等不了你了，等你忙完京城的事，我們過年并州再見吧。」

狄仁傑皺了皺眉，古閨秀的話一聽就不太真，但她既然不肯吐露實情，他也不好追著問。「妳一個人千萬要當心，隨我前來的家僕中，有兩個身手好的，我讓他們陪妳回去。」

古閨秀連忙搖頭道：「不用啦，有楊大哥在，我不會出什麼事的，我看你最近查的案子不簡單，你的家僕自然留給你用。」

狄仁傑堅持道：「有魏大人的人在，我的家僕哪裡派得上用場？就當是隨妳回去送家書給我家人的吧，妳別再推辭了，好讓我放心。」

古閨秀微微有些臉紅，不過是回家而已，狄仁傑這麼不放心做什麼？但她還是笑著點了點頭，又問起案子的事情。

狄仁傑說：「魏大人的人馬日夜埋伏在劉僧身邊，劉僧為了準備供應給我們的貨物，聯繫了不少人，魏大人派人盡數跟蹤。其中有一條眼線果然查出了緊要的東西，只待我們明天午夜去和劉僧碰面，就要行動。」

說到這裡，狄仁傑的神情略微有些不滿意。「明晚因要帶妳一同前往，我本不打算當場行動，但是魏大人那邊卻查到劉僧到時會帶一個關鍵人物一同前往，若錯過時機，恐怕就不好辦了。不過，我實在怕生出事端，讓妳受到驚嚇。」

古閨秀笑道：「我又不是紙糊的人，怎麼就禁不住一點事了？先前在并州和你一起查案時，也算遇過一些風浪，你就別擔心我了。」

狄仁傑想想也是，但這次行動比以往危險許多，實在仍舊難以完全放心。

第十六章　情緣糾葛

待到次日深夜，狄仁傑和古閨秀換上之前的行裝趕赴鬼市，魏柯則帶人扮作押送現銀的人，在河邊等待。

他們像上次一樣找到劉儈的小攤了，劉儈見到他們，笑著說：「少爺和小姐真守時，子時剛到你們就來了。」

狄仁傑抱拳道：「我們來了，現銀也已準備好，不知道你的貨送到了沒有？」

劉儈笑著說：「自然是早早就備好了，只是貨物頗多，還請兩位隨我來。」說著他指了指旁邊的驢車。「少爺、小姐請，其他人請在這裡等吧。」

楊威不安地看了古閨秀一眼，古閨秀知道魏柯另外有安排人盯梢，倒不擔心安全問題，便安撫地對楊威點了點頭，要他留在這裡。

劉儈駕著驢車帶兩人前往目的地，正是之前楊威打探到的那座農莊。

他們的驢車剛到，一個褐衣老者就從農莊裡走出，站在院子中央，不緩不急地打量起古閨秀和狄仁傑。他身後還跟著一個年輕人，看起來像是跟班。

古閨秀見此人雖然已經上了年紀，但氣場依舊十分強大，一雙眼睛掃到她身上，不禁讓她有點心虛。看這樣子，應該是哪個大戶人家的當家管事。

此時狄仁傑已同劉儈說起話來。「劉大，不知這位老人家怎麼稱呼？」

劉僧滿臉堆笑地說：「這是衛老，這次您要的貨，全都要經他的手。尋常生意衛老從不出馬，但這次兩位要的貨很多，又是識貨之人，衛老便說要來瞧一瞧。」

狄仁傑笑著上前跟衛老行了禮。「晚輩向老人家問好。深更半夜的，您竟然親自來一趟，晚輩心裡實在過意不去，咱們不如快點挑選貨物，好讓老人家早點回去歇息。」

衛老見狄仁傑開門見山，也不耽擱，頭也不回地對身後那個年輕人說：「開倉吧。」

年輕人帶著眾人走進農莊裡一間看似普通的柴房，兩個彪形大漢正盤坐在柴火堆旁邊，看到眾人，立刻起身站到一旁。年輕人一示意，他們馬上動手搬起柴禾，不過片刻，地面上就露出地窖的木門入口。

年輕人上前開了鎖，放下通往下方的木梯，劉僧則舉著火把帶隊，眾人魚貫而下。

因為光線不足，古閨秀看不清地窖有多大，但視線所及全是些紅木大箱，整齊地堆放著，一眼看不到盡頭。

衛老蒼勁有力的聲音響起。「這裡的貨物可說應有盡有，就是不知兩位要些什麼？又帶了多少銀子？」

狄仁傑說：「家中的長輩對雜彩格外感興趣，就請衛老挑些好的給我們看看。至於銀子，您不必擔心，五十萬現銀已在攤子旁的河邊候著了。」

衛老心中暗暗心驚，能拿出五十萬現銀的，可不是尋常人！

他之前接到劉僧的消息，說有人要購買大量古物，問他可否把倉庫裡的貨物送一些出去。因為這裡面的東西來路都不正，大量賣出的話有些危險，他本來不想同意，不過主公最近在銀兩上有些短缺，少不了要洗一點髒貨出去，幾番考慮之下，他決定親自過來看看，沒想到還真是來了個大戶！

五十萬現銀……就算是京城最大的兩家錢莊，短短幾天內也不一定調動得來這麼多錢，但眼前這個年輕人竟然說現銀正候著，真是好大的口氣！

他突然覺得有些不安，覺得他應該提前派人查一查才是。

不過就算衛老提前去查，也查不到什麼，因為這筆銀子是皇上特許從國庫裡借出來的，不可能在外面留下痕跡。

衛老對那兩個大漢說：「去，把南北朝的那批珍貴瓷器拿出來讓他們看看。」

古閨秀聽了眼睛一亮，之前買的蓮花尊就是北朝的珍品，衛老口中所說的如果是和蓮花尊同一批的貨物，品質絕對不會差。

等兩個大漢把兩口箱子搬到古閨秀眼前打開時，她不由得吸了口氣。好傢伙，裡面裝的是雞首龍柄青瓷壺、黃釉宮廷樂舞圖瓷扁壺等等從前皇家御用的瓷器！

狄仁傑看古閨秀兩眼發光，便知道這些東西來頭不小，於是問道：「怎麼樣？」

古閨秀興奮地說：「如果是真品，絕對是好東西，南北朝皇家御用的瓷器！不過我要驗一下才能確定。」

衛老見這小姑娘識貨，有點意外。

狄仁傑乘機說：「衛老，我這族妹別的東西懂得不多，卻在古玩上頗有研究，可否讓她驗一驗貨？」

衛老點了點頭，古閨秀立刻伸手小心翼翼地把瓷器抱了起來，仔細端詳起瓶口、瓶底、內膽等細微之處。

「衛老，我們還想買一些上等的瓷器，是宮窯出的最好不過，不知你這裡有沒有？」狄仁傑問道。

「你們胃口倒不小，我這裡有一些邢窯和越窯的瓷器，你去看看吧。」衛老說完便指示年輕人帶狄仁傑去看貨，而他則藉口地窖太悶，出去喝口茶。

到了外面，衛老對身邊一個矮個子吩咐道：「去河邊查一查押送銀子的人是哪個錢莊的，最好能打聽到這對年輕男女的身分。」

矮個子點了點頭，領命而去。

衛老在農莊裡喝著茶，心中越發不安。這麼大手筆的人家不多，數得上號的大商戶他都有接觸，可沒聽說出了這兩個年輕人。

約莫兩盞茶的工夫，地窖裡的貨物挑選得差不多了，衛老又讓劉儈帶他們去看其他東西，拖住古閨秀和狄仁傑的腳步，然而他派出去打探的人卻遲遲沒有回音。

他等得有些急了，猜測是不是出了意外，正準備讓人封地窖捉人時，矮個子回來了。

「查出了什麼？」衛老問道。

矮個子在他耳邊低聲道：「押送銀子的那隊人馬很面生，既不是哪家錢莊的，也不是鏢局的。我想過去打探，但他們紀律十分嚴格，不許生人靠近，看樣子像是自家養的府兵，而且……」

衛老見他吞吞吐吐，有些不耐煩地說：「有什麼話快說！」

矮個子說：「雖然不清楚他們到底是什麼來路，但是小的在抄近路回來的路上，在農莊外發現有三個人埋伏，他們手上拿的是軍器監專門為李家軍打造的雙鋒刀……」

「當真？」衛老驚恐地睜大了眼睛。

李家軍是李靖南征北戰帶出來的親兵，理應駐紮在荊湘道兵屯，不會出現在京城。那些拿著李家軍雙鋒刀的人，極有可能是李家的府兵！

「沒想到他們是李靖的人！」衛老心情複雜極了，他不明白將門之後為何會參與古玩贓貨的買賣。

衛國公李靖去年逝世，李家雖有三子，但功業比起李靖，相差甚遠。想到這些，衛老搖了搖頭，想不到一代武神逝世後，後人就做起這等自損門庭的買賣。

只是……不知道這裡頭會不會另有內情？

這麼一想，他的神色瞬間沈了下來。李靖功高震主卻能安然終老，說明皇上對李家的態度格外不同，李家做這些事，會不會和皇上有關呢？

再想到這些貨物的來路，衛老心中大呼不好，立刻對矮個子說：「去跟下面的人說，這些貨不賣了，快將那位少爺和小姐送走！送走他們之後，你們也速速離開，讓劉儈和農莊的人把貨物移走！」

說完，他腳步一刻也不停，喊上貼身僕從，立刻駕車離開。

狄仁傑和古閨秀正在跟劉儈議價，由於金額龐大，所以談得有些艱難。

狄仁傑見劉儈一副作不了主的樣子，便說：「我們不如上去找衛老，他應該能決定吧？」

就在此時，矮個子下來請眾人上去。待他們出地窖，矮個子立刻變臉，說東西不賣了。

劉儈不知出了什麼變故，只知道五十萬現銀就這樣飛走了，心疼得不得了。

而狄仁傑卻猜想他們大概是打草驚蛇了……

他擔心再拖下去會有危險，佯裝生氣的樣子對劉儈發了一頓脾氣，帶著古閨秀就要離開。

兩人才剛走到農莊門口，遠處突然傳來打鬥聲，不消片刻，農莊裡立刻湧出二十餘名大漢，向發生打鬥的地方衝過去。

深更半夜的城郊，刀劍磨擦的聲音格外刺耳，讓人心驚。

古閨秀被狄仁傑護在身後，她小聲地問他：「是魏大人動手了嗎？」

狄仁傑卻覺得不對勁，之前他與魏柯商量好了，為了確保古閨秀的安全，在她離開農莊之後才會動手抓人並收繳贓物。

究竟發生了什麼事，讓魏柯臨時變卦了？

此時，一陣爆竹聲忽然響起，讓狄仁傑瞬間提高了警覺。

這是魏柯在請求河邊的人支援！

見情勢不好，狄仁傑不作他想，拉起古閨秀就朝外跑去。好在事發突然，農莊裡的護衛全都衝向發生爭端的地方，一時之間竟無人管他們。路上兩人碰到匆匆趕來的楊威，狄仁傑將古閨秀交給他，囑咐他們先回城，便折回農莊去了。

古閨秀回到家以後，擔心狄仁傑的安危，根本睡不著覺，又拜託楊威折返去打探消息。

楊威很快就打探到消息回來了。「農莊那個衛老好像察覺到了什麼，提前要溜走，被魏大人帶人攔下，但是突然殺出三個埋伏在農莊外的人跟魏大人打了起來，這才驚動了農莊裡的護衛，一群人好一陣亂鬥。等魏大人召集人馬將另兩路人馬都控制下來以後，才知道埋伏在農莊外的是衛國公府的府兵，他們以為馬車裡坐的是小姐您，看到有人攔車，才出手相助。」

古閨秀聽得滿頭霧水。「你說衛國公府的人是為了幫我才出手的？」

楊威點頭道：「小姐認識衛國公府的人嗎？」

古閨秀反問道：「衛國公是誰？」

楊威說：「衛國公就是李靖李將軍，他去年仙逝，衛國公的頭銜本應世襲給李將軍的長子李德謇，但他遭之前的承乾太子謀反一事連累，被流放到嶺南，世襲封號的聖旨至今未發。」

李靖是個大人物，被神化的托塔李天王，古閨秀當然知道他，只是……這跟她有什麼關係？

「李家如今還有什麼人？」她問道。

楊威說：「李將軍的二子李德獎在禁軍中效力。」
古閨秀琢磨了一會兒，不解地說：「這些人我都不認識，他們保護我做什麼？」
楊威說：「李家的人和事都是魏大人告訴我的，他問我們可認識這些人時，狄大人也說小姐您大概不認識，猜不透其中有什麼緣由。問李家的府兵，他們卻什麼也不肯透露。」
古閨秀又問：「狄大人和魏大人現在在做什麼？」
「農莊的事情需要善後，聽說抓了那個衛老，加上地窖裡的罪證，案子就清楚了。狄大人說明天他會帶著那幾個府兵去拜訪李護軍，查明他們為什麼要跟著小姐。」
古閨秀點點頭表示知道了，就讓楊威下去歇息。
待她躺在床上休息，腦中整理這幾天前前後後發生的事情，漸漸想出了一些眉目。之前拿著畫來偷窺她的男子、生母的往事、父親口中的外公家……古閨秀猜測她母親可能是衛國公府的人。
如果真如她所猜的，李家得知她這個外孫女的存在，偷偷派人跟蹤、保護她，也就說得過去了。
沒想到自己會有這麼顯赫的身世，難怪父親想讓自己認親！如果成了李將軍的外孫女，她的婚事還真是不用愁了。不過，再顯赫又怎樣？她所認的親人，唯有古爹爹一人而已。
想著這些，古閨秀腦海裡亂糟糟的。不過這些只是她的猜測，具體情形怎麼樣，還是等狄仁傑明天見過衛國公府的人再說吧！
睡前的思緒如此反覆折騰，直到天亮雞鳴時，古閨秀才迷迷糊糊睡著。

等古閨秀醒來時，已經是下午了。她喊來琬碧問道：「狄大人今天來過了嗎？」

琬碧服侍她起床梳洗，答道：「還沒有來。不過他派人來傳過話，說是晚上要來，請小姐務必在家等他。」

古閨秀點了點頭，看來狄仁傑的確問出了一些東西。「爹爹呢？」

琬碧說：「老爺中午赴宴去了，還沒回來。」

「赴宴？」古閨秀不知道她爹在這裡能參加什麼人的宴會。

琬碧說：「老爺是被狄大人的人請走的。」

「好吧，等我爹回來或是狄大人來了，妳就來告訴我。我昨夜沒睡好，頭疼得厲害，想再躺一會兒。」

其實古閨秀並不是頭疼，只是有點緊張，看樣子晚上她的身世就要真相大白了。

她一個穿越之人，生身父母是誰對她來說完全不重要，她很滿意現在自由自在的生活，一點也不想改變。還是不要認親、當個平凡人家的女兒就好！

如此想著，古閨秀的信念更堅定了。

夜幕低垂時，古爹爹終於回來了，和他一起的除了狄仁傑，還有兩個男人，其中一個是長相威嚴的中年人，另一個則是位和尚。

古閨秀看著那位和尚，覺得有些眼熟，略一細想，這不就是之前她在家門口遇見的和尚嗎？

見她一臉錯愕，和尚面露愧色地唸了聲佛號，隨即低下頭。

古爹爹嘆了口氣，把古閨秀叫了過來，請幾人一同到廳堂坐下。

「女兒，妳還記得爹之前和妳說過的話嗎？爹現在就告訴妳，關於妳的身世……」

四個男人都盯著古閨秀看，彷佛怕她受不住打擊倒下一般。

誰知古閨秀卻鎮定地說：「爹，其實我不關心我的身世，我只知道是您一個人把我帶大，您永遠是我爹爹。只是你們既然要讓我知道，您就說了，我聽著。」

古爹爹既欣慰又感動。「妳喊了我二十年的爹，妳不知道我有多開心！但我不是妳的父親，妳的生父是這位，空懺大師。」

古閨秀看著坐在自己對面的和尚，強迫自己忍住，才沒有驚訝地叫出聲……她分析了那麼久，以為猜得八九不離十，卻怎麼也沒想到她的父親竟是個和尚！

和尚看著古閨秀，目光閃動，似是想說些什麼，可什麼話也說不出口，好像無言以對。

古爹爹又說：「而妳母親，是先皇的三女，汝南公主。」

前面已經嚇夠了，現在又補一刀，古閨秀真是徹底無語了。

公主與和尚，怎麼湊在一起的呀？

「妳生父在出家之前，是衛國公府的三少爺，與妳母親門當戶對、情投意合，只待向皇上請旨就可成婚。怎料貞觀四年東突厥降唐，先皇為嘉獎安撫東突厥可汗有功的小可汗蘇尼失，要將妳母親下嫁於他。妳母親自然不從，帶了兩名護衛偷偷逃出宮，奔向西北軍中向妳父親求助，但妳父親卻說聖旨難違，要將妳母親送回宮，妳母親傷心欲絕，半路上帶著護衛逃走了。我就是當時的護衛之一，另一個則是妳楊大叔……」

古閨秀驚訝地看著古爹爹，沒想到他只是母親的護衛，而楊威的父親也是，難怪楊家父子一直這麼盡心地保護自己。

古爹爹彷彿陷入回憶裡。「妳父親只怕怎麼也沒料到妳母親已經懷有身孕。她抗旨不願嫁給突厥人，且私逃出宮，若被捉了回去，妳定然無法出世，我和妳楊大叔也會被斬首，於是我們護著她隱姓埋名，四處藏匿。直到妳六歲那年，又有人找到她，她帶著妳慌忙逃走時，馬車出了意外……幸好那些人不知道公主已生了女兒，只帶了公主意外身亡的消息回去覆命，至此我們才在并州安定下來。」

原來是這樣……

古閨秀低下頭，心裡很不是滋味。她的母親出身高貴，卻這麼可憐，她喜歡的男子不能保護她，反而害得她顛沛流離一輩子，最後甚至不得善終。

有個這樣的父親，他們竟然還指望她和他相認?!

她抬起頭，看向空懺大師的目光充滿鄙夷與責備。「所以呢？你們現在來找我做什麼？」

空懺大師嘴唇微抖，手中的佛珠撥得飛快，卻回答不了古閨秀的質問。

一直坐在旁邊的中年男人替他開口說：「孩子，我是妳的二伯。妳父親對當年的事很後悔，自從妳母親逃走，他就一直在找她，六年從不曾放棄，直到最後得到公主的死訊，他才心灰意冷遁入空門。我們李家虧欠妳們母女太多，現在我們既然找到妳，自然是想給妳最好的生活，彌補妳母親的遺憾。」

若說古閨秀之前不願認親是因為對自身處境的考慮，那麼現在就是替生母感到不甘心，她怨恨地道：「當初若不是你們四處尋找我娘，死都不肯鬆手，她又怎麼會出意外？現在你們卻想要彌補我？我不會接受的，也不會原諒你們，你們走吧，我現在過得很好，不需要你們！」

見古閨秀發怒，空懺大師這才說了第一句話。「當年種種，全是我一個人的錯。貧僧在汝南公主去世時，只覺得塵世間已無任何意義，唯有在佛祖面前懺悔一生，才能彌補我對她造成的傷害。

「我實在不知她為我誕下一女，不然我絕不會讓妳在外受苦。現在古護衛將妳送回，妳就是我餘生唯一的意義，我已向方丈說明，很快就會還俗，我會用我的一切來補償妳。」

古閨秀倏地站起來說：「不需要！我不需要你們！我只有一個爹，他養我、哄我、疼我，而不是你這個害死我娘的人！」

古爹爹見她激動，上前勸道：「閨秀，不要這麼對妳父親說話。他縱使有錯，但畢竟是妳的生父，而且這麼多年來，他對妳母親的心意都沒有改變，是我和妳母親誤以為宮中的人要捉拿我們，不知道其實是妳父親在找她，不然事情也不至於演變至此……」

聽古爹爹說出這些話，古閨秀瞪圓了眼睛，咬了咬嘴唇，卻什麼也沒說就轉身離去了。

大概是早就料到古閨秀會生氣，所以李家人對她的抗拒並不覺得意外，他們中午就已談好，等告訴她真相後，就讓古爹爹慢慢勸導她，他們相信血濃於水，遲早有一天會相認的。

古爹爹嘆了口氣，對一直保持沈默的狄仁傑說：「你去看看閨秀吧，她聽你的勸。」

「好。」狄仁傑微微頷首。

狄仁傑走出廳堂後，心情也很複雜。對於這樣猛然被揭開的秘密，他都需要一段時間去消化了，更何況是閨秀？說真的，他也不知道該怎麼勸她。

茫然地來到古閨秀房門外，他還沒想好說詞，就見古閨秀讓琬碧端來飯菜，大口大口吃了起來。

「妳還沒用晚膳嗎？」狄仁傑走進去問道。

古閨秀塞了滿嘴的飯，道：「我一整天都沒吃，餓死我了！」

「嗯，那妳吃吧！不管發生什麼事，飯總是要吃。」狄仁傑輕聲說著。

古閨秀點了點頭，沒空繼續和他說話。

狄仁傑見她一碗飯很快就見底，把想了半天的話慢慢地講出來。「若妳母親還在世，看到妳父親這麼後悔，一定會原諒他的。就算心中有怨念，但是為了妳著想，應該也會不計前嫌，畢竟……妳是他的骨肉。」

古閨秀置若罔聞，把碗遞給琬碧。「添飯！」

狄仁傑見她不搭腔，知道自己沒找到切入點，於是換了個角度——「如果我是妳，也會生氣。妳現在不想理他們，就暫且把事情放一邊，不要多想，這種事，任誰都不好接受。」

古閨秀依舊不說話，待吃完第二碗飯，又跟琬碧要第三碗。

狄仁傑瞪大了眼睛看古閨秀塞下第三碗飯。等她要第四碗時，終於忍不住出手阻攔。

「吃這麼多肚子會撐壞的！」

「我餓！」古閨秀嚷道。

狄仁傑不讓琬碧添飯，皺著眉頭說：「妳生氣了就這麼折騰自己？再吃就要吐出來了。」

話音剛落，古閨秀就跑到門外，把剛剛吃的三大碗飯全給吐了出來。

「妳看看妳，這是何苦？」狄仁傑氣得不得了，要琬碧去煮些清粥，還親自倒水讓古閨秀漱口。

「現在才知道妳有這種怪癖，生氣了就拚命吃東西？」他看著古閨秀，表情十分無奈。

隨著剛剛的嘔吐，古閨秀好像把悶住的氣全吐了出來，她苦著臉說：「我很傷心、很生氣！我傷心是因為我娘太可憐了，竟然愛上一個不值得託付終身的人，把自己的一生都賠了進去；我生氣是因為我爹竟然和他們一起說服我，我看他是打定主意不想要我這個女兒，一定覺得我是個拖油瓶！」

她心裡帶著怨念，回想起古爹爹這麼多年的照顧，便覺得他的縱容和愛護不是因為愛她，而是因為她是公主的女兒，所以必須依著她。當父女之情變成主僕之間的忍讓，她就覺得特別失望，好像失去了唯一的親人一樣。

狄仁傑見她為了這件事嘔氣，立即勸道：「伯父這麼做肯定是為妳好，李家是名門望族，妳祖父是衛國公、伯祖父是永康公、叔祖父是丹陽郡公，加上妳母親是汝南公主，這樣的身分，後半輩子再無憂愁。」

古閨秀卻像鬧脾氣的小孩，噘嘴道：「我不稀罕那些！他們有的我不需要，我想要的他們給不了。」

狄仁傑想問古閨秀要的是什麼，但她瞬間就轉開了話題。「你為我的事和李家的人糾纏了一天，皇上要你查的案子怎麼樣了？」

說起這件事，狄仁傑的精神稍微好了一些。「已經可以確定之前收繳的貨物就是左藏丟失的那些貢品，農莊相關人等都已就擒。至於究竟是誰偷了國庫，我和魏大人心裡已有數，明天我們會進宮面聖，讓皇上決定接下來該怎麼做。」

他說得隱晦，但古閨秀心中明白，這八成是吳王幕後指使人做的。

這案子若繼續查下去，可不得了。皇上才剛登基，就算想問吳王的罪，只怕不容易，應該只是藉此事提點吳王一番罷了。

而且，就她所知，吳王李恪還有幾年可活，沒這麼快就倒臺。

於是她對狄仁傑說：「此案牽扯得有些深了，若皇上說查到這裡為止，你就別死腦筋往下查，吃力不討好。」

狄仁傑驚訝古閨秀能有這番審時度勢的眼光，笑著說：「好，我記住了。我也想早點把這個案子結了，才能安安心心回家過年。」

古閨秀見狄仁傑一點就通，原本煩悶的心情才稍微舒緩了一些。

第十七章　啟程返鄉

隔日，狄仁傑進宮面聖，他將查案的經過、證人、證物盡數上奏。

之前狄仁傑要魏柯派人跟蹤劉儈，查出劉儈聯繫的人都與吳王有間接的關係，有的是經營吳王名下的產業，有的則是和吳王身邊的人有關，不過不管是哪一種，每年都會向吳王府上繳大量的銀子。而在農莊抓到的衛老，更是吳王府的外府管事之一。

這次在農莊地窖裡收繳的貨物與左藏丟失的物品名單，有相當大的程度吻合，更直接說明了這其中關聯。

皇上面色沈重，半晌不語，最後才開口。「朕知道了。此事暫且按下不發，你們就當作沒發生過吧。」

狄仁傑和魏柯自然領命，守口如瓶。

兩人正要告退，皇上突然說：「狄仁傑，你辦事深得朕心，大理寺有個主簿的空缺，你年後就調進京替朕做事吧！」

從并州法曹，變成大理寺主簿，雖然官階差不多，卻是從地方調到京都，特別是他還這麼年輕就被皇上欽點，這是皇上在嘉獎、拉攏他，狄仁傑立即謝恩領命。

不過他心中難免忐忑，自己不過是遵從旨意查明真相，到最後也未能真正為皇上分憂，這份聖恩他覺得受之有愧，所以當他和魏柯從兩儀殿退出時，神色依然有些鬱鬱。

魏柯見他不喜且憂，問道：「狄大人為何面有憂色，可是不願意離鄉進京？」

狄仁傑解釋道：「不是。能得皇上器重欽點進京，這是何等榮幸之事，只是我並未真正立功，難免覺得受之有愧。」

魏柯笑著說：「這就太妄自菲薄了。這次的案子特殊，皇上心中一直有疑問，但大理寺、刑部、御史因各種原因，都說已查無可查，特別是長孫大人，一直勸皇上不要大動干戈，影響社稷根基。而你不僅幫皇上辦好他心中牽掛許久的事，還能從鬼市中查出真相，這就是你的本事。更重要的是，你分寸拿捏得好，該稟告的如實稟告，不該追問的一個字也不多問，皇上登基時間短，身邊正缺這樣的人，提拔你一點也不奇怪。」

長孫大人就是長孫無忌，他是長孫皇后的兄長，也是李治的親舅舅，他輔佐李治，主持朝政大事。

魏柯是皇上的心腹，從皇上還是皇子時，就是他身邊的親隨，他肯這麼坦白地對狄仁傑說這樣一番話，多少代表皇上的心意，狄仁傑一聽，心裡就有底了。

兩人走在出宮的路上，狄仁傑向魏柯請教道：「皇上說此案按下不發，那我們已經捉拿的衛老、劉僧等人該怎麼辦？」

魏柯說：「隨便治他們一條偷盜、倒賣的罪行，把他們丟進大獄，不用我們操心，外面的『那位』自然會想辦法殺人滅口。皇上提醒『那位』的目的已經達成，也不造成社稷動蕩，只待時機成熟，再一併清算。」

狄仁傑聽完，覺得很是受用。

不上用場。他以前讀聖賢書、學律法，查案辦事於法有據，但在政治層面上，這一套還真是完全派

當天中午，狄仁傑的調遣公文就發往并州，古閨秀得知這個消息時有些驚喜，也有些失落。

「那你還會回并州嗎？」她問道。

狄仁傑點頭道：「自然要回。當初進京面聖時並不知要被調遣，府衙裡的事都沒交代下去，我得回去把事情交接好，還要向爹娘辭行，年後才會到京城任職。」

古閨秀說：「那正好，我也要回并州，我們盡快一起出發吧。」

「妳還是要回并州嗎？」狄仁傑以為她知道自己的身世之後，回并州的事會耽擱，卻不知古閨秀恨不得現在立刻就回并州，離衛國公府遠遠的。

古閨秀用力地點頭。「我回并州的車馬早就準備好了，你什麼時候能啟程？明天午後趕得及嗎？」

原本她想一早就走，不過顧及狄仁傑還要收拾行李，她願意再等一下。

「這麼匆忙？」狄仁傑略感詫異，但想了一下，就說：「我沒什麼東西要收拾，只需向我二叔父知會一聲，就是明天早上出發也來得及，只是妳可和伯父商量好了？」

古閨秀表情彆扭地說：「我回家他還能不許嗎？」

狄仁傑拿她沒辦法，便說：「那好吧，我們明天午後出發。這段時間我處處受你們照

顧，我先去向伯父道個謝、辭個行吧。」

古閨秀心不在焉地點了點頭，讓琬碧帶狄仁傑去見古爹爹了。

古爹爹這段時間彷彿蒼老了幾歲，狄仁傑向他辭行時，他一聽到古閨秀明天會和他一起出發回并州，連連嘆氣道：「沒想到閨秀在這件事情上這麼倔強，怎麼都不肯和她生父相認。她堅持要回并州，我又不能將她關起來，只能先依著她，也許她離開京城靜靜想一想，就想通了。」

「但願如此。」狄仁傑雖然這麼說，卻覺得古閨秀外柔內剛，是個極有主意的人，只怕一時半刻不會原諒她的生父。

思及此，他又擔心地問道：「伯父您要繼續留在京城嗎？沒打算一起回并州去嗎？」

古爹爹說：「宮裡的燕太妃娘娘知道了閨秀的事，最近應該會傳我進宮問話，我必須把閨秀的事情說清楚，宮裡才會認可她的出身。當年汝南公主還在宮裡時，燕太妃娘娘最疼愛她，若閨秀能得到燕太妃娘娘的認同，那就太好了。」

狄仁傑微微頷首。古閨秀是皇家的血脈，得到皇家的認可，的確是件重要的事。「原來如此。可到時燕太妃娘娘如果要見閨秀，她不在京城就麻煩了。」

古爹爹說：「到時宮裡若傳旨接她進宮，就由不得她任性，她遲早得回京，所以我才放心讓她一個人先回去。」

狄仁傑恍然大悟，古爹爹心裡早就想好了對策，這樣他就不用擔心了。

古家兩輛馬車在大門前準備出發，狄仁傑向古爹爹、周掌櫃道別後騎上馬，正要揚鞭出發，卻又跳下馬來。

古閨秀坐在馬車裡，發現半天都不啟程，心中難免忐忑不安。她已好久沒有同爹好好說一句話了，是不是該下去道個別呢？

此時琬碧突然從外面的車轅鑽了進來。「大小姐，那個……那個衛國公府的三老爺要和我們一起去并州！」說完她很為難地抓了抓頭，不知道這個稱呼合不合適。

古閨秀沒對琬碧隱瞞自己的身世，所以她知道那人是大小姐的生身父親，但大小姐既然不肯相認，她也不敢直呼他為「老爺」。

古閨秀面色一沈，掀起車簾悄悄往外看去。

空懺大師已脫去僧袍，穿了一件淺灰色的袍子，腰間繫著白玉腰帶，頭上包著一塊方巾，戴了一頂黑色的襆頭。他一人一馬，就要跟著古閨秀去并州。

「這麼快就還俗了，是受夠了佛門的清苦，早就想還俗了吧？」因為心中有氣，古閨秀故意惡意地揣測著。

琬碧在一旁聽了，不知道該說什麼才恰當，只好裝作沒聽見。

空懺大師……不，應該是李德淳李三爺，正在和古爹爹說話。「我也想去看看閨秀長大的環境，還有汝南離開的地方……」

古爹爹原本就是護衛，而李德淳曾是軍中校尉，如今李德淳還俗，古爹爹在他面前不自覺地就站直了身子，略低著頭聽他說話。

古閨秀看著這副不平等的景況，打從心裡感到不舒服！在古閨秀打量他們的時候，李德淳正巧看向古閨秀，古閨秀立刻放下車簾，不願和他對視。

李德淳心中苦澀不已，提步走到馬車車窗邊，道：「閨秀，聽說妳要回并州，妳養父在京城一時走不開，我送妳回去好不好？」

古閨秀不想讓他跟著，但是拒絕肯定沒用。這大路朝天開，誰願意走，她還能攔著不成？

於是她索性裝作沒聽到，並不答應他。

等了一會兒沒聽到聲音，李德淳反而鬆了口氣，轉身對古爹爹點了點頭，道：「那我們這就出發了。」

古爹爹看著一行人遠去，心中有點不是滋味。

周掌櫃拍了拍他的肩膀，道：「一手帶大的女兒，現在卻要交還給她父親，心裡難受吧？走，我們喝兩杯去！」

古爹爹擺了擺頭。「以前是我們想偏了，不知道宮裡已經原諒了公主，如果知道是這樣，我早該把閨秀送回來，又怎麼會忍心讓她跟著我吃苦，以致婚事拖到現在都沒個著落……」

周掌櫃勸慰道：「你又何必自責？先皇在時你不敢進京打聽，新皇剛登基，你就急忙進京聯繫舊故，希望能恢復她的出身。你這番用心，閨秀遲早會知道的。」

經過這一番安慰，古爹爹總算是好受了一些，他笑著說：「我不過是瞎忙和，我託了那麼多人都沒見到衛國公府那幾位爺，閨秀卻接到進宮面聖的聖旨，還恰恰讓燕太妃娘娘知道了，燕太妃娘娘自然要找衛國公府的人問個清楚，這是她的命數……」

深秋轉冬之時氣溫驟降，古閨秀坐在馬車裡已有些耐不住寒，她和琬碧兩人燒起小泥爐子煮茶喝，一杯熱茶下肚，才覺得暖和一些。

古閨秀吩咐琬碧。「去請狄大人到馬車裡來喝杯茶暖暖身子吧！外面風大，他整天騎馬，肯定很冷。」

琬碧鑽出馬車，坐在車轅上向騎在馬車前的狄仁傑招手喊道：「狄大人，天氣冷了，請您過來喝杯熱茶。」

狄仁傑勒住馬韁減慢速度，待退到同車轅平行時，小聲問琬碧。「妳家小姐只請了我一人？」

琬碧點了點頭。

狄仁傑有些為難地說：「不要緊，我不冷。趕路要緊，妳進去照顧妳家小姐吧。」

琬碧很機靈，她知道狄仁傑是礙著有李德淳同行，既不好和古閨秀同坐一輛馬車，又不能撇下長輩獨自去喝茶享受，便說：「不如奴婢給您裝個熱水袋子，您既能喝熱水，又能暖暖手。」

狄仁傑高興地說：「那太好了。」接著伸出兩根手指頭。「要兩個，別讓妳家小姐知道。」

琬碧嘻嘻一笑，沒有直接應他，轉頭鑽進了車廂。

古閨秀在車廂裡將他們的對話聽了七、八成，不免有些氣憤。這個狄仁傑，不領她的情也就罷了，還慫恿她的丫鬟同他一氣。

氣歸氣，古閨秀心裡很清楚，她這樣和李德淳僵持，讓身邊的人很為難。她可以給李德淳臉色看，但其他人不行，特別是狄仁傑，他一方面不能失了禮數，另一方面又不能和李德淳太熱絡，讓她不高興。

這麼一想，她那點小脾氣又消下去了。

琬碧觀察著她的臉色，道：「狄大人說趕路要緊就不喝茶了。奴婢想給狄大人、楊叔叔他們灌個熱水袋子，大小姐您看怎麼樣？」

古閨秀心裡明白卻裝糊塗，應了一聲，任由琬碧去準備，也不管她究竟送過去給哪些人。

狄仁傑拿到熱水袋，給了李德淳一個。「閨秀擔心我們凍著，讓丫鬟送來的，三爺喝點熱水暖暖手吧。」

李德淳笑著接過東西，他自然知道古閨秀不可能特地弄這個給他，但心頭依舊暖了一些。

他喝了一口熱水，轉頭看向狄仁傑，這個年輕人對他的照顧，他感覺得到。「我雖是閨秀的父親，可她的事我一點也不知道。她喜歡什麼、討厭什麼、性子又如何？你能告訴我嗎？」

狄仁傑想了想，說：「她是個聰慧勇敢又善良的女子……」

兩人一路聊天，狄仁傑將古閨秀在并州如何打理質庫、如何協助他破案、又如何幫忙研製火藥的事一一告訴李德淳，又誇閨秀學識廣、脾氣好、待下人和氣，十分受大家喜愛。

李德淳聽見自己的女兒這麼優秀，內心滿滿都是自豪，卻又充滿愧疚，他什麼都沒為她做過……

想完這些，他又覺得狄仁傑和女兒的關係不一般，他好像對閨秀的事情非常了解……對了，之前他和古護衛談論閨秀的身世時，古護衛非但不對狄仁傑見外，還讓他從中斡旋。當時他覺得有點奇怪，如今想來，對古護衛的行為悟出了另一層意思。

李德淳不禁想起古護衛和他兩人私底下的談話——

「我未能保護好公主，已是罪該萬死，但當時閨秀還那麼小，我一定要把她照顧好，才能讓公主在天之靈得以安息。這些年來，我竭盡所能給她最好的東西，可是我身分卑微，有些事終是心有餘而力不足。特別是她到了議婚年紀以後，我無論如何都不忍心將她嫁給販夫走卒之輩，但以我的地位，又沒辦法幫她找一個配得上她的好人家，才會拖到現在。現在把閨秀交還給李家，別的不說，有了衛國公府的背景，閨秀一定能找到好對象……」

李德淳再看向狄仁傑。古護衛能放心把閨秀交給他送回并州，不知他和閨秀到底是什麼關係？

「狄大人是并州人氏，不知和狄孝緒狄尚書是什麼關係？我記得狄尚書也是并州人氏。」李德淳問道。
狄仁傑剛和李德淳講完古閨秀的事，忽然聽他問起自家的事，有些茫然地答道：「正是家祖父。」
「喔？」李德淳笑著說：「原來如此。我記得狄尚書耿直廉正、高風亮節，他如今怎麼樣？」
狄仁傑說：「祖父自從致仕之後一直住在并州的莊子裡頤養天年，每天讀書喝茶、下棋蒔草，有時候還會考校族中子弟的文章，身體還算康健。」
「如此甚好。」李德淳又問：「聽說狄大人之前因查案有功被皇上召見，而且還被欽點到大理寺當差了？」
「是。得皇上器重，令人十分惶恐。」
「我看狄大人相當年輕，不知今年多大？」
「今年剛剛及冠。」
「呵呵，和閨秀同年。如此年輕就得皇上器重，前途不可限量啊……」
「三爺謬讚了。」
李德淳壓抑著自己，沒繼續詢問狄仁傑是否訂了親、家中幾個兄弟姊妹之類的問題，但狄仁傑是腦袋何等靈光之人，已察覺到了一些端倪，一時之間緊張得不得了。
李德淳對儀表堂堂、談吐優雅的狄仁傑起了愛才之心，但想到狄家的情況，終究覺得那樣的官宦世家比起公卿之家還是差了許多，對閨秀來說算不上門當戶對，還是觀察些日子再說。

和古爹爹相反，李德淳對古閨秀的婚事一點也不著急，只要閨秀認祖歸宗，她就是衛國公府的嫡小姐、汝南公主的女兒、當今皇上的外甥女。她又和她母親長得一樣漂亮，而且聰慧，怎樣的好人家找不到？到時只有她挑別人的分吧！

古閨秀在馬車中非常無聊，時常撩開車簾往外張望，看到狄仁傑和李德淳相談甚歡，越發覺得難耐。「走了好幾天了，咱們這是到哪裡了？不知道什麼時候才能到家……」

琬碧說：「之前問過楊叔叔，說是快到晉州了，再走個四、五天就能到并州。」

「呼，太好了！又冷又悶，真想快點到家。」古閨秀的眉頭稍稍鬆開了一些。

此時，忽然「轟隆」一聲雷響，官道上狂風大作，天邊烏雲滾滾而來，一場暴雨將至。

車隊只有兩輛馬車，一輛是古閨秀的馬車，一輛是貨車，但只有古閨秀這個車廂能遮風擋雨。車隊眾人連忙穿上蓑衣，檢查貨車的油布是否紮牢。

楊威跑過來將古閨秀的車窗關緊，道：「大小姐，雨就要下了，我先把車窗都封上，待雨過了再幫您打開。」

古閨秀探頭說：「有勞楊大哥了，忙完以後就趕緊到我馬車裡避避雨吧。」

楊威搖手道：「我們是粗人，有蓑衣可穿，就不和大小姐擠了，只是李三爺和狄大人怕是要遭罪了。」

古閨秀將手中的手帕擰成一團，鬆開了又擰，擰了又鬆開，眼見豆大的雨點砸到地上激起沙塵，她趕緊吩咐琬碧：「去請狄大人到車廂裡避雨。」
琬碧應聲而去，不一會兒狄仁傑就推著李德淳上車了。
古閨秀把頭扭到一邊，像是要把車頂看出一個洞來，眼睛眨也不眨地盯著。
狄仁傑為了活絡氣氛，趕緊道：「這大雨說來就來，幸好妳邀我們到車廂裡避雨，不然可要淋成落湯雞了。我就罷了，李三爺常年在廟裡清修，只怕身體吃不消。」
古閨秀瞪了他一眼。「只有我這裡能躲雨，我若不請，你還真打算淋雨不成？」
狄仁傑見她雖沒和李德淳說話，但臉上並沒有怒色，這才放下心來。他敢把李德淳請進馬車，也是猜準了古閨秀沒那麼狠心，會趕人下車去淋雨。
李德淳聽見女兒說話了，喜不自勝，連忙搭腔說：「懷英小看我了，我雖然入寺多年，但當初在西北大營裡吃的苦，可是你這待在府衙的年輕人想像不到的。」
古閨秀心裡不以為然——這才幾天，就直接稱呼狄仁傑為「懷英」了?!
狄仁傑很給面子的接著他的話問道：「聽說李三爺以前打過突厥？」
「是。那個時候東突厥還沒有投降……」他緩緩說起那些年從軍的故事。
古閨秀聽著雷聲打得車頂轟隆作響，車外的雨像瓢潑一般。而李德淳將打仗的故事娓娓道來，狄仁傑不時的回應幾句，她突然覺得有種「寧靜」的感覺。
在說話的兩個人都很注意古閨秀的反應，看她雖沒開口，卻分明很認真且有興趣地在聽李德淳說故事，狄仁傑終於放下心來，而李德淳則講得更賣力了。
故事說到東突厥可汗被李靖打敗，小可汗蘇尼失率眾投降時，楊威突然進來找他們商量。

「大小姐、狄大人，雨太大，路上不好走，照這種速度，今天是趕不到晉州城了。前方有一個叫做柳林屯的村子能歇腳，你們看今晚要不先歇在那裡，等明天雨停再進晉州整頓？」

狄仁傑之前派人查探過路況，對沿途的情況比較了解，他贊同道：「過了柳林屯還有一段距離才到晉州，如果不能在天黑之前進城，只能宿在野外，這種天氣不如在柳林屯歇腳。」

見古閨秀和李德淳都沒有異議，狄仁傑便交代自己的隨從。「你先到柳林屯找個寬敞的農戶借宿，把住處和晚飯準備好，不要捨不得銀子，我們是去打擾別人，說話得客氣一些。」

隨從領命而去，楊威就領著眾人走下官道，改道往柳林屯而去。

第十八章　突遇凶案

大雨沖刷之下的泥土路早已沒了原有的形狀，特別是離開官道後走上鄉間小路，狹窄又凹凸不平的路況對古閨秀一行人的兩輛馬車充滿了考驗。

同行的古家夥計搬運石頭填補路面，以防馬車陷入坑中，行進速度十分緩慢，擋住了從後面來的一輛驢車。

駕驢的是一個戴著大斗笠的年輕人，他上前與一個夥計搭話，問道：「你們這是去哪兒？」

那夥計說：「往前面柳林屯投宿去。」

年輕人聽了，搖手道：「不行，你們調頭走吧。柳林屯不准外人進村，你們去了也是白去。」

夥計一聽，愁上眉頭，趕緊把楊威喊了過來。

楊威向那人打聽了一番，同樣皺起眉頭，急忙去找古閨秀。

「大小姐，外面遇到一個柳林屯的村民，他說他們村因為接連失蹤了好幾個姑娘，傳說是被外頭的人拐走的，於是封了村不許外人進去，勸我們調頭。您看這可怎麼辦？」

古閨秀驚訝道：「竟然有這樣的事？」

這麼大的雨，眼看天就要黑了，如果不能住在柳林屯，他們真的只能在雨中露宿，實在太糟糕了！

她想了一下，和狄仁傑還有楊威商量道：「我們有官衙的路引，並不是什麼來路不明的人，不如先到柳林屯，再找村長商量。就算不能進村，在村外田間找棟廢棄的屋子，也比露宿山林來得好，你們看呢？」

狄仁傑同意道：「我們沒別的地方去，只能先去看看情況。」

說好了以後，大家繼續向柳林屯走去。半路遇上狄仁傑的隨從，他從柳林屯打探了消息回來，和先前驢車上的年輕人說的一樣，柳林屯不放生人進村。

「我與那些人說了很多好話，可是守村的漢子怎麼都不聽，還差點和我動手。」隨從向狄仁傑稟報。

狄仁傑問道：「守村的是村民？不是衙役嗎?!」

隨從說：「不是衙役，都是些莊稼漢，手上拿著鐵鎬、木棍。」

狄仁傑對古閨秀和李德淳說：「既然是因為有人失蹤而戒備森嚴，理應報官由官府查明，怎麼私自組織起民兵？看來事情不簡單。」

李德淳說：「要大家都打起精神，別出什麼意外。俗話說強龍不壓地頭蛇，我覺得柳林屯有些危險，小心點為妙。」

古閨秀對楊威點了點頭，要楊威按照李德淳說的下去安排，讓李德淳臉上不禁露出了笑容。

一路上辛苦勞累，一行人終於到了柳林屯。

柳林屯是個只有幾十戶人家的小村子，古閨秀撩起車簾看了一眼，村口兩棵大柳樹下果真站著四、五名大漢，遠遠就衝著他們吆喝，不讓他們靠近。

狄仁傑披了蓑衣下車，親自去說項，但依然不見效。那些大漢不認什麼官衙的路引，只知道不認識的人不准進村，還把駕驢車的青年說了一頓，怪他不該領這麼一群人回來。

那青年委屈得不得了。「我從縣城回來的路上遇到他們，早就告訴他們不要來柳林屯，可是沒人聽我的，並不是我引回來的呀……」

得到消息的柳林屯村民紛紛趕來，一時之間，村口聚集了十幾、二十個漢子。因為下雨，說話要大聲吼才聽得到，場面十分混亂。

有人激動地指著他們說：「就是你們這些外地人把我們的女娃拐走了，還想在村裡投宿？門都沒有！快點滾，別讓我用棍棒把你們攆走！」

古閨秀看到情況不妙，忙對琬碧說：「快去和狄大人說，不要強求，我們走吧！」

琬碧急忙出去傳話，只見狄仁傑一臉挫敗地回來。「這些村民太過激憤，聽不進別人的話，實在難以溝通。」

古閨秀說：「有些人家丟了女兒，現在定然憤怒不已，看樣子是沒捉到壞人，難免遷怒到我們身上。還是趕緊去找別的地方吧，不管條件如何，能擋雨就行。」

狄仁傑點了點頭，又返回雨中。

他見柳林屯的村民之中，唯有那駕驢車的青年比較好說話，便問他：「貴村出了事，既然不歡迎我們，我們也不好勉強，只是不知這附近可有什麼躲雨的地方？破廟、廢屋、獵棚都行，有個石洞也好。」

那位青年想了想，說：「你們往村北走一點，那邊有座廟可以遮雨，不過廟裡沒有和尚或住持，只平時偶爾會有村民過去上兩炷香，破敗得很。」

狄仁傑感激不盡，又掏出幾兩銀子來。「我們一行這麼多人，趕路到現在還沒吃飯，不知你能不能賣我們一些雞、鴨填填肚子？」

村子裡家家戶戶養雞養鴨，這對他們來說不是什麼難事，狄仁傑給的錢又多，青年便說：「你們先過去吧，等我回家捉了雞，再幫你們送到廟裡去。」

狄仁傑抱拳謝過，這才領著眾人找破廟去。

破廟很好找，田原之上就那麼一間屋子，果真如青年所說，相當破舊，裡面只有一尊看不出是什麼神仙的座像，還有一個掉了漆的香案。

不過有屋頂能遮雨，大家總算鬆了口氣，紛紛動手掃地彈灰，把車上的乾淨毯子搬了進來。

待收拾妥當，那位青年剛好挑著擔子送了十隻雞過來，擔子裡還用油布蓋著一籃乾柴火。

「下這麼大的雨，你們總要生火取暖，殺了雞還得烤，我想這邊沒柴火，就幫你們帶了一些過來，一晚應該夠用了。」青年說。

古閨秀見他想得如此周到，之前對柳林屯的不滿立刻消散，覺得村民還是很善良，只是遇到了不好的事，才有些杯弓蛇影。

她要琬碧又給了青年一些銀子，多謝他幫助。

青年看同行的人之中有姑娘，叫了一聲說：「你們還有女眷在啊？那可千萬要小心，我們村裡已經有四位姑娘失蹤了，都長得很漂亮，你們千萬要注意安全。」

狄仁傑和李德淳一聽，頓時緊張了起來。

狄仁傑邀青年坐下說話，問過了姓名，知道他叫馮保，便進一步問道：「你們有人失蹤，難道沒報案嗎？」

馮保憤憤地說：「怎麼沒報案？第一位姑娘失蹤時，縣老爺就帶著衙役來問話，查了一陣子沒查出個結果，就不再來了。後來我們村裡又丟了一位姑娘，再報案，他仍舊查不出什麼，到最後我們就不指望他能破案，而是自己戒備起來。」

狄仁傑又問：「既然什麼都沒查出來，怎麼你們都說是外面的人把人拐走的？」

馮保說：「第一位失蹤的姑娘是我們村長的女兒，是去年過年前到縣城裡買東西時走丟的，一起去的人說她是被一個販賣胭脂的外地商人拐走的。後來接連丟的幾位姑娘，都是在我們村裡來了生人的情況下失蹤的，不是有米販子來，就是有棉花販子。可是我們搜那些人的東西，卻又查不出什麼，一點辦法也沒有。」

狄仁傑聽了，不由得沈思起來。

馮保見他們生了火堆，雞也剛宰好，已串上樹枝在火上烤，便告辭回家了。

古閨秀看眾夥計都穿著濕答答的衣裳，因她在場而不便換衣，就主動回到馬車上休息，把火堆留給他們更衣取暖。

她和琬碧剛上馬車，李德淳就從後面跟了上來。「這裡不安全，妳們在廟外我不放心。」

古閨秀的馬車就停在廟門口，掀起車簾還能聽到裡面的人說話，僅僅幾步路的距離，但李德淳這麼擔心她的安全，她實在不知道該怎麼拒絕。

一時之間，車廂裡竟是靜悄悄的，一點聲音也沒有。

古閨秀不太自在，便低聲和琬碧聊起天來。「我先前以為不過是一場陣雨，可一點停止的跡象都沒有，下得真大。」

琬碧發愁地說：「是啊，今年還沒下過這麼大的雨，明天萬一還是下不停，可怎麼辦？」

古閨秀輕聲說：「天氣冷，若冒雨趕路，大家肯定要生病。明天雨若是還不停，就要想辦法說服柳林屯的村民，讓我們進村投宿才行。」

李德淳坐在車門口聽女兒說話，夜色之中，他只能看到古閨秀的輪廓，但他依然看得出神，娟秀嫻靜，和她母親可真像啊……

如此想著，他情不自禁地說了出口。「妳和妳母親真像。」

古閨秀抬頭看他，思量了一下，問道：「你還記得她的樣子？」

李德淳點頭道：「自然記得，一輩子都不會忘。」

從來沒人詳細地和古閨秀說過她母親，古爹爹提起她母親，也只有一聲嘆息。古閨秀禁不住好奇地問道：「我母親是個怎麼樣的人？」

李德淳陷入了回憶之中。「妳母親雖然生在皇家，但生母出身低微又去世得早，由宮裡的教養嬤嬤帶大，雖說出身尊貴，卻也看盡人間冷暖。直到有一次先皇重病，公主替先皇祈福繡了一千個『壽』字，感動了太后娘娘和先皇，才下旨把她交給燕妃娘娘教養。

「後來燕妃娘娘懷了八皇子，她小小年紀貼身服侍燕妃娘娘細膩入微，不僅沒為燕妃娘娘添麻煩，還幫了她許多。燕妃娘娘見她乖巧懂事，十分疼愛她，她的日子才真正好過起來。」

古閨秀聽他講得簡單，但細想起來，她母親以前的日子也不好過。一個沒有靠山的公主，在宮裡也是如履薄冰、戰戰兢兢。

「那你怎麼和母親認識的？」她又問道。

李德淳忽然一笑。「妳母親雖然嫻靜，卻也有活潑的一面。宮裡的娘娘喜歡打馬球，她馬球打得好，便常常讓她參加。有一次娘娘和皇子比賽，因為缺人，正巧我在宮裡當值，也去參加了，卻被她一棍打下馬來，狼狽得不得了。她後來見了我，十分不好意思，向我道歉，這便認識了。」

嘆了口氣，李德淳愧疚地說：「她那麼聰慧，先皇、太后娘娘和燕妃娘娘都那麼疼愛她，要是沒有遇見我，她一定會愈過愈好，是我誤了她。」

古閨秀冷冷地說：「若是沒有遇見你，我母親也許會聽從旨意嫁給突厥人，這對她真的好嗎？你誤了她並不是因為你們相識相愛，而是你們相愛後你卻沒有勇氣堅持和她走到最後！」

李德淳慚愧不已。「後來，邊境烽煙四起，我隨父親遠征東突厥，沒想到妳母親會逃出宮到西北大營找我。聽到她是抗旨逃出來的，我只想到她努力多年的結果全都要毀了，若失去先皇的疼愛，她以後又要吃苦。

「那時和東突厥的戰爭其實我也算小有功勞，便想著先送她回宮，等到論功封賞時再請先皇將公主下嫁於我，縱然有聖旨在先，但只要我父親幫忙求情，總有些希望。可是公主卻以為我要把她拱手讓給蘇尼失，不願帶她遠走高飛……」

他有些哽咽，穩定了一下情緒，才又繼續說：「我最後一次見到她那天，也是下這麼大的雨。我準備送她回宮，她因為淋雨發了高燒，我去鎮上找大夫，回來就找不到她了。我找她幾年，她就躲我幾年，再也沒能見到她一眼……」

古閨秀別過頭去，他們的故事令人心酸，只能感嘆造化弄人。

「母親拋棄一切逃走，可見她當時有多麼害怕。若你能給她一些勇氣和信心，她也不會背著你離開，你定然是傷她太深。」

李德淳後悔道：「是我的錯。妳母親要我許她一個承諾，我不敢給，我怕先皇不答應，會讓她失望。」

古閨秀嘆了口氣，不再言語。

古代女子的婚姻無法自己作主，得不到心愛男子的承諾，又面對巨大的皇權壓力，惶恐、多疑、焦慮，有這些情緒也不足為奇。

廟裡烤雞的香味飄進車廂，狄仁傑送了兩隻烤得金黃酥脆的雞過來，打斷了他們之間的談話。

古閨秀收拾好情緒，笑著接過雞腿吃起來。「真好吃。多虧你，我們才沒有餓肚子。」

狄仁傑上車與她一起吃，並和她商量道：「晚上妳還是睡在車廂裡吧，廟裡的地濕氣太重，拿去鋪的乾淨毯子不一會兒都潮了。況且十幾個漢子擠成一堆，只怕妳不方便。」

古閨秀點了點頭。她不在廟裡，其他人也自在一些。

李德淳卻擔憂道：「半夜車廂裡會冷吧？」

古閨秀說：「灌個熱水袋子就不冷了。」

李德淳又說：「在廟外面不安全。」

狄仁傑想了想，說：「夜裡會安排人守夜添柴火，一會兒就把閨秀的馬車再挪進去一些，這樣應該無礙。」

李德淳心裡琢磨著，在這樣的環境下，他夜裡肯定睡不著，到時由他替女兒守著就是，便不再多說。

眾人填飽肚子之後稍坐了一會兒，很快就各自歇下了。

夥計們白天趕路吃足了苦頭，不一會兒火堆邊就傳出鼾聲，而古閨秀和琬碧在馬車裡裹著一床被子，也漸漸入睡了。

半夜，雨聲依舊，大雨沒有半點要停的樣子。雨滴急促地打在車頂上，吵得古閨秀睡不安穩。

突然間，一聲巨大的雷聲將她驚醒，她不安地翻了個身，耳邊忽然傳來一聲低吼——「誰在那裡?!」

古閨秀驚醒，翻坐起來，掀開車簾往廟裡看去。狄仁傑和楊威聽到動靜，也爬起來了。

古閨秀問道：「發生什麼事了？」

楊威說：「剛剛是李三爺的聲音。他衝進雨裡了，我跟過去看看。」說完也跑進雨幕中。

古閨秀不安地問：「他追什麼去了？有人靠近嗎？」

狄仁傑皺眉道：「李三爺晚上沒睡，一直在車外守著妳，剛剛想必發現有什麼人靠近……妳快點進馬車，不要出來。」

「啊……」古閨秀沒想到李德淳整夜沒睡，一直在外面守著她。

既然李德淳和楊威都追了出去，狄仁傑不便再走開，而是背著手站在廟門口放哨。

約莫一刻鐘的時間，廟外的田埂上突然出現一大群人，吵吵鬧鬧地從廟外經過。

此時楊威冒著大雨衝回來，大喊道：「不好！出事了，大家快點起來，抄傢伙！」

眾人本就醒了，聽他這麼一吼，立刻爬了起來。狄仁傑更是迅速把古閨秀從馬車裡拉出來，引進廟裡的人堆之中。

古閨秀問道：「楊大哥，怎麼回事？」

楊威說：「李三爺發現廟外有人影，跟了上去，追到後面的田埂，誰知土坡突然塌陷，露出四具屍體！好巧不巧，柳林屯有二個大漢出來尋人，撞了個正著，扭著李三爺說要送官。我要動手救李三爺，他卻說是中了別人的招，要我趕緊回來告訴大小姐和狄大人小心為上，再想辦法救他。」

一聽說有四具屍體，古閨秀一顆心慌亂直跳，下意識地看向狄仁傑。

狄仁傑面色雖然凝重，卻不慌張。「他們將李三爺捉到哪裡去了？」

「押到村裡見村長去了，說是明早就要送官。」楊威道。

狄仁傑想到這村子裡的人行事魯莽，一個晚上不知道會發生什麼變故，更何況是四條人命，哪裡等得到明天早上?!

他立刻拿出身分對牌，交給隨從說：「你連夜去晉州城報案，不用等到白天，請他們務必趕過來。如果有需要，搬出衛國公府的名號也無妨。」

深更半夜想進城不是件容易的事，想讓判司大人從溫暖的被窩裡出來冒雨查案，更是難上加難。不過李靖名聲赫赫，乃唐代第一神將，縱然已經仙逝，但衛國公的名號在地方上依然十分管用。

「是。」他的隨從騎上一匹馬，冒雨衝了出去。

狄仁傑又問楊威。「屍體是在哪裡發現的？帶我去看看。」

楊威帶著狄仁傑還有幾個年輕力壯的人要出發，古閨秀立刻牽著琬碧說：「我也去！」

狄仁傑覺得廟裡不一定安全，帶著她們也好，於是留下幾個看守行李、馬車的人之後，引著數人到案發現場去。

案發現場就在破廟後不遠的土坡上，坡上塌陷出一個大坑，泥土都滾進了坡下的水塘，楊威指著那裡說：「就是這個坑裡埋了四具屍體。我追過來時，李三爺滾落下去，正被三個大漢按住。」

大坑裡的屍體已經被村民搬走了，周圍一片狼藉，加上大雨沖刷，什麼痕跡都沒留下，非常糟糕。

狄仁傑環顧四周，這個土坡的位置非常巧妙，正面有破廟遮擋，其餘三面有巨大的柳樹遮掩，若是從柳林屯望過來，一時也看不清這裡的狀況，果然是個藏屍的好地方。

他又邁開幾步，用腳在大坑邊使勁踩了踩，說：「這塊土地原本十分緊實，但這個坑因為多次反覆挖掘填埋，再加上大雨沖刷，才會塌陷下去。今天李三爺所發現的黑影，想必是凶手在這裡掩埋屍體。楊大哥，你說這邊埋了四具屍體？是怎麼樣的屍體？」

楊威說：「天太黑，屍體又裹著泥土，我看不清楚，依稀是女子。」

狄仁傑沈吟了一下。「馮保說之前柳林屯有好幾名女子失蹤，只怕就是她們了。」

聽他這麼說，古閨秀反而鬆了口氣。「如果是那些失蹤的女子便好，她們失蹤已有些時日，我們才剛剛到這裡，就犯案時間來說，怎麼也賴不到我們身上。還是快點進村，要他們放了李三爺吧！」

眾人聽她這麼一說，都鬆開了眉頭，一起往村裡走去。

第十九章　真相大白

在前往村子途中，雨勢漸漸停歇，古閨秀等人頓時覺得路好走多了，腳步也稍微快了一些。

村裡多處都亮著火把，其中有一處院子裡擠著幾十個人，吵吵鬧鬧。古閨秀一看，便直接和眾人走過去。

果然，在院子一側，一張大草蓆上躺著四具屍體。李德淳被綑在屋簷的柱子下，頭上還有道傷痕，正流著鮮血，旁邊更有些哭鬧的人不由分說把拳頭往他身上招呼。

古閨秀雖然和李德淳之間有心結未解開，但這是他們兩人之間的事，不管怎麼說，李德淳對她來說都是個特別的人。

她一看他被人打，不由得火冒三丈，搶先幾步衝進人群大聲叫道：「都住手，你們在做什麼？事情還沒查清楚就敢動用私刑，還不快快放人！」

有村民喝道：「殺人償命！他殺了人，你們肯定也有關係。既然你們自己找上門來，也省得我們去廟裡逮人了！」

他話才說完，就有個大漢伸出手來要抓古閨秀。

狄仁傑和楊威一左一右衝上前去，將那個大漢推開。楊威雙目一瞪，聲音響如洪鐘，大喝道：「誰敢放肆?!」

狄仁傑冷目一掃，望向眾人，問道：「誰是村長？」聲音不怒自威。

這些村民多半沒見過什麼大場面，而狄仁傑擔任法曹期間，審案、辦案養出的一身威嚴，不是尋常百姓所有，當下不少村民被震懾，一時之間安靜下來。

眼見沒人說話，狄仁傑掃視四周，看向人群裡的馮保，他是唯一算得上認識的人了。

狄仁傑看著他，又問了一遍。「你們村長在哪裡？」聲音溫和了不少。

馮保說：「柳十二家的惠兒不見了，村長通知大家出去找，到現在還沒回來，已經有人去尋他老人家了。」

在還沒有主事人之前，狄仁傑打算控制一下場面，於是報出身分說：「柳林屯的各位鄉親，在下是并州法曹狄仁傑，不久前奉旨進京面聖，回鄉路上經過此處，沒料到出了這等凶案。這位被你們綑綁的人，乃是衛國公李靖之子，絕不會是你們口中所說的凶犯。」

眾人聽狄仁傑這麼說，紛紛交頭接耳起來。這裡面有些人一輩子見過最大的官就是村長，稍微知曉的大官就是「縣太爺」，並不清楚「法曹」、「衛國公」是多大的官，但他們聽得很清楚，這年輕人說他剛剛進京見過皇上！

馮保身為常往返於縣城和村子的年輕人，知道得多一些，當他曉得這一行人來路不簡單之後，立刻上前推了推看守李德淳的大漢。「還不快放人，這可是李大將軍的兒子！」

那大漢猶豫了一下，正要鬆綁，卻有名中年婦人哭喊著跑了出來。「不能放！他殺了我家女兒，再大的官也得償命！」

狄仁傑指著角落的四具屍體問道：「這位大娘，妳所說的女兒可是這四位死者其中一個？」

婦人泣不成聲，指著中間一具屍體嗚咽著。

狄仁傑靠近屍體，觀察了一番，說：「除了這位身穿藍布白花衣裳的姑娘是剛被人殺死的，其餘三具屍體已腐爛得不成人形，顯然死了有幾個月，我們今晚剛到貴地，此事如何怪到我們頭上？」

馮保在一旁唉聲嘆氣地說：「這個穿藍布白花衣裳的人就是惠兒，我們今晚到處找她，可是找到的時候她已經死了，當時你們這位爺就在她的屍體旁。」

有死者家屬義憤填膺地說：「就是、就是！現場捉住的，你們還有什麼話好說?!」

古閨秀見這些人意氣用事，說話也不動腦筋，李德淳頭上的血都流了一身，他們還不放人，氣得辯道：「什麼叫現場捉住？你們看到他殺人了嗎？用什麼殺的？怎麼殺的？他出現在屍體旁邊，就代表他是凶手嗎？這位惠兒和其他姑娘的屍體丟在一起，凶手顯然是同一個人，而且就在你們之中！從死去的第一個姑娘開始到現在，他一直都在！」

此話一出，眾人譁然。柳林屯的村民一直認為凶手來自村外，可古閨秀卻直截了當地說凶手就在他們之中！

「不可能，妳亂說！」眾人嚷嚷著。

古閨秀道：「仔細想想，誰能在你們眼皮底下將這些姑娘接二連三地拐走？肯定是她們都認識的人，她們才會疏於防備。你們又說村裡一來生人，就有人失蹤，說明真正的凶手對往來村裡的人十分清楚，還故意誤導大家，讓你們以為是外人做的。

「我們才剛到這裡沒多久，連村子都進不了，更不知道惠兒是誰，凶手卻抓住這個機會殺人。如果不是李三爺發現廟外有人鬼鬼祟祟而跟上去，進而發現了這些屍體，等我們明天一走，你們只會以為又是外面來的人拐走了你們的姑娘，這是顯而易見的栽贓嫁禍！」

古閨秀說得很有道理，眾人一時之間議論紛紛。

見大家被說動，古閨秀立刻引導他們。「你們現在應該想想惠兒今晚和哪些人接觸過，失蹤之前有沒有發生什麼事，而不是在這裡跟我們爭論！只要找出殺害惠兒的凶手，之前幾個姑娘的死因想必也查得出來！」

柳林屯的人心頓時亂了，特別是四位死者的家屬，看人的眼神都變了，互相猜忌埋怨，連誰借了誰幾個雞蛋沒有還的小事都被揪了出來。

楊威乘機上前把李德淳救了下來，古閨秀忙讓琬碧幫李德淳止血，他們一行人更是不認生，直接在這戶人家的客廳裡坐了下來。

在村長與衙役到來之前，他們肯定走不了，不過他們也沒打算走。

狄仁傑對古閨秀伸出大拇指。「妳剛剛講得真好。」

古閨秀嘆了口氣。「我只是想禍水東引，讓他們別再糾纏我們了。」

李德淳十分欣慰地道：「之前懷英誇妳聰慧，果然如此。」他身上雖然有傷，但看到女兒替他出頭，十分開心。

古閨秀看了看他一身的污泥和傷口，生氣地說：「你之前不是說你從軍多年還打過突厥人嗎？怎麼幾個村民就能把你打成這樣？」

李德淳低頭一笑，模樣頗為慚愧。

狄仁傑替他解釋道：「軍有軍紀，從伍之人不得與尋常百姓動手，更何況李三爺在寺廟裡修行多年，心中慈悲，又怎麼會貿然出手傷害那些百姓？」

古閨秀撇嘴道：「那也不能一味吃虧。」

李德淳對眾人抱歉地說：「今天是我一時不察，連累大家惹上這麼一件事，實在對不住。」

古閨秀嘆了口氣，心軟了下來。若不是李德淳擔心她的安危，一直在馬車外看守，又怎麼會惹上這種事？

趁等待村長和衙役的時間，狄仁傑把馮保喊了進來，問他關於那四名死者的事情。

馮保介紹，那四個姑娘都是村裡土生土長的女孩，家裡情況差不多，種田養豬，是普通的農戶。因為她們同年生，從小一塊兒長大，所以感情很好，但自從有人失蹤，她們就變得戰戰兢兢，不僅不一起玩，連門也不敢出了。

他們在裡面聊，院子裡的人卻打了起來。

古閨秀皺眉道：「這些人未免太魯莽了，我說凶手在他們之中，也不是要他們這樣不分青紅皂白地打起架啊！」

她正在想要不要找人出去勸一勸，突然間有人吼道：「住手，不像話，都住手！」

古閨秀向外望去，一個年輕人揹著一個頭髮花白的老人走了回來。

馮保說：「是村長回來了。」

柳林屯的村長外出尋找惠兒時跌到田裡，不僅扭傷了腳，還陷在裡面，幸好被之後去尋他的人找到了。

他看到惠兒的屍體，重重地嘆了口氣。「我們還是晚了一步，沒能早點找到她！」

狄仁傑走上前，把之前村民誤抓李德淳以及他們的一些推理分析說給村長聽。

村長看了看他們，說：「原來是京城來的貴客。雖如你們所說，你們沒理由也沒時間對這些姑娘下手，但那位李三爺出現在屍體旁被村民捉到，終歸有嫌疑，少不了要跟我們見一見官。」

狄仁傑道：「這是自然。我聽說此事後，立刻就派人去晉州報案了，相信很快就會有官衙的人過來決斷，希望他們能證明我們的清白。」

村長有些吃驚地說：「既然如此，那我們也不必往城裡跑一趟了。」

他剛剛安排了一些人守在院子裡，一是看守屍體，二是預防狄仁傑等人離開。至於院子裡其他人，他要他們都散了，等官衙裡來了人，再看熱鬧也不遲。原來，這裡是村長的家。

鬧了大半夜，外面終於稍稍安靜了一些。古閨秀等人在村長的屋子裡坐著，比在破廟裡舒服不少。

狄仁傑突然問村長：「聽說村長的女兒也失蹤了？」

村長身子一頓，微微點了點頭，面容顯得十分蒼老。

狄仁傑又問：「她的下落至今不明嗎？」

村長不怎麼關心外面那四具屍體，足以說明他的女兒不在裡面。

村長說：「失蹤快一年，找不到了。」

狄仁傑看著他，目光突然犀利起來，站起身問道：「我還聽說……您女兒是和外面四位死去的姑娘一起去城裡玩時被人拐走的，是嗎？」

村長坐在炕上，幫自己扭傷的腳踝上藥，道：「不錯。她們是五個人一起進城的，不知道被誰盯上了，一個個接二連三全都受害了。」

狄仁傑在客廳裡慢慢地繞圈。「您覺得她們五個人是被同一個人所害的嗎？我卻覺得害您女兒的人和殺害那四個姑娘的人，不是同一人。您女兒是在城裡失蹤的，她們四個則是在村子裡不見的，她們的屍體全都埋在一起，而您女兒至今下落不明……」

村長聲音低沈地問道：「是嗎？你知道凶手是誰了？那趕緊告訴老夫，也好教老夫知道我的女兒究竟是被誰殺害的！」

「殺害？她不是失蹤嗎？您已經確定她死了？」狄仁傑突然反問道。

古閨秀聽著他們的對話，漸漸找出了點苗頭。一般丟了子女的人家，在看到屍體前，絕對不會承認自己的子女已經死了，狄仁傑說的話絕對不是無的放矢。她看著村長，在心裡琢磨起來。

而李德淳則關心地問道：「老人家，您的腳沒事吧？上了年紀要是骨折，非常難痊癒，我略懂跌打損傷的醫術，讓我幫您看看吧？」

村長警戒地說：「不用，我搽點藥就行了。」

李德淳聽了，突然展開行動，手上一推一拉，就捉住了村長的腳。他看了一眼，說：「這好像不是扭到，倒像是被石頭砸的……」

他這套動作十分迅速俐落，這才有點習武之人的樣子。

村長突然抬頭，瞪著他們道：「你們想做什麼?!」

狄仁傑上前拍了拍李德淳的手，拉著他坐回位子上。「李三爺，天還沒亮，衙役也還沒來，咱們不急，也好教老人家一個人靜心想想，明天該怎麼向大家解釋他的腳傷，以及他手上的勒痕……」

村長聞言，手握成了拳頭，身體隱隱有些發抖。

古閨秀好奇不已，狄仁傑和李德淳的言行非常明顯，看來他們十分確定村長就是凶手，可她卻還沒看出是怎麼一回事！

她不禁看向狄仁傑，狄仁傑卻賣了個關子，對她笑而不語，急得古閨秀嘟起嘴。

李德淳見女兒這麼想知道，哪裡忍心吊她胃口，立即悄聲說：「我發現人影，追出去的時候，撿起石頭當飛鏢打中了那個人的腳，若不是我失足掉進坑裡，就捉住那個人了。而且，那個惠兒是被人勒死的……妳看村長的手和腳，他身上的證據賴不掉了。」

古閨秀恍然大悟，卻又不明白村長為什麼要對四個年輕姑娘下手。她剛剛在外面看得清楚，惠兒的死狀很普通，且衣著整齊，村長應該不是見色起意，她家裡也不富裕，村長不太可能是謀財害命。

難道是怪她們把自己女兒帶進城弄丟了？那……也不至於痛下殺手啊？

突然間，古閨秀心裡冒出一個念頭。一個老人能痛下殺手連殺四人，足以說明心中恨意難平，難道說村長女兒的失蹤，和這四個姑娘有關係，所以村長才會殺了她們，為女兒報仇？

這樣一想，她才覺得村長有做案動機，再看向村長時，目光不由得有些憐憫。

「老人家，一個人行走在天地間，最要緊的是要對得起自己的良心，有些想法差之毫釐，導致的結果卻失之千里。天很快就要亮了，衙役想必也快來了，您一會兒有什麼想說的，可要思量好，莫教您女兒在九泉下也不得安息。」

聽到古閨秀說這些話，村長知道自己形跡敗露。他上了年紀又孤身一人，根本沒指望了，頓時老淚縱橫，雙手摀著滿是滄桑的臉，痛哭起來。

哭了半晌，村長抬起頭，目露凶光，恨恨地說：「她們都該死！」

「為什麼？」古閨秀不明白，再怎麼說，也是四位如花似玉的姑娘，奪人性命總是不對。

村長慢慢回憶道：「去年這個時候，快要過年了，她們四個邀媛兒一起進城買年貨，我不放心她們這些姑娘家出遠門，準備讓馮保陪著她們去，她們卻說和進村賣胭脂的商人說好了，要搭他的車去，已載不下更多人。那賣胭脂的小販每隔一個月就會到我們村裡來，與大家十分熟悉，我又想著她們有五個人，就放心地讓她們一起去，誰知道媛兒就再也沒回來了……

「她們四個回來時哭著說媛兒被賣胭脂的商人拐走了，她們還被打，我急忙報官四處尋找，卻怎麼也沒找到媛兒。直到夏天，我才知道媛兒究竟是怎麼被人拐走的！」

回想到這裡，村長臉上露出氣憤又悲痛的神情，連身體都抖了起來。「有一天，我去廟裡給菩薩上香，求菩薩保佑媛兒能安全找回來，卻聽到柳柔和柳惠在廟後面的柳林裡吵架，話裡依稀說到媛兒，我便趴在土坡後面偷聽。柳惠因為柳柔勾搭她弟弟的事，和她在廟後面爭吵，警告柳柔不許接近她家人，說柳柔蛇蠍心腸，是最狠毒的女人，她絕對不會要這樣的弟媳。而柳柔則冷笑著說媛兒的死大家都有分，要柳惠別以為自己多乾淨。接下來的話，讓我恨不得將這幾個賤蹄子千刀萬剮！」

古閨秀聽村長氣憤地講述著，心也跟著揪了起來。

原來，媛兒雖然和那四個姑娘一起玩，卻因為性格軟弱，從小被那四人欺負慣了。因為村長心疼媛兒從小就沒有娘，對她很大方，她為了討好那四個人，常常拿家裡的錢給四個「姊姊」買花、買糖、買胭脂。那經常來柳林屯的胭脂商人見媛兒手頭闊綽，便起了歹意，慫恿家中父親嗜賭成命的柳柔，趁過年買年貨時，將媛兒給綁架了。

胭脂商人要柳柔回村「報信」，通知村長拿錢贖人，柳柔卻因為害怕被揭穿，不願獨自回村，把同行的另外三人——柳薔、柳薇和柳惠一同拉下水，三人得知真相後嚇得不得了，但媛兒已經被人綁走，而且是和她們一同出去的，想要擺脫關係，完全不可能。

柳柔對她們威逼利誘，答應只要村長拿出錢贖回媛兒，她們幾個不僅能得到一筆報酬，還能安全接回媛兒，保全好姊妹的名聲，不然此事被揭穿，不僅媛兒活不了，她們也會被送官法辦，賣做奴婢，再也抬不起頭。

四人商量好回村「求救」，路上柳惠卻反悔，求大家一起想辦法把媛兒救出來，不然真成了幫凶，一錯再錯，就回不了頭了！

柳薔和柳薇被柳惠說動，強行拉了柳柔回去，要她假意把胭脂商人騙走，她們好把媛兒救出來。誰知當她們趕回荒郊的屋子時，媛兒已經被胭脂商人給糟蹋了……

胭脂商人見事情敗露，而這些姑娘又不肯與他合作，便一個人逃了。其餘幾人沒了主意，哭哭啼啼亂成一團，柳柔卻說事已至此，媛兒絕對不能留，否則她把事情說出去，她們四個人就完了！

「她們竟然就這麼一起把媛兒給殺了，連屍體也不知埋在哪裡！」

村長說著，憤怒地大吼，接著聲音突然又低了下來。「所以我把和柳惠吵完架、獨自留在廟後的柳柔給殺了。在她死前，我用香火一點一點地燙她，逼著她說出事情真相。至於其他三個人也別想活，我要親手為媛兒報仇！她那麼單純善良，把她們當姊姊看待，可就是這些『姊姊』把她害死了！她怎麼能瞑目？」

古閨秀痛心不已，卻為村長不值。「您既然已經知道真相，為何不報官，讓他們處置這些不知好歹的丫頭？您親自動手，結果是把自己也給賠進去了！」

村長一臉無所謂地笑道：「如果不能親手殺了這些小賤人，我恨意難消！我孤零零一個人，為媛兒報完仇就了無牽掛了，還怕什麼呢？」

狄仁傑等人也是連連嘆氣，不知該說什麼才好。

姊妹情誼因金錢誘惑而變質，媛兒單純的信任成了害死自己的凶刃；父女情深因恨意而爆發，村長極端的報復只望女兒九泉下瞑目。

有些事情，並沒有簡單的對與錯。

古閨秀覺得胸口好悶，她想出去透口氣，但看到院子裡四具屍體，心情更是沈重，焦躁得不得了。

李德淳見她不想留在這裡，便說：「我送妳回廟裡歇歇吧。」

古閨秀點了點頭，狄仁傑因為要留在這裡等官衙的人，便讓楊威陪著他們父女回去廟裡。

走在田埂上，天邊開始泛白，黎明到來。

李德淳走在古閨秀身邊，突然說：「我很能理解村長的心情，若是這種事發生在我身上，只怕我也會如此。」他頓了一下，又說：「不過我絕對不會讓人傷害妳。」

古閨秀心頭微動。父親這種愛護是明知她縱然不想接受，卻也不容她拒絕的，深深溫暖著她的心。

她側頭看向李德淳，瞧見他頭上的傷口，說道：「口口聲聲說要保護我，您卻連自己也沒保護好。」

她的語氣有嗔怪，卻聽得出關懷，李德淳聽了，很是高興。

辰時，晉州官衙的人終於趕到了，李德淳身為半個當事人，又被請去了一次，待一切塵埃落定時，已經中午了。

晉州官衙的人押著村長、帶著屍體回去了，另外留了幾個人跟狄仁傑和李德淳一起來到廟裡。

狄仁傑對古閨秀介紹一番，其中有一位姓向的中年人，竟然是晉州司馬。

狄仁傑之前派人去晉州報案，進城時頗費了些周折，他的隨從在搬出衛國公的名號後，守城的士兵才放他進去，並帶他去官衙報案。

見他們行事勢利，為了讓官衙的人動作快一些，狄仁傑的隨從故意把李德淳和狄仁傑吹噓了一番，又把柳林屯的村民說得很殘暴。「我家大人奉旨進京，又奉旨回鄉交接職務，明年就要去大理寺述職，若是在路上因那群暴民出了意外，任誰也沒辦法向皇上交代。而衛國公去年剛剛仙逝，這些村民就敢誣陷他的子嗣，要知道衛國公可是陪葬在昭陵，與先皇同寢，誰家能有這等榮耀？李三爺可萬萬不能有什麼閃失……」

他一番話把那些小吏說得膽顫心驚，連夜去敲判司的門，又特地請司馬大人一同來處理，很擔心把從京城來的「大人物」給怠慢了。

晉州司馬看了狄仁傑一行人的路引、官印，知道身分不假，又聽說凶手已經伏法，不禁對狄仁傑大為讚賞。「狄法曹不愧是皇上看重的人，短短時間，就將牽扯四條性命的大案給破了，在下佩服！」

誇讚狄仁傑的同時，向司馬還不忘吹捧李德淳。「李家家風高義，李三爺竟然肯放過那些動粗的村民，應該讓他們曉得誣陷官家也是有罪！如此大仁大義，不愧是李家後人！」

狄仁傑雖然有些疲憊，但礙於現在他們在別人的地盤上，少不了得虛與委蛇一番。

好不容易熬到結案，狄仁傑說道：「此事既然處理完畢，我們不如盡快趕路去晉州，不然時辰一晚，今天又趕不進城了。」

他們一行人從昨天開始就沒有吃好睡好，亟需進城好好休息。

向司馬笑道：「是是是，我已讓人提早回城準備酒席，到時就為各位接風洗塵！」

第二十章　盡釋前嫌

眾人收拾行裝趕緊上路，華燈初上時剛好趕到晉州，但誰也沒料到，晉州刺史袁大人竟然親自款待他們。

狄仁傑就算進京，也只是七品小官，李德淳剛剛還俗，無任何官職在身，三品的晉州刺史卻親自出馬，他們多少有些意外。

但李德淳早年出入皇城，又在勛貴圈中長大，尋常外臣對他來說算不上什麼大人物，他倒受得起這等禮遇，大大方方帶著狄仁傑和古閨秀吃了這頓飯。

飯後，眾人在客棧安歇，很快就入睡了，畢竟這兩天他們實在太過疲累。而晉州刺史則帶著向司馬回府在書房議事，遲遲沒有歇下。

袁刺史叮囑道：「他們在晉州休息這幾天，你要派人好生服侍，務必讓他們感到賓至如歸，不可怠慢。」

向司馬口中應著，卻疑惑地問道：「那狄大人雖然能幹，卻只是個七品官，李三爺更是身無半職，大人何必花這麼大的心思？」

袁刺史氣他沒點眼力，語氣不太好地說：「柳林屯的失蹤案我們一年都沒破，卻教那狄法曹一夜之間破了案，不論他們有無官職或官階多低，都能在皇上面前說得上話，他們若是隨便說起這個案子，讓皇上以為我們怠忽職守、辦案不力，你和我的烏紗帽還要不要？」

向司馬這才明白袁刺史款待他們的用意，連連稱是，不敢再有任何疑問。

接下來幾天，向司馬幾乎成了狄仁傑眾人的跟班，車隊補給、看病抓藥等事，都不用他們操心。

古閨秀對他這般殷勤有些疑惑，狄仁傑也有點忐忑，還是李德淳老道一些。雖說入寺修行多年，但因從小生長在公卿之家，看到、學到的東西與狄仁傑和古閨秀不一樣，一眼就看穿了晉州官員的心思，直截了當地說給兩個年輕人聽。

狄仁傑聽完，不由得憤慨。「與其花這些心思在人際關係上，還不如勤勉查案，為百姓做些實事。當初他們如果能查出柳媛失蹤的真相，柳村長又何至於殺人？」

李德淳讚賞地說：「你有這份心思很好，可這天下之大，我們又如何能管得住所有人的想法？晉州刺史雖有不足，但我看晉州百姓安居樂業，他倒也不會差到哪裡去。有些事，你必須學著睜一隻眼、閉一隻眼，不然水至清則無魚，你自身不合眾，又怎麼能為百姓做事？會做官和能做事，同樣都很重要。」

狄仁傑聽著，不由得深思起來。古閨秀在一旁看著他，想到那個唐代史上的名相，最後他果然又會做官，又為百姓做了很多好事，算是相當不簡單。

過了柳林屯這個劫難，剩下的路顯得十分順暢，又走了四天，他們終於回到并州。

看到熟悉的人事物，古閨秀心中十分舒暢，熱絡地和前來迎接她的胡掌櫃、洪箏等人說話。

早在他們抵達之前，古爹爹就從京城送了書信給胡掌櫃，告知他們古閨秀的身世，並要他們妥善接待李德淳。

胡掌櫃和洪箏等人都在古家工作多年，最初接到古爹爹的書信時，對古閨秀不是古爹爹親生女兒一事感到相當震驚，但想了幾日，兩人便覺得不是親生的也沒關係，單看古閨秀沒跟著她的富貴爹爹認祖歸宗，就知道她對古爹爹這個養父情深意重，更別說她從某種意義上來說是古爹爹的主人，他們這些為古家做事的人，自然要好好照顧她。

李德淳被安排在古家的客房住下，古閨秀原本不願讓他住在自己家裡，但經過了柳林屯的事，她的內心有些動搖，所以在胡掌櫃替她安置李德淳時，她就沒阻攔。

狄仁傑那邊同樣有很多人迎接他回鄉，他被欽點的旨意早就傳了回來，狄家的人不必說，全都興高采烈地盼著他回來，就是并州府衙也來了不少人迎接他。

冬季寒冷，氣氛卻很熱烈，古家家裡忙著準備年貨，鋪子裡則急著清帳，每個人都累得暈頭轉向。

古閨秀彷彿回到以前的日子，家中和質庫兩邊跑，跟胡掌櫃寫帳簿，與洪箏看古玩，自在又舒適。

李德淳靜靜觀察古閨秀的生活環境，他有時也會跟著古閨秀四處走動，發現她真的和其他姑娘家不一樣。她會做生意、能當家主事，一點也不比那些得繼承家業的男子差。

李德淳有時也會出去做客，狄家以及并州的宋都督都曾下帖邀請他。他和古閨秀的關係並沒有公布，對外只說古閨秀的母親是衛國公府的遠親，這次古閨秀進京跟李家認了舅表親，李三爺是專程送古閨秀回鄉的。
并州眾人對古家突然有了衛國公府這樣一門顯耀的親戚十分驚訝，議論紛紛，多是羨慕嫉妒，也有不少人打起古閨秀這個「老姑娘」的主意。不過這些類似提親、探口風的事，古閨秀全都要人以古爹爹沒回京為由拒絕了。
李德淳更是看不上這些小戶人家，恨不得親自出面拒絕。

這天，古閨秀正在家挑選布料，趕製過年要穿的新衣，恰巧狄仁傑過來找她，她便直接讓琬碧將他請到房裡說話。
「你先坐一下。我這邊忙成一團，布疋堆得到處都是，你別介意。」古閨秀從堆得像小山似的繁錦後探出頭來同他說話，隨興又不見外的感覺讓狄仁傑很開心。
「妳先忙，我沒什麼事。只是想到有些日子沒來看妳，就過來瞧瞧妳過年準備得怎麼樣了。」狄仁傑說。
古閨秀站起來說：「你不知道，我一回來就忙著整理質庫的帳簿、打點家裡上下的年貨，等忙完了才發現我忘了做過年的新衣。現在才開始選布，我眼睛都要挑花了，真不知道選什麼才好。」
兩人說話時，李德淳又差人抬了十幾疋上等布料進來，快把房間給塞滿了。
狄仁傑趕忙與他打招呼。「我過來看看，剛剛聽人說李三爺不在家，我就到閨秀這裡坐坐。」

李德淳指著一地的布說：「我去幫閨秀挑布了，這些勉強還不錯。閨秀，妳看妳喜歡哪一疋？今年過年將就著穿，等回京以後，我就讓人拿雲錦和蜀錦來幫妳做衣服，那才真的叫好看。」

古閨秀挑著布，不忘反駁道：「我又沒答應回京。」

李德淳呵呵一笑，不強迫她答應，他現在很享受照顧女兒的感覺，雖然古閨秀並不是什麼都接受，但是能有這種程度，他很滿意了。

古閨秀拿起一疋桃色纏枝花的綢緞問道：「這個好不好看？」

兩個男人都點頭說好，古閨秀卻說：「那疋藕荷色的百鳥紋好像更好看。」

她跳來跳去選布，狄仁傑和李德淳則不時給點意見。李德淳見她一直選不出來，最後乾脆替她作主，找裁縫將她決定不了的布疋全都做了衣服，一共八套。

古閨秀猶豫道：「一口氣做這麼多衣服，哪裡穿得完？太浪費錢了！」

李德淳說：「這些都算我替妳做的，不必心疼。」

李德淳早年從伍時可拿軍中俸祿，又因打仗得了不少賞賜，後來他雖然出家，但衛國公府給他的例銀從不曾停過，他在廟裡沒什麼開銷，十幾年來的銀子全都由府裡的管事幫他存起來，加上衛國公去世後分給他的田產，他也算是相當有錢。

其實古閨秀本身也不缺錢，只是不習慣這麼奢侈罷了。

挑完布，古閨秀坐下來泡茶，與狄仁傑聊天。「府衙裡的事都交代好了嗎？打算什麼時候上京？」

狄仁傑說：「都交接完了，我打算正月初三就出發，元宵節前趕到京城。」

古閨秀驚訝地說道：「這麼早？聽說府衙正月二十才開印，你要述職的話，還得晚幾天吧？」

狄仁傑解釋道：「這次要去京城長住，帶的人和東西比較多，所以要提前做安排，雖然已經託二叔父幫我找住處，但也得我親自去整理，過年期間，怎好處處煩勞別人？」

古閨秀聽了連連點頭。「你這一去，咱們以後見面的機會就少了。」說著有些低落。

狄仁傑心中不捨，卻不知道說什麼才好。

李德淳適時說道：「怎麼會見不到？只要妳願意進京，衛國公府就是妳家。」

古閨秀望著李德淳卻不說話。在這類問題上，她一直不做正面回應。

三人說了一會兒話，狄仁傑見天色不早，告辭回家。李德淳同他一起出來，悄聲對他說：「你幫我勸勸閨秀，雖然她現在願意同我說話，卻始終不願認我，我不知道該怎麼辦才好。」

狄仁傑忙說：「三爺莫急，現在的情景比離京那會兒已經好了許多，相信假以時日，她就會想通了。」

李德淳說：「話雖如此，我卻不想被動地等待。等過完年，我想帶她回京，若她肯和我一起住到衛國公府中，相信就代表她已經接受這件事，她一直留在并州，就說明她還是在逃避。」

狄仁傑打從心底希望古閨秀也能進京，這樣他們就不用分隔這麼遠了。聽到李德淳的想法，他便將這件事記在心裡。

眨眼間，大雪已落了好幾場，并州城內白皚皚一片，街上到處都是人，有的忙著清理門前積雪，有的灑掃屋子、貼起春聯，有的則是提著年貨往家裡趕。大家見到面，紛紛道聲吉祥拜個早年，更有小孩在街旁追逐打鬧，濃濃的年味已從各個角落竄了出來。

今年古爹爹不在家，古閨秀覺得很是冷清，雖然在臘月間她擺了兩次宴席，邀請質庫和古玩店上上下下五十多名夥計一起吃喝，然而飯局散盡，就只剩下她和李德淳以及琬碧三人。

聽著外面熱鬧的爆竹聲和人聲，她不免感到傷心。她很掛念古爹爹，不知他在京城怎麼過年？什麼時候才會回來？

李德淳看在眼裡疼在心裡，身處異鄉，想熱熱鬧鬧地幫女兒過個年也不方便。他琢磨了幾天，在臘月二十九這天，他趁最後一批辭年回家的夥計離開後，就到古閨秀房中與她商量。「我前些日子去城外的福山寺時結識了那裡的住持，他得知我是異鄉人，怕我無人相伴，邀請我去寺裡與僧人們一起過年。我看古家內外現在沒有別的事了，不如我們一起去福山寺過年吧？聽說方丈初一會給一尊新佛像開光，而且寺廟後方的梅林也十分漂亮，值得一遊……」

古閨秀詫異地看著他，要去寺廟裡過年？她根本沒想過。

她知道之前李德淳去過福山寺，她以為他修行多年，去寺廟是為了禮佛，但駕車送他去的夥計回來以後跟她說，李德淳在寺裡給她娘的牌位上了香，添了一千兩的香油錢，下山時還在當年馬車出事的水塘邊待了很久……

古閨秀當時聽了以後心裡五味雜陳。當初她母親意外身亡，遺體被衛國公府的人帶走，古爹爹並未幫母親立墳塚，只在福山寺替母親供了牌位。

現在聽李德淳說要去福山寺過年，她心裡有些動容，要是去了那裡，他們一家三口也算團圓了吧？只是母親因他含恨，又因他的追尋而身亡，她會不會想見他呢？

古閨秀反覆思量後，終究長嘆了口氣。當初李德淳雖然有錯，但也是因為母親誤解了他的心意，只能說命運造化弄人！一味埋怨李德淳，並不能讓母親死而復生，母親若是地下有知，得知誤會解開，應該也會瞑目吧？

「橫豎無事，去寺廟裡過年倒也新奇，只是不知道我和琬碧是女子，去廟裡方不方便？」古閨秀鬆口說道。

李德淳大喜。「無妨。福山寺後面有專門為香客準備的廂房，妳若願意去，我這就去寺廟裡打點一切。」

說完，李德淳精神抖擻地出門去了，古閨秀則和琬碧在家裡準備去寺廟需要的貢品、吃食、衣物等東西。

到了大年三十這天，李德淳親自駕著馬車，載古閨秀與琬碧來到福山寺。古閨秀看到廟裡人聲鼎沸，大為吃驚，她以為過年時大家都待在家裡呢，沒想到這麼多人來寺廟裡上香祈福。

李德淳在一旁說道：「現在還算不上什麼，明天清晨時人更多，新年第一天，又有新佛像開光，很多人都想來沾些福氣，甚至有人會在大殿裡通宵禮佛。」

古閨秀隨著人流去幾個主殿上香磕頭，又帶著貢品來到汝南公主的牌位前祭奠。供奉牌位的殿堂叫做長生殿，每個牌位前都有盞長生燈，層層疊疊排列了上千盞燈，甚為壯觀。

古閨秀跪在牌位前閉目祈禱，希望汝南公主九泉下有知，能放下心中的怨與恨，登往極樂。

真正的她雖然不是汝南公主的親生女兒，但她在汝南公主去世那一天魂穿而來，若不是汝南公主極力保護女兒的肉身，古閨秀在這個世界又怎麼活得下去？汝南公主臨死前的母愛，她一直銘記在心。

李德淳跪在旁邊，看著汝南公主的牌位，眼淚不禁奪眶而出。

男兒有淚不輕彈，只是未到傷心處。他心中悔恨、難過、想念……各種痛苦的情緒混雜在一起，讓他泣不成聲。他當年年少無知，沒有足夠的勇氣和擔當，直至悔恨一生。如果當初能和汝南公主一起勇敢地走下去，那麼現在他們一家三口該會多麼幸福？

走出長生殿，李德淳說道：「我這輩子注定做不了一個好丈夫，但我一定會努力做一個好父親。」

古閨秀嘆道：「事到如今，您也不必背負太重的包袱，只要我們都好好活著就行。娘那麼愛您，一定會諒解的。」

她這話一出，李德淳當場喜極而泣。女兒說汝南公主會諒解他，足以說明她不再責怪他，已經想開了！

「好了，不要再哭了，過年就該開開心心的才對。」古閨秀勸道。

李德淳趕緊擦乾眼淚，一個大男人在女兒面前哭得不成樣子，他臊得臉都紅了，可是內心大悲大喜的情緒，又如何控制得了？

晚上，大殿裡燈火通明，僧人和香客誦經守夜，與尋常人家過年的樣子十分不同，莊嚴、虔誠又溫馨。

古閨秀買了一本《妙法蓮華經》，李德淳逐段逐句教她讀。直至夜深，殿外又下起了雪。

看著漫天大雪，聽著莊嚴肅穆的誦經聲，古閨秀覺得什麼恩怨情仇，都能放下了。

隔日天還未亮，古閨秀就被寺廟裡的人聲吵醒了。果然如李德淳所說，新年第一天趕著來上香的人可真多！

他們起床之後去大殿觀看佛像開光儀式，古閨秀順道買了串檀香佛珠給琬碧當作新年禮物，琬碧高興極了，他們又請了幾道開光的平安符，之後就打道回府。

古閨秀回到家中，還要操心送別狄仁傑的事，雖然李德淳已準備了一份儀程，但古閨秀還是想表達一下自己的心意。

她找了塊藏青色水紋緞子，繡了一隻金黃錦鯉，做成荷包後，把從福山寺請回的平安符裝在裡面。

待到初三一早，她和李德淳乘著馬車來到城門口為狄仁傑送行，狄家有不少人都來送狄仁傑，把他團團圍起。

古閨秀一個女子不方便上前，又不好意思請李德淳幫她轉交，便喊了琬碧過來。「妳一會兒跟著三爺過去送狄大人，找機會把荷包交給他，就說我祝他前程似錦、平安如意。」

琬碧應聲而去，當她把荷包轉交給狄仁傑時，古閨秀萬萬沒想到狄仁傑竟然撇下眾人，大步朝她的馬車走來。

古閨秀連忙走下馬車與他話別。

狄仁傑欣喜地拿著荷包問道：「這是妳親手繡的？」

古閨秀不好意思地點頭說：「是呀，嫌棄的話可以還給我。」

說罷，她伸手就要去抓荷包。只是狄仁傑的動作比她快多了，她根本抓不到。

狄仁傑說道：「還以為妳不會繡活兒呢，想不到做得挺好的，鯉魚活靈活現呢，多謝了！」

古閨秀說：「裡面的平安符是我從福山寺請回來的，你查案辦案不像其他人那樣，一定要注意安全。」

狄仁傑笑著說：「放心，我一定會貼身帶著這個荷包。」

「那……你一路順風。」古閨秀輕聲說道。

說完，古閨秀感覺到不遠處那群人頻頻看向他們兩人，似乎還交頭接耳地議論著，其中幾道熾熱的眼光讓她有點受不了，不敢再多講。

狄仁傑拱手送她上車，說道：「妳也多保重。咱們今日暫別，相信很快就能再見。」

古閨秀笑了笑，回到車廂裡，心中卻覺得有些可惜。今日一別，他會在仕途上愈爬愈高，而她則打定主意要做個自由自在的小女子，兩人只會漸行漸遠。

繼豆盧欽望之後，她又要失去一個朋友了。

第二十一章　重返皇宮

待到初六時，突然來了兩封書信，讓古聞秀吃了一驚。一封是周掌櫃從京城寄來的，另一封則是豆盧欽望從江南大營寄來的。

許久沒有豆盧欽望的消息，古聞秀十分牽掛，又覺得相當驚喜。她才想起豆盧欽望，他的信就來了，難不成是心有靈犀？

她連忙展開書信看了起來。

豆盧欽望專程寫信給她問候新年，信上還說他在軍中比武拔得頭籌，被提成校尉。聽聞他近況很好，古聞秀情不自禁地笑了笑。

李德淳認得軍中書信的印章，問道：「怎麼是從軍營裡送來的信？」

古聞秀解釋道：「是芮國公世子寫給我的。他曾隨芮國公來并州辦公，我們因為一件案子認識，後來還一起進京。不過，他被調去江南大營了，這次是寫信向我賀聲新年好。」

李德淳吃驚地說道：「芮國公世子？那便是馮姮的兒子了！」

「馮姮？」古聞秀思忖道，這大概是芮國公夫人的名字吧，看來他們是舊識。

李德淳感慨萬千地說：「馮姮出閣前曾進宮做五公主的侍讀，與妳母親非常要好，沒想到妳和她的兒子竟然是好友。」

五公主李麗質是太宗的嫡長女，最受寵愛。當時為了教養公主，太宗從宗親及重臣家中挑選數名小姐進宮侍讀，馮姮就是其中一個。

古閨秀說：「我之前進京，曾有幸見過芮國公夫人一次。」

李德淳高興地說：「等我們進京，我再帶妳去芮國公府做客。她若知道汝南還有女兒在世，必定很欣慰。」

古閨秀放下豆盧欽望的信，轉而去看周掌櫃寄來的信，不知爹爹在京中過得如何……

誰知拆開信看了沒幾行，古閨秀便驚叫著站了起來，拿著信的手抖個不停，驚恐得快要哭了！

「怎麼了？出了什麼事？」李德淳慌張地上前從古閨秀手中接過書信，看完之後同樣滿臉驚訝。

周掌櫃在信中說，燕太妃娘娘為汝南公主的事召古爹爹進宮問話，誰知以古爹爹是「逃兵」為由，命禁軍將他關了起來，要送交兵部和刑部。

古閨秀急得不得了。「這可怎麼辦？為什麼會這樣？爹全心全意守護母親周全，為什麼要說他是逃兵？」

當初汝南公主不敢回宮，一是因為已有身孕，再則就是不想連累身邊的人被問罪。古爹與楊大叔兩人若被追究起軍紀，絕無活命的可能。

李德淳安慰道：「別慌別慌。兵部、刑部正月二十才開衙，古護衛只是暫時被禁軍收押，想來應該無礙。我先修書一封，託妳二伯打點禁軍，不要讓古護衛受罪，然後我們入宮去求燕太妃娘娘。妳是汝南的女兒，她看在古護衛將妳養大的分上，定會手下留情的。」

古閨秀想來想去，也只有李德淳說的這個辦法有用，於是立即讓琬碧去向楊威報信，一方面是通知楊大叔到鄉下去躲一躲，說不定軍中也會有人來捉他；另一方面則是要通知楊威再次進京。

楊威收到消息以後，很快就趕過來了。一起來的人還有洪箏，他得知古爹爹出事，就說要一起進京幫忙。

洪箏說：「多個人多分力，我雖然不熟悉京城的情況，但是為大小姐跑跑腿沒問題。」

古閨秀對此心懷感激，同他們說好明天一早就啟程進京，當下兩個人便各自回家整理行囊。

事出突然，大家準備得很倉促，古閨秀也難免有些浮躁。

李德淳安撫道：「收拾一些路上要用的東西就行。到了京城，萬事都有我替妳作主，不用慌張。古護衛對我有大恩，我絕對不會見死不救。」

古閨秀的眼淚終於流了下來，嗚咽著哭道：「我當初怎麼就沒想到我的身世會為他帶來危險，說什麼都該拉他一起回來的，就算回不來，我也不該丟下他一個人。若我在京城，就能立刻進宮求情了……」

古閨秀哭得讓人心痛，李德淳只得一遍又一遍安慰她。

一行人匆忙上路，一路馬不停蹄。天未亮就出發，天黑才停下，如此餐風露宿地趕路，碰巧在半路的驛站遇到了狄仁傑！

古閨秀一行人比狄仁傑晚四天出發，卻趕上了他。

狄仁傑聽古閨秀說了古爹爹的事，見她一副泫然欲泣的模樣，心疼得不得了，便替她出主意說：「想來燕太妃娘娘並不是真的動怒，不然大可以用『誘拐公主』的罪名直接動用宮刑將伯父杖斃，何必等兵部和刑部審理？等你們進京，只要李三爺證實伯父是奉公主之命一路護送，而妳又能證明妳娘生前將妳託付給他，既是公主的護衛，聽從公主之命天經地義，何來潛逃之說？」

狄仁傑一席話說得古閨秀鬆了一口氣，她真是被周掌櫃的信嚇得魂飛魄散，根本無法細想，現在聽狄仁傑這樣一番分析，這才覺得古爹爹的情況雖然危險，但應該無性命之憂。緊繃的情緒鬆懈下來，她終於露出了數天以來第一個笑容。

李德淳乘機說：「這下安心了吧？妳這一路愁得什麼都吃不下，又睡不著，人都瘦了一大圈。妳快多吃些，不然古護衛看到妳這副模樣，必定會說我沒照顧好妳。」

狄仁傑聽李德淳這麼說，皺著眉叨唸起來。「怎麼能不好好吃東西？就算是再緊急的事，也得保重自己，不然妳要是先倒下，怎麼去救伯父？」

面對他們兩人的攻勢，古閨秀恨不得能摀住耳朵，急忙道：「好啦好啦，沒見過你們倆這麼囉嗦的。我這就吃，吃兩碗總行了吧！」

狄仁傑和李德淳相視一笑，總算稍微寬了心。

雖然古閨秀已不再寢食難安，但他們依然抓緊時間趕路，日夜兼程之下，終於在正月十四這一天趕到京城。

古閨秀逕自來到鋪子裡找周掌櫃，周掌櫃非常訝異。「我以為妳月底才能進京，想不到這麼快！」

古閨秀著急道：「爹被捉走，我心急如焚，哪裡還敢耽擱！您快跟我說，這到底是怎麼回事？」

周掌櫃領著她和李德淳、狄仁傑進屋坐下，說道：「臘月二十八那天，燕太妃娘娘派人宣老古和妳進宮，但妳不在京城，老古只好獨自進宮向燕太妃娘娘解釋，誰知當天進宮之後，老古便沒能出來。直到第二天，有宮裡的內侍到家裡盤查，我們才知道老古因為當年的事，被當作逃兵捉了！」

古閨秀聽了，悔恨不已。「都怪我任性，明知京城之事還未了結，卻一意孤行要回并州，燕太妃娘娘定是以為我故意不見她，才遷怒到爹身上。」

說罷，她咬牙想了想，對李德淳說：「我想進宮見燕太妃娘娘，向她賠罪道歉，只要她氣消了，就會放了我爹，您能幫我安排嗎？」

李德淳點頭道：「這個簡單，我這就回衛國公府派人送牌子。」

古閨秀送李德淳出去，又對他交代道：「若能提前打聽一下我爹現在的情況，再好不過。」

李德淳微微頷首，但聽到古閨秀喊古護衛「爹」，又這般掛念他，內心不禁感到苦澀，又是嫉妒又是羨慕。

古閨秀送走李德淳之後，見狄仁傑還在，忙說：「唉呀，你怎麼還在？快別管我這裡的事，你自己的事也急得很，快去忙吧！」

狄仁傑再過幾天就要到大理寺任職，雖說是皇上欽點的，但定然還有些地方要走動，而且住的地方都還沒安頓好，就跟著她操心古爹爹的事。

狄仁傑見自己幫不上忙，便說道：「那我先去我二叔父家，等安頓好了，再來看妳。」

古閨秀點點頭，送走狄仁傑之後，這才帶著琬碧回去整理自己的東西。

晚上，李德淳回來了，告訴古閨秀他已託付他的二哥李德獎親自進宮送牌子，求見燕太妃娘娘。李德獎在禁軍任職，又是衛國公府的人，在宮中頗有門路。

「明天是元宵節，宮中有家宴，想必抽不出時間，只怕得等到後天了。」李德淳對古閨秀說。

晚一天見燕太妃娘娘，古爹爹就要多受一天苦。古閨秀雖然救父心切，但也沒有別的辦法。

豈料李德獎竟連夜來到古家告訴古閨秀，燕太妃娘娘傳她明天進宮。

李德淳聽了，十分訝異。「明天不是元宵家宴嗎？人多繁雜，禮數又多，這個時候讓閨秀進宮，並不是很好。」他擔心女兒在宮中受到驚嚇，或是吃虧。

李德獎說：「當年汝南公主意外去世，燕太妃娘娘十分悲痛，如今得知她還有一個女兒在世，自然想盡快見到。」他笑著說：「燕太妃娘娘正是想趁著家宴的機會，把閨秀的事告訴大家。」

古閨秀驚詫得不知怎麼辦才好。她一方面希望快點見到燕太妃娘娘，求她放了古爹爹，一方面又不希望改變自己的身分。

她問李德獎說：「我爹現在如何？」

李德獎說：「他一直被扣在禁軍的牢室中。我已打過招呼，不會讓他受苦。不過……」

「不過怎麼樣？」古閨秀著急地問道。

李德獎說：「不過他當年的事要如何決斷、是否定罪，一切都得看上面的意思。」

古閨秀懂了，這種事全憑燕太妃娘娘一念之間，她明天的表現很關鍵，若她能討燕太妃娘娘歡心，念在汝南公主的情分上，求她一個恩典，放了古爹爹，那是再簡單不過的事。若燕太妃娘娘不喜歡她，想到汝南公主的死，古爹爹只怕是有十個腦袋也不夠砍。

古閨秀問道：「明天進宮見燕太妃娘娘，我需要準備些什麼嗎？」

李德獎說道：「妳不用緊張，明天一早，我會讓妳二伯母送妳進宮。燕太妃娘娘養育了妳母親，就像妳的外祖母一樣，她現在只盼能見到妳。」

古閨秀點了點頭，她心裡很清楚，她的人生要朝著不可控制的方向前進了。她在衛國公府面前能任性地不與他們相認，但是在燕太妃娘娘面前，她毫無抵抗的餘地。

交代完進宮的事，李德淳與李德獎一起回衛國公府。在路上，李德淳十分誠懇地謝道：「二哥，辛苦你了，多謝你四處奔波走動。」

李德獎語重心長地說：「如今衛國公府只有你我兄弟兩人互相扶持，你何須說這些話？

閨秀是我的親姪女，為她做這些是應當的。」

說著，他感慨道：「先前大哥因承乾太子的事受到牽連，父親又於去年仙逝，你在寺中不理俗事，整個衛國公府全靠我一人支撐，其中的責任與負擔讓我倍感辛苦。如今你還俗歸家，是個做父親的人了，再不可像當年那樣感情用事，衛國公府的爵位能否保住，全靠你我了。」

李靖去世之後，衛國公府的世子因被流放，爵位一直沒有封下來。他們擔心皇上會把「衛國公」的爵位收回去，但如今他們李家多了一個汝南公主所生的女兒，事情便有了轉機。如果閨秀能在宮中走動得開，得到宮中貴人甚至皇上的青睞，他們衛國公府就有大造化了。

其實李德獎還有些話沒對李德淳明說，但這其中牽扯的關係，李德淳也能琢磨得透。他以前在廟裡可以不管塵事，現在他不能不管，可一想到要讓女兒擔負起門庭興旺的重任，他就於心不忍。

想來想去，他對兄長說：「我虧欠女兒太多，如今我只希望她開心幸福，其他的……」

李德獎拍了拍弟弟的肩膀，打斷了他的話。「不用說了。眼下最要緊的是過了燕太妃娘娘這一關，再勸說姪女回家。」

李德淳點了點頭，不再多言。

正月十五清早，天還未亮，就有人敲響了古家的小院門，是衛國公府的二夫人來送古閨秀進宮。

李二夫人個子稍矮，但身材纖細，一張瓜子臉玲瓏生動，顯得她年輕，看不出實際年齡。

她上前拉住閨秀的手，親熱地說道：「妳便是三弟的女兒了吧？我是妳二伯母！可憐的孩子，咱們本是至親，卻到如今才相見！」

古閨秀對她行禮，喊了聲「二夫人」。

李二夫人聽到這個稱呼，微微愣了一下，但想到丈夫說這姑娘並不與她父親相認，便對她不喊她伯母的事不太在意，繼續笑著說：「我們回頭多得是時間說話，眼下最要緊的是送妳進宮。來人哪，把東西拿進來！」

話畢，一群丫鬟捧著東西魚貫而入，有各色的衣服、首飾、鞋襪、腰帶等。

古閨秀以為李德獎讓他的夫人過來，只是要送她進宮，沒想到是要把她從頭到尾「包裝」好。

「這……我這裡並不缺衣物，這些就不必了吧？」古閨秀有些為難地說。

李二夫人搖頭道：「孩子，妳不知道，宮裡是何等勢利的地方！捧高踩低、互相攀比，今天又是元宵家宴，最是隆重，我們衛國公府的小姐，斷然不能教人小看了！」

李二夫人直言不諱地說宮裡十分勢利，這讓古閨秀對這位快人快語的二伯母有點另眼相看，多了些許親近之意。

古閨秀請李二夫人進房之後，李二夫人便拉著她打量起來。「妳二伯父先前說妳長得很高，要我準備衣服時注意些，幸好我準備了好幾個尺寸，不然只怕不夠長，妳來試試看。」

李二夫人準備的冬衣是一件白中透粉的錦衣，胸襟、衣袂、袖口等處繡了精美的彩色團花，其餘地方雖然沒有花紋，但錦緞本身帶有的粉白三尾鳳紋，讓這件衣服看起來極為高貴。錦衣之外，還有一件緋紅的廣袖長袍和金黃錦帶。

這套衣服顏色可愛而不失素雅，年輕活潑中透著雍容華貴，十分漂亮。

古閨秀將衣服穿上身之後，李二夫人連連點頭，口中不斷讚嘆。「好看。真是天生的美人胚子，燕太妃娘娘要是看到有一個這麼漂亮的外孫女，不知道會有多開心！」

之後李二夫人又招呼丫鬟進來幫古閨秀梳頭，並要人端了整整兩盒首飾進來供她挑選。說是挑選，其實李二夫人基本上不問古閨秀的意見，而是十分積極地幫她裝扮，幸好她品味不俗，並沒有在古閨秀頭上簪滿珠寶。

梳好雙環墜髻，戴上黃金首飾，看著鏡子中的麗人，古閨秀只覺得一陣恍惚，外表明明是她的模樣，看起來卻不像自己。

大功告成之後，李二夫人送古閨秀上了一頂四抬軟轎，匆匆往皇宮而去。

大內宮禁森嚴，車轎的乘坐有嚴格的規定，古閨秀進了承天門後就必須下轎，由內侍領著往燕太妃娘娘的宮殿走去。

古閨秀走在路上，見到許多穿著大品冠服的外命婦往宮內走，不禁多看了兩眼；那些命婦見到古閨秀，也露出好奇的神情，有的甚至忍不住低聲問旁邊的人這是誰家的小姐，她們常在京城和宮內走動，卻從未見過古閨秀。
領著古閨秀的那名內侍是在燕太妃娘娘跟前服侍的老人，十分機靈，立刻向她解釋說：「這些都是進宮參加宴席的外命婦，她們這是去向皇后娘娘請安。」
古閨秀疑惑地問道：「皇家的家宴，也會請外命婦參加嗎？」
內侍笑道：「原本是不請的，但是皇上去年登基，為了褒獎有功之臣，這才請他們參加家宴，這是一種恩寵。」
古閨秀點點頭表示明白，同時也感到慶幸。既然今天不是皇家內部的家宴，燕太妃娘娘應該不會帶她去露面，不然汝南公主當年的事如何對外解釋？她的身分也會顯得很尷尬。
燕太妃娘娘所居住的泰禧殿有點遠，古閨秀走了好一會兒才到。
她剛出現在泰禧殿門口的宮道上，遠遠的就有宮女喊道：「來了，來了，快去稟報太妃娘娘！」
不知怎的，古閨秀突然緊張了起來。這是她第二次進宮，心境卻與第一次天差地別。
她捏著自己的手，穩步上前，跨進泰禧殿時，有一位嬤嬤笑著上前對她行禮，聲音發顫地說：「真的是妳，真的是公主的女兒！」
古閨秀看她有點眼熟，再一細想，這位嬤嬤正是她第一次進宮時，在兩儀殿偏殿裡遇見的那位。難怪她當時問自己那麼多問題，原來她早就看出端倪了。
「王嬤嬤。」古閨秀對她行了個禮。宮裡的老人個個都不簡單，她少不了得客氣一些。
王嬤嬤忙說：「不敢當。小姐快請進，太妃娘娘等著呢！」

古閨秀應聲向裡面走，滿殿的宮女臉上都掛著笑容，這讓她安心不少，至少說明燕太妃娘娘對她很歡迎。

第二十二章　認祖歸宗

泰禧殿的正殿中，暖爐燒得屋子熱烘烘的，焚香裊裊，讓人舒心。

古閨秀被人簇擁著繞過紫檀木屏風，看到一位頭戴孔雀首飾、身著紫金宮裝的華貴婦人坐在正中間的床榻上，她正是燕太妃。

燕太妃看起來很有精神，頭上的白髮也不多，雍容慈愛的模樣，看得出年輕時是位大美人。

古閨秀柔順地依照宮規，向燕太妃行禮。

燕太妃看著古閨秀，克制不住驚訝又激動的神色。

最初她聽王嬤嬤說在宮裡見到一位與汝南公主模樣十分相似的年輕姑娘，她心中雖然好奇，卻並未多想，畢竟天下相似之人何其多，也許只是巧合。

但後來衛國公府那邊傳來消息，以及當初和汝南公主一起消失的護衛又重新出現，不得不讓她相信汝南或許真的在這世上留下骨血！

雖然原先她心中仍存有疑惑，但在見到古閨秀這一刻，視覺和情感上的衝擊已讓她把持不住，這模樣、神情、氣質，與當年的汝南何其相似！

燕太妃從床榻上站起來，親自扶起古閨秀，緊緊握著她的手，淚眼迷濛地說：「好孩子、好孩子，找到妳了就好！」

感覺到古閨秀的雙手冰冷，燕太妃斥責起宮人。「還不快拿個手爐來，看這小手凍的！」

古閨秀隨她坐到床榻上，然而面對動情落淚的燕太妃，古閨秀卻不知該說些什麼才好。

燕太妃一逕地端詳她，嘴裡說著：「和妳母親真像！我可憐的汝南，吃了那麼多苦，在外面顛沛流離，年紀輕輕便去了，每次想到她，本宮都要心痛地哭一場！」

旁邊有宮女笑著說道：「恭喜太妃娘娘尋回了孫小姐，這可了卻了太妃娘娘心中一個牽掛。太妃娘娘不要再傷心，公主若九泉下有知，會安息的。」

燕太妃笑著點頭，卻又惱怒地說道：「可恨那個古護衛，把我外孫女藏到現在才讓我知道，讓這孩子在外面受了這麼多年的罪！」

古閨秀連忙替古爹爹說話。「太妃娘娘息怒，並不是我爹有意隱瞞我的身世，而是我娘在去世之前曾對他說過，希望我能自由自在地活著，不希望我回宮。直到去年我爹和衛國公府的人聯繫上，知曉當年之事存在許多誤會，這才將我的身世說出來。」

「他算妳什麼爹？我知道他把妳養大，妳心中偏袒他，但皇家血脈可不是小事，不能再亂喊了。」燕太妃說道。

古爹爹的命在燕太妃手中捏著，古閨秀不敢忤逆她，只好改口說：「這些年來，古護衛十分疼愛我，不曾讓我吃一點苦，望太妃娘娘不要怪罪他。」

燕太妃並不太想說古爹爹的事，轉而問古閨秀這些年是怎麼過的。古閨秀答話時有意多說古爹爹的好話，便把他怎麼努力賺錢養家、怎麼送自己上女子私塾、怎麼請針線師傅教導自己、又怎麼操心自己的婚事一一說了。

燕太妃聽了，滿意地點頭道：「幸而他腦子還算清楚，若他敢把妳隨便嫁給鄉野村夫，本宮絕不饒他！」

「古護衛對母親十分忠心，不論發生什麼事都守護著母親，又處處為我著想，實在不易。縱然當年的事情有錯，但也事出有因，希望太妃娘娘看在他養育我長大的分上放了他。他如今上了年紀，別的不說，只求他能安度晚年……」

燕太妃見古閨秀再三替古爹爹求情，便說道：「妳這麼念著他，可見他待妳真的很好。也罷，我並不是什麼心腸歹毒之人，但當年之事還需皇上定奪，待妳的事情告一段落，本宮就替他說情，讓皇上放了他。」

古閨秀聽了，總算是鬆了一口氣。

此時，燕太妃又問：「聽說妳不願認妳父親？」

古閨秀一陣頭疼，燕太妃娘娘該不會是想藉古爹爹的事逼她認祖歸宗吧？但她轉念一想，當年汝南公主未婚先育，又因李德淳沒有擔當而逃宮，燕太妃娘娘絕對不可能對李德淳沒有半點意見，也許她不與李德淳相認，止中燕太妃娘娘下懷呢！

思及此，她便答道：「當我知道母親因何離宮，為何獨自在外面生下我，又因何在逃命途中意外過世時，我實在無法撇下一切恩怨與他相認。他當年負了母親，我替母親難過……」

燕太妃果然欣慰地拍著她的手說：「好孩子，難得妳這麼重感情。李德淳那小子也惹本宮生氣，先皇在時就曾多次斥責他，還打他板子，狠狠地教訓過他了。只是他至今未娶，又曾為妳母親出家，本宮反倒不好再責難他。當年的事他有錯，但妳與他是親生父女，認祖歸宗是大事，妳不可在這件事上頭任性。我已與皇上商量過妳的事了，很快就會給妳和妳母親一個名分。」

繞了一圈，結果還是要她認祖歸宗，只是人在屋簷下，不得不低頭，古閨秀有求於她，只得點頭答應，而這也是為了古爹爹好。

兩人談話間，有位公公求見，古閨秀認得，是皇上身邊的桂公公。

桂公公向燕太妃問安之後，說道：「皇上命奴才前來看看李小姐進宮了沒有，還要奴才帶話回去，昨天商定的旨意，可需要變動？」

燕太妃笑咪咪地說：「桂公公回去稟報皇上，直接下旨吧，不用改了。」

桂公公笑著說：「是。那奴才這就回去，先向李小姐道賀了！」

古閨秀這才知道他們口中說的「李小姐」，竟然是自己！

桂公公走後，王嬤嬤也告辭道：「恭喜太妃娘娘、恭喜小姐，皇后娘娘那邊還等著消息呢，老奴先向皇后娘娘稟報去！」

王嬤嬤是王皇后身邊的人，但因早年服侍過燕太妃，因此與燕太妃特別親近。

「去吧去吧。」燕太妃高興地說。

古閨秀一陣疑惑，但當皇上的聖旨傳到泰禧殿時，她總算明白了。

皇上旨意中言明李德淳對汝南公主情深意重，多年不能忘懷，下旨將汝南公主賜婚予他，且因尋得一女與汝南公主神似，命她作為嗣女歸於李家，賜國姓「李」，賜名「歸錦」。

古閨秀驚訝地瞪圓了眼睛，汝南公主已去世多年，如何賜婚？

燕太妃開心地說：「正該如此，這是妳父親欠妳母親的，等他將妳母親的牌位迎回李家後，妳就是名正言順的李家小姐。只是妳雖是他們的親生女兒，對外卻要說妳是嗣女，不然有損妳母親的名譽，委屈妳了……」

其實古閨秀對虛名並不十分看重，只覺得這「賜冥婚」也太讓人意外了！

燕太妃又說：「閨秀這個名字太俗，妳回到李家後不能再用。皇上賜的名字妳可喜歡？歸錦、歸錦，遺失之錦繡歸來，本宮十分中意。」

古閨秀在心中暗暗嘆氣，從此以後，她的爹爹不再是她的父親，她的名字不再是她的稱呼，她的家也不再是她的港灣……任何人的人生被這樣大幅改寫，說不抗拒是不可能的，可她卻只能笑著接受。

不過片刻，皇后娘娘和各主殿娘娘那邊就送來了賞賜，皇后娘娘更是親自過來邀燕太妃一同去參加家宴。

這是古閨秀第一次見到王皇后，她長得不算十分漂亮，卻端莊大方，一張圓臉顯得和藹可親。

皇后看到古閨秀，便笑道：「這就是汝南公主的女兒吧？以後就把宮裡當成自己的家，常進宮坐坐，多陪陪太妃娘娘。」

古閨秀笑著向皇后謝恩，卻想到這位王皇后最後被武媚娘整得死都不能瞑目，心中不禁一陣哀戚。至於武媚娘，也不知她如今在感業寺過得如何……

皇家元宵家宴，隆重而熱鬧。

京畿中的皇親國戚盡數到齊，又因褒獎有功之臣，請了十幾位外臣及女眷，整個宴廳人聲鼎沸。

因長孫皇后去世得早，而其他太妃又早被各個皇子接到封地，如今宮中只有燕太妃一位長輩，因此晚宴時，皇上、皇后並坐於中間，左首就是燕太妃，而古閨秀——如今該稱她李歸錦了，則坐在燕太妃身後，位置頗為顯眼。

禮樂響起，皇上致詞，眾臣拜賀。

行完禮數之後，氣氛便隨興起來，女眷們熱絡地談天，此時有人好奇地問起跟隨燕太妃而坐的姑娘是誰。由於宮中的嬪妃已經知道皇上下了聖旨，便將聖旨的內容告訴那些夫人，眾人聽了十分驚訝，不一會兒，消息就傳開了。

有人感嘆道：「前段時間才聽說衛國公府的李三爺還俗之事，當時還以為他想開了，沒想到結果竟是如此。這賜冥婚……我還是頭一次聽說，不過對李三爺來說，應該是如他所願了吧？」

有人則打量起李歸錦，議論道：「也不知這位姑娘和汝南公主是何等相似，竟有這番造化！看燕太妃娘娘的模樣，對她極為喜歡，不像是認養的外孫女，倒像是親外孫女……」

這些人當中不乏一些知道陳年往事之人，他們並不把李歸錦當成「嗣女」看待，猜測她極可能就是汝南公主的親生女兒，因此對於耳邊那些議論，並不多嘴。

芮國公夫人，便是其中一位。

芮國公夫人看著李歸錦，便想起了汝南公主。當年她們結下極為難得的情誼，她一直對汝南公主的出走懷有疑問。當初她總覺得，不論是多大的事，汝南遇到困難時應該會找她幫忙，誰知一直沒有任何消息，如今真相總算大白，她竟是懷著孩子逃走的……

想到汝南經歷過的艱辛與困難，芮國公夫人默默側過頭去擦了擦眼角的淚，而永安伯夫人則靠近她，低聲問道：「阿姮，妳看到那孩子了嗎？」

永安伯夫人也是早年和汝南公主、芮國公夫人交好的閨中密友之一。

芮國公夫人點了點頭，永安伯夫人接著說道：「李德淳接下這門冥婚，還認了這個孩子，我可不信她是從外面尋來的，裡面肯定有些關係……」

芮國公夫人說：「如今聖旨已下，不論事實如何，我們只需知道她從今以後就是汝南名正言順的女兒，是衛國公府的小姐，就夠了。」

永安伯夫人明白了她的意思，不再深究，轉而笑著說：「唉，想到當年我們總是和汝南擠在鏡子前比俏，如今我們人老珠黃，只有她一個人生了女兒，我們生的都是渾小子，可是比不過這如花似玉的姑娘了，也不知她會指給哪家臭小子！」

芮國公夫人聽到這話，不禁出了神。

此時的李歸錦如坐針氈，感覺周圍滿滿都是打量她的目光。

燕太妃回過頭問她說：「妳第一次參加這樣的宴會，可是覺得不自在？」

李歸錦老實地答道：「是。覺得有一道道目光射在我身上，快把我射穿了……」

燕太妃笑道：「怕什麼？妳長得和妳母親一樣美，何須怕別人多看？儘管大大方方的，不用怕。」

李歸錦點了點頭，看來這種情況會成為常態，她近期需要好好地適應一下。

勉強吃了兩口食物，李歸錦就看見皇上對她招手。

她看了燕太妃一眼，見燕太妃對她點頭，她便起身上前，站到皇上跟前回話。

李治看著她，打趣道：「朕每次見到妳，妳都會給朕驚喜。以前朕就覺得咱們緣分不淺，但怎麼也沒想到妳竟是三姊的遺孤。衛國公府以前對不起三姊，朕已經好好訓過妳二伯了，改天有時間也會召妳父親進宮說話，諒他們不敢虧待妳。」

其實李歸錦自己也覺得很有緣。第一次見面是在大街上，她的錢袋被搶了，而李治在和武媚娘幽會；第二次見面，李治是皇帝，召見她是為了火藥之事；而這次，他們竟然變成舅甥關係……

王皇后在一旁聽了，好奇地問道：「陛下以前見過歸錦？」

李治怕李歸錦說出他和武媚娘幽會的事，便對她使了使眼色，才對王皇后說：「皇后有所不知，歸錦是并州有名的女子，朕之前因為火藥的事召見過她，只可惜我記事起三姊已經不在宮裡，所以我並未認出歸錦和三姊長得極為相似。」

李治與汝南公主相差十七歲，汝南公主逃出宮時，李治才一歲左右，加上宮中的嫡皇子和庶公主並不常待在一起，所以李治對汝南公主沒有印象。

王皇后點了點頭。「可見自家人的緣分就是這麼深，即使不知道妳的身分，皇上也因為其他原因召見了妳，血濃於水就是這個道理！」

宴廳裡其他人見皇上和皇后親自對李歸錦垂詢問話，又是滿臉笑容，都感到驚訝不已。不過是個庶公主的嗣女，何以如此受到重視？又或者……是皇上有意抬舉衛國公府？

一時之間，心思多的人難免想得深了一些。

自從皇上下了旨意，衛國公府就請太史局選了個好日子，將汝南公主的牌位從皇陵請到自家祠堂，而李歸錦認祖歸宗的事情也沒辦法拖了。只要她不回李家，古爹爹就沒辦法重獲自由，因此她終於答應在一月底到李家祠堂裡叩拜。

李歸錦認祖歸宗這天，衛國公府大擺筵席以示對她的重視。由於李歸錦在京城沒什麼朋友，所以只請了狄仁傑、黎國公府大少奶奶田氏，以及在京城的古家眾人前來做客。

回去李家後，李歸錦安排楊威當她居住的南院的護衛隊長，分管南院府兵，之後又讓洪箏進衛國公府的帳房，管理汝南公主名下的嫁妝及田產。

分配完這些工作，將府內之事處理妥當之後，已是二月中旬了。

李歸錦想起自己好久沒去見古爹爹，立刻差人備轎，往古家而去。

他們父女倆很長一段時間沒能相見，李歸錦一見到古爹爹，就哭了一場，快把古爹爹的心都哭碎了。

「是個大姑娘了，怎麼還哭成這樣？快別哭了，哭得我心疼！」古爹爹安撫道。

李歸錦淚眼汪汪地看著他，說道：「爹都不要女兒了，女兒怎能不哭？」

古爹爹連連嘆氣。「我養了妳二十年，看到妳如此掛心我，我這輩子也就值得了，只是……妳再不可喊我『爹爹』了，三爺才是妳爹。」

李歸錦此時倔得很，扭頭道：「偏不，您是我爹，永遠都是！」

古爹爹一顆心暖得都要化開了，他不再逼迫李歸錦，而是拉著她進屋說話，問她過得怎麼樣。

聽說她現在主持南院中饋，還要打理田產，古爹爹怕她累壞了，說道：「妳手下的人夠不夠用？要不我把周掌櫃、胡掌櫃都調去幫妳？」

李歸錦道：「我自然知道他們的本事，只是您身邊也缺不了人，難道咱們的質庫和古玩店不開了？」

豈料古爹爹竟答道：「我的確有意把并州兩間鋪子都關了，如今妳的大事已了，我想歸隱田園，做個田翁。」

李歸錦聽得目瞪口呆，那是他們父女倆的心血，怎麼能就此捨棄？

不過她仔細想了想，關掉并州的鋪子也好，免得爹老說要回并州，藉此機會把他留在京城安度晚年也不錯！

「爹，如今我離不開京城，也不想看您操勞，并州的鋪子就照您的意思關了吧！店裡的夥計若願意來京城，就讓他們投靠我，我手底下止缺人；若不願意來京城，就給他們一筆錢養老，也不枉費他們跟了我們這麼多年。不過京城的鋪子才剛剛開起來，可不能關，您就留在這裡，賺不賺錢無所謂，主要是讓您平時有點事可做，我也好常來看您！」

說來說去，就是不讓他離開。

古爹爹先前一直都很聽李歸錦的勸，這次卻覺得自己很礙事，執意要走。

古閨秀見久勸不下，瞪圓了眼睛說：「我還沒嫁人呢，您難道不想看我出嫁嗎?!」

這下古爹爹不得不投降，他是真的很牽掛李歸錦的終身大事。

「那……就依妳說的安排，等妳嫁人了，我再走。」古爹爹覺得女兒身分和以往大不相同，嫁人不過是這一、兩年的事，不太可能再拖下去。

古閨秀總算鬆了口氣，反正只要能留下她爹就行，嫁人的事情以後再說。

商定好了之後，他們委託周掌櫃回并州處理兩家鋪子的事，並把願意進京的夥計都接了過來。

第二十三章　狹路相逢

春花飄飛、陽光燦爛，二月是一年中最好的時節，京城長安更是如此，處處都洋溢著生機。

芮國公府的櫻花園是勛貴中有名的賞花之地，每年春天他們都會廣邀親朋好友來院中做客，欣賞繽紛落櫻、啜飲甘爽花酒、品嚐香甜果實。

今年芮國公府的櫻花酒會訂在二月底，衛國公府也收到了帖子，請二夫人和小姐李歸錦赴宴。

李歸錦不喜歡勛貴圈中的應酬，她覺得那些人審視她的眼神很討厭，但芮國公府不一樣，那是她好友豆盧欽望的家，芮國公夫人又和她母親是好友，這點面子她必須給，而且她對芮國公夫人很有好感，願意結交她那樣親和的人。

自從接到帖子，她們兩人就開始準備行頭。李二夫人最喜歡打扮，不僅把自己打點得年輕貌美，連李歸錦也一併照顧，只因李二夫人接連生了三個兒子，一直沒能生出女兒，如何不教她手癢！

李歸錦從李二夫人送自己進宮那次，已經知道她對這方面的狂熱，她的審美觀也令她欣賞，有這麼一位伯母，她倒真的是受益良多。

眼見赴會的日子逼近，李二夫人又叫來管事，吩咐道：「再去羽裳坊催一催，要他們快把我們的衣服趕製出來，日子就快到了，拿回來試穿之後，或許還有要改的地方，叫他們加緊些。」

李歸錦瞧她急成這樣，便說：「若真趕不及，今年已新添了很多衣裳，隨便挑一件穿去也好，不差那一件。」

誰知李二夫人聽了連連擺手。「不成不成！那兩件衣服與我新訂做的那批花鈿是成套的，妳的是杏花，我的是玉蘭花，穿去參加賞花酒會再好不過！」

李歸錦聞言失笑。李二夫人真的把美麗當成終身事業，絲毫都不馬虎，自己在態度上真是相去甚遠。想到這裡，她不由得感激母親給了她一副好皮囊，讓她不用太費心。

因為衣服一時半刻做不好，李二夫人便拉著李歸錦試妝。一會兒是京中流行的「闊眉」，一會兒又換「卻月眉」，還有各種花鈿與髮飾，直教李歸錦暈頭轉向。

「天哪，我寧願再看十本帳本，勝過記住這些東西！」李歸錦笑道。

李二夫人笑咪咪地說：「何須妳記？我身邊的點朱是我千挑萬選、最會化面妝的丫鬟，交給她便可。」

這樣正好！李歸錦樂得什麼都不管，反正點朱化出來的妝容，她都覺得好看。

到了賞花酒宴的那一天，李二夫人和李歸錦一起出發，早早就到了。

芮國公夫人拉著李歸錦的手，對李二夫人說：「這孩子長得真美，人比花嬌，今天咱們說是賞花，我看還不如賞她！」

李歸錦被說得臉都紅了，低著頭說：「芮國公夫人取笑了！」

芮國公夫人引她們坐下，說道：「咱們不是第一次見面了，不要見外。以我和妳母親的交情，妳就是叫我一聲『姨母』也沒問題。自元宵宮宴之後，我就一直想接妳到我府上做客，但我看妳忙得很，便不打擾。今天既然妳來了，就把這裡當成自己家，不要拘束。」

這般毫不掩飾的熱情，讓李歸錦和李二夫人相當詫異。

李歸錦真誠地道過謝之後，芮國公夫人有意無意地說：「可惜我家那渾小子如今在江南大營當差，若他在家，看到妳如今這模樣，不知道會有多高興！」

李歸錦想到豆盧欽望過年時還問候過她，便說：「不知世子如今可還安好？」

芮國公夫人笑著說：「他常寫家書回來，一切都好。我元月寫信給他時提過妳的事，他十分驚喜，還說今年六月要回家探親，到時少不了會去拜訪妳。」

聽聞豆盧欽望再過幾個月就要回來，李歸錦也相當開心。

談天之間，客人陸陸續續到來，芮國公夫人忙著待客，就先告退了。李二夫人這才得了空，拉著李歸錦問道：「妳和芮國公世子有舊交？」

李歸錦便將他們如何認識，又怎麼一起進京的事情告訴她。

李二夫人一聽，再細想芮國公夫人說的那些話，心中有譜，喜上眉梢。

臨近午間，芮國公府的櫻花園已是賓朋滿座，多是一些年輕小姐和媳婦簇擁著自家的長輩，在院子裡賞花。

因李靖的夫人早已去世，過去都是由長媳出面應酬，但自長房被流放後，衛國公府在社交上就顯得低調許多，李二夫人也沒什麼交好的朋友，如今多是一些和衛國公府有世交的人家延續著長輩的人情。

李歸錦跟著李二夫人在花園裡慢慢逛，她看到前方一個如鵝卵石形狀的池子旁長了一棵繁茂高大的櫻樹，櫻花似雪，隨風而落，美不可言！

「二伯母，那棵樹好美，我們去那邊的石凳歇一歇吧。」李歸錦建議道。

李二夫人點了點頭。「好，我們過去看看，這滿園的花草樹木，就那棵姿態最美、花朵最繁，真是難得！」

兩人正要走過去，斜角的小徑上忽然走出一群穿著華麗的人，有兩個年輕媳婦虛扶著一個中年美婦，旁邊跟著一個年輕小姐，而那小姐正指揮著身後的丫鬟去樹上折花。

丫鬟身手敏捷，三兩步踏上樹下的石桌，伸手就去折花枝。

這棵櫻樹相當繁茂，生長了有些年頭，枝幹有些粗，丫鬟一時折不斷，又不想在主子面前丟臉，便使出蠻力去擰，一時之間樹枝搖動，櫻花紛紛掉落，好似下起櫻花雨。

李歸錦見好好的櫻花樹因她們折花而飽受摧殘，那花瓣簌簌落下，就像是花樹的眼淚一般。

誰知那些貴婦見櫻花花瓣隨風打旋十分美麗，竟滿意地笑了起來。

指使丫鬟的那個小姐更開心，鼓著掌對丫鬟喊道：「用勁搖、用勁搖，再多搖一些櫻花下來！」

丫鬟得了主子的指示，丟下折了一半的花枝，抱著枝幹賣力地搖晃。

李歸錦看得心痛不已，她雖知道在場的人都是些權貴，還是忍不住出言阻止，對那年輕小姐說：「小姐手下留情，莫要再辣手摧花。」

那小姐看起來只有十四、五歲，卻傲氣得很，她瞥了李歸錦一眼，說道：「妳是誰？多管閒事做什麼，就是芮國公夫人見了，也不會怪我們！」

年輕小姐旁邊的兩個媳婦也用不善的眼光打量著她。

李歸錦沒有自報家門，而是繼續勸道：「天地間一草一木生長不易，都有生命，小姐如果愛花，不如讓它們在樹枝上盡情綻放，開到花謝，也是種圓滿。」

她並不喜歡這高傲的姑娘，但話已說得十分委婉，可那小姐卻冷笑道：「一棵樹而已，只要我高興，把它砍了又如何？」

樹上的丫鬟見下面起了爭執，已不敢再搖樹，年輕小姐見了，立刻發怒道：「誰要妳停的？」

丫鬟不禁打了個哆嗦，又開始賣力搖動起枝幹。

李歸錦氣到不行，李二夫人往後拉了拉她的衣袖，自己上前笑著對一旁不語的中年婦人說：「您想必就是巴陵公主吧？妾身曾在人年朝賀時見過您一面。」

巴陵公主對眼前兩人沒有印象，但聽對方說在朝賀時見過她，有些吃驚，便問：「妳們是誰？我沒見過。」

由於巴陵公主早已嫁人，不常在宮裡走動，此次皇宮舉辦元宵家宴時，她們一家又在封地慶祝，因此不認識李歸錦。

李二夫人道：「妾身是衛國公府的二媳婦，我家這位小姐便是汝南公主的女兒，與公主您可是實打實的血親。」她又笑著對旁邊的小姐說：「這位是公主您的女兒吧？說起來她與歸錦是姨表姊妹，大家可不要因為一點小事傷了和氣。」

李歸錦鬱悶不已，這個圈子裡抬頭低頭都是親戚，就算是不認識的人，也因為各大家族有聯姻的習慣，拐幾個彎也能成為親戚。

李二夫人本意是要化解矛盾，豈料巴陵公主冷笑道：「原來是妳！不過是一個嗣女，真當自己是龍子皇孫，也敢跟我攀親戚？」說罷，她對身邊的年輕小姐說：「沐萍，我們走，有些人眼不見為淨！」

她如此囂張，絲毫不顧及皇家和衛國公府的顏面，把李二夫人氣得雙手發抖，李歸錦也是憋了一肚子火，可她顧不得生氣，趕緊安慰李二夫人，真怕她被氣暈過去。

「真是氣死我了，不可理喻！」李二夫人跺著腳。

李歸錦問道：「巴陵公主到底是什麼人，為什麼這麼強橫？」

李二夫人平復了自己的氣息以後，才說道：「她是先皇的第七女，是庶出公主，不過她嫁得還不錯，嫁給霍國公和平陽昭公主的次子，襄陽郡公柴令武。」

李歸錦不解地問道：「柴家和我們家有過節嗎？」

李二夫人想了想，搖頭道：「沒有啊。」

李歸錦說：「那便是她有毛病了，我們不要理她。」

賞花酒會即將開始，一路上陸續有丫鬟來請遊園的客人去宴廳用餐。

李歸錦和李二夫人來到宴廳時，永安伯夫人滿臉笑容地迎了上來。「妳們去哪裡了？讓我找了好一陣子。」

李二夫人認識永安伯夫人，連忙見禮。「花實在太美，我們不知不覺走遠了。」

永安伯夫人與她說了幾句，轉而看著李歸錦說：「好孩子，我是妳賀姨母，當年與妳母親十分要好！」

她的熱情和巴陵公主的冷淡完全不同，讓李歸錦有些詫異。不過她要自己喊她姨母，這讓李歸錦有些為難，猶豫之間，巴陵公主一行人走了過來。

巴陵公主對永安伯夫人冷笑道：「也不知是從哪裡撿回來的野孩子，妳還真當她是汝南的女兒，迫不及待地去討好，個性真是一如當年！」

永安伯夫人的臉色不太好，但也沒有動怒，只是冷冷地說：「妳的脾性也是一如當年，一點都沒變，不知是不是根本沒把先皇的教誨記到心裡去。」

巴陵公主冷喝道：「放肆，憑妳也敢這麼對我說話?!」

李歸錦瞬間想起之前教養嬤嬤教她的事情，妃子、公主、王公皆有品級高低，巴陵公主是普通嬪妃所生，嫁給襄陽郡公，她自身的品級等同於郡公；而永安伯夫人只是伯夫人，比巴陵公主的品級來得低，根本拚不過她。

她們站在門口劍拔弩張的樣子引來許多人注目，此時芮國公夫人走過來，笑道：「都站在這裡做什麼？快點入席。公主，來品一品我新釀的杏花酒如何？」

芮國公夫人請巴陵公主去了上座，回頭對永安伯夫人使了個眼色，永安伯夫人這才緊握著雙手領著李歸錦入席。

席間，李歸錦忍不住問道：「姨母，那位巴陵公主為什麼總是怒氣沖沖？」

永安伯夫人癟著嘴說道：「她從小就和妳母親不和，一直想壓妳母親一頭，在先皇面前爭寵。我和妳馮姨母與妳母親交好，她便想法子離間我們，後來見我們三人感情依舊，她就不擇手段陷害我們，有一次還差點讓先皇誤會妳母親偷東西，實在可惡！」

原來巴陵公主和汝南公主是宿敵，難怪她之前在花園裡會那樣譏諷她和李二夫人，只可惜李二夫人不曉得宮中往事，碰了一鼻子灰。現在李二夫人一聽說原因，後悔得不得了。

「心腸這麼歹毒、心胸又狹窄的人，咱們也不必和她計較，離遠一些就是了。」李歸錦說道。

永安伯夫人點頭說：「反正妳也不用和她打交道，理她做什麼？就是她的女兒柴沐萍，也離她遠一些比較好，只是個刁蠻任性的丫頭罷了！」

李歸錦點頭記下，她一直記得歷史上的巴陵公主好像會發生什麼事，可她怎麼都想不起來。她雖然因為喜愛古玩而對歷史了解得較常人深一點，但是歷史人物實在太龐雜，她根本不可能記得了那麼多……

賞花酒宴過後，芮國公夫人單獨留了永安伯夫人、李歸錦以及李二夫人說話。「是我不夠周延，本是想請妳們來散心，卻害妳們受了氣。」

永安伯夫人說：「我們之間又何必說這種話？只是巴陵公主也太過目中無人，她看不慣我就算了，但她對歸錦說出那種話，哪裡有一點長輩的樣子？」

李歸錦勸道：「兩位姨母不要再為我的事生氣了，我並不在意別人怎麼說。」

芮國公夫人拍了拍她的手說：「好孩子，往後的路還長著呢，不是我要說她，看巴陵公主所生的一對兒女就行，我相信惡人自有惡人磨。」

永安伯夫人一掃之前的鬱氣，笑著問道：「她的寶貝兒子又做了什麼可笑的事嗎？」

芮國公夫人笑著搖頭說道：「說起來荒唐，我聽說她兒子前不久花兩萬兩銀子在馬市買了一匹火雲馬，據說那匹馬通體潔白，只在兩隻前蹄上長了紅雲一樣的毛。馬販子將那馬吹噓得天上有、地上無，又說了許多祥瑞之兆，讓他興致勃勃地買了下來，誰知他買回家後只刷洗了一次，那紅雲就沒了，原來那竟然是顏料畫上去的！他想找馬販子算帳，可人早已捲了銀子跑了，他氣得坐在馬市的泥地上哭了起來，引起許多人圍觀……」

永安伯夫人睜大了眼睛，吃驚不已。「兩萬兩！他們家一年的收益也不過這個數吧？她真是生了個祖宗！」說罷，非常不厚道地笑了起來。

李歸錦聽說巴陵公主的兒子不僅被人騙，還坐在鬧市裡哭鬧，一陣無語。有這樣的兒子，也夠丟人了！

李二夫人搭話說：「她兒子如此不堪，女兒也好不到哪裡去。且不說我們先前看到她在櫻花園裡摧折花樹，就說今年朝賀時，她竟然哄騙宣城公主把手上的玉珠串給她，後來被蕭淑妃知道，氣得不得了，當著眾人的面嗆了巴陵公主幾句，我才了解她們母女的德性。」

李歸錦聽得目瞪口呆，她進了幾次宮，知道宣城公主是李治的次女，如今還不足三歲，柴沐萍竟然哄騙三歲小孩的東西，真是一家子極品！

芮國公夫人點頭道：「許多人家早已看不慣他們，只不過是不想明著和柴家翻臉，所以妳們不用跟他們計較，孰是孰非，大家心裡都清楚。」

聊了一會兒，芮國公夫人便問李歸錦說：「清明節就要到了，妳剛剛才接手中饋，可都準備好了？」

汝南公主的牌位遷入衛國公府宗祠，李歸錦又是第一年認祖歸宗，今年的清明節衛國公府需要好好操辦，芮國公夫人擔心李歸錦不懂禮節，所以好意過問。

李歸錦知道她想幫自己，但她已有安排。「上個月我認祖歸宗時，因時間匆忙，許多族中親人都未能進京，這次清明節族中各支長輩都要從渭州老家趕來，我和二伯母都沒有這類經驗，便與二伯伯商量，特地請叔祖父和叔祖母出面主持。」

她的叔祖父便是右武衛將軍、丹陽郡公李客師，他已致仕，如今在京城昆明池南邊的別院中頤養天年。他們夫妻深居簡出，李歸錦之前只見過他們兩次面。

芮國公夫人聽了，連連點頭道：「有兩位長輩出面，必然萬事妥帖。」

說完，她頓了一下，又道：「清明節過後不久，皇后娘娘請了神僧到感業寺講經，我們一起去吧。」

感業寺是皇家寺廟，也開放給王公勳貴以及三品以上的大臣家眷參拜，京城中有身分的女眷如果要去寺廟，首選就是感業寺。

先皇遺孀也在此寺修行，武媚娘便在那裡。

李歸錦和武媚娘自去年中秋節一別，已半年多未見，李歸錦不知道她如今是否還被人欺負，覺得趁這次機會去探望她也好。

畢竟武媚娘是未來的女皇，又是器重狄仁傑的人，她有意與她交好。

幾人約定好去感業寺的事後，便各自散去。

李歸錦和李二夫人回府後，就從昆明池別院請回叔祖母，開始籌備清明節的事情。

李二夫人育有三子，長子李仲璿如今二十一歲，在淮南道安州府軍任副尉，妻子則是前安陸郡公許紹的孫女許紫煙。

因許家在淮南道頗有影響，李仲璿又在那裡從軍，李二夫人為了長子好，沒把媳婦留在京城，而是讓小倆口一同在安州生活，他們已育有一個四歲的女兒。

這次清明節，這對小夫妻專程從安州趕了回來。

二房另兩子是十七歲的李叔玥和十三歲的李季玖，兩個孩子一起在弘文館讀書，平時都住在館裡，李歸錦只在她認祖歸宗時見過他們一次。這次清明節，他們也放假回來了。

又幾日，渭州李氏各支的人也陸續進京，李歸錦這才知道渭州李氏真是個龐大的家族，衛國公府不過是其中最為顯達的嫡支之一，並不是族中人少。

李歸錦在李德淳帶領下一一拜見族人，又和李二夫人一起安排他們在京城各處產業中住下，忙得分身乏術。

許紫煙雖不熟悉京城中的事情，但她身為二房的大少奶奶，十分主動地幫李二夫人分擔家務，對李歸錦也很和善。

她安靜卻聰慧，李二夫人叮囑過一遍的話，她都記在心中，做事幾乎不會犯錯，李歸錦很欣賞這樣的女子。而李二夫人即使和長媳相處的時間不多，卻也非常喜歡她。

由於李靖陪葬在昭陵，待到清明節這天，衛國公府嫡支就由丹陽郡公領著先前往昭陵祭拜。才剛到昭陵，遠遠地就看到石道上撒滿了紙錢，是皇家的人來為先皇掃墓。

丹陽郡公叮囑道：「大家行走小心些，不要衝撞到皇上。」

眾晚輩稱是，逕自來到李靖墓前掃墓。

昭陵很大，除了太宗、長孫皇后及其他皇家的人安葬於此，還有幾位開朝功臣。外臣家眷前來掃墓，在路上遇到雖然會打招呼，但都比較低調，畢竟昭陵是皇家陵寢，沒人敢在這裡大肆祭祀自己的家人。

祭祀儀式完成後，衛國公府一行人步出陵園，卻見一名年輕男子騎著馬慢悠悠地走過來，手中晃著皮鞭，口中還哼著小曲。

年輕男子後面跟著兩個小廝，急得團團轉，一直試圖勸說他下馬，他卻說：「路還遠著呢，用走的會累死，我偏不下馬，你們怕什麼？」

這幅情景讓眾人目瞪口呆。在陵園中如此行徑，實在大大不敬，更何況皇上還在裡面掃墓呢！

丹陽郡公搖了搖頭，領著眾人往路旁避開了一點，繼續往外走。

兩邊人馬擦肩而過，那男子一看到李歸錦，雙眼頓時發光，就像貓兒見了魚似的，滿臉饞相。

他跳下馬走過來，完全無視周圍一干長輩，逕自問李歸錦說：「小姐，妳叫什麼名字？妳長得如此貌美，我以前怎麼沒見過妳？」

李歸錦頓時皺起眉頭，往後退了一步，李德淳則攔在他們中間，低聲喝道：「無禮！」

男子如大夢初醒一般，朝周圍的眾人拱了拱手，說道：「在下襄陽郡公之子柴源，想認識這位小姐，你們是……」

他看了看一行人，卻因為交際圈和年齡不同，不太認得這些長輩。

李二夫人將李歸錦牽到身旁，低聲說：「這就是巴陵公主那個被人騙了兩萬兩的傻兒子！」

李歸錦在心中冷笑，行為舉止如此輕佻、隨便的人，活該被騙！

這位男子雖是郡公府的長子，但竟對自家女眷如此不禮貌，衛國公府的人自然不會給他好臉色看。

丹陽郡公身為最大的長輩，開口教訓道：「小子無禮！不敬先皇在先，又敢對我衛國公府的女眷無禮，改天必讓你祖父好好教訓你！」

柴源的祖父就是霍國公柴紹，他出身將門，與高祖一同推翻隋代，是凌煙閣二十四功臣之一。

柴源聽聞他提起自己的祖父，渾身哆嗦了一下，但想到對方是衛國公府的人，反倒笑嘻嘻地問李歸錦說：「看來妳就是李歸錦了，我是妳表哥，改天我接妳去我家玩！」

李歸錦懶得理柴源，扭過頭去不看他。

李德淳迫不及待地阻隔柴源無禮的眼神，護著李歸錦往陵園外走。女兒被人如此袒露地覬覦，他憋了一肚子的氣，邊走邊罵：「大膽狂徒，竟敢如此無禮，簡直目中無人！」

因為這個小插曲，眾人回到衛國公府的祠堂時，臉色都不太好，但依舊按照儀程祭拜了先人。

從祠堂中退出來時，許紫煙見李二夫人一直皺眉，問道：「娘和小姑去昭陵是不是累壞了？妳們趕緊歇著吧，待到開午宴時，我再去請妳們過來。」

李二夫人搖了搖手，說道：「不累，只是在昭陵遇到了一個混帳，那混帳和他母親一樣讓人生厭。」

「啊？」許紫煙不明所以。

李二夫人低聲將巴陵公主的事情告訴她，許紫煙聽了很震驚，有些不安地說：「說起來……我母親和巴陵公主有些交情，若是尋常嫌隙，不如由我母親出面調和，也許會有一些作用。」

李二夫人搖頭道：「我們家可沒什麼錯，更何況，巴陵公主肯退讓嗎？我可不信。」

李歸錦問道：「二嫂，巴陵公主怎會和令堂有交情？」

許紫煙說：「襄陽郡公在淮南道有許多產業，在安州也有，我家世代都居住在安州，所以與柴家很早就有來往，但我母親卻是透過吳王妃認識巴陵公主的。吳王之前做過安州都督，巴陵公主和襄陽郡公來安州的產業遊玩時，由吳王妃款待他們，我母親曾做陪客。後來，巴陵公主數次因為安州產業上的事託我母親幫忙，所以由我母親出面，我覺得應該沒問題……」

李二夫人喃喃道：「原來你們家和他們還有這樣的來往……」

李歸錦的表情微微有了變化，不停在心中琢磨。

吳王……巴陵公主……柴家……她總覺得中間好像有什麼事，可還是沒想起來，但是吳王以後肯定會被李治整垮，跟他沾上邊可不好。

許紫煙是她二嫂，她不希望許家受到牽連，於是勸道：「吳王是藩王，大臣和藩王結交總是不好，吳王又是議過儲的皇子，二嫂最好勸妳父母小心一些。皇上才登基兩年，等根基穩了之後，天知道會發生什麼事……」

許紫煙臉色大變。古往今來，有哪幾個皇帝登基以後會放過那些能幹又有勢力的長輩與兄弟？為了皇權，什麼事都有可能發生！

「多謝小姑提醒，我這次從京城回安州，一定會告訴我的家人。」許紫煙謝道。

李歸錦點了點頭，希望許家人能認真權衡一下輕重。吳王兩年後就要出事了，許家在吳王的領地之中，很難避免接觸，但還是盼望他們能在兩年內脫身。

她能幫許家的，也只有這些了。

第二十四章　命運齒輪

過了清明節，眨眼就來到眾人約定好去感業寺的日子。

因為黎國公府的田夫人帶著奇哥兒寄居在長兄家中，李歸錦希望她能在京城有些交際，便邀她一同前去。

李二夫人帶著許紫煙、永安伯夫人帶著長媳羅氏，連同芮國公夫人在內，七人在感業寺會合。

芮國公夫人看著兩個同輩都有媳婦相伴，羨慕地說：「妳們可真有福氣，我也想要有個媳婦呢！」

永安伯夫人打趣道：「那還不快給妳寶貝兒子找個媳婦！我看是妳挑花了眼，不知道找個怎樣的媳婦才好。」

李二夫人笑道：「世子一表人才，又文武雙全，夫人自然要好好挑選。家室、模樣、品行都得好，不過最重要的，還是要和世子情投意合。」

她話中有話，說到芮國公夫人心坎上，芮國公夫人立刻看著李歸錦，滿意地笑了笑。

李歸錦敏銳地察覺到芮國公夫人和二伯母的意圖，心中暗叫不好，連忙轉開話題，將田夫人介紹給大家。

「這位是黎國公府的大少奶奶田氏，我與她在并州相識，她到京城後也常來感業寺禮佛，所以邀了她一起來。」

田夫人向三位長輩問好，芮國公夫人點頭道：「愈走動感情才會愈好，妳們以後要常往來才是。」

田夫人十分感激李歸錦，她介紹自己認識這些有身分的長輩，可以說是幫得很直接了，這不僅能改善她在京城的處境，以後她在黎國公府的地位也會提升。

眾人一邊聊天，一邊往寺廟裡走。

永安伯夫人的親戚曾經委託永安伯寫了封引薦信去拜見黎國公世子，當初黎國公府很給永安伯面子，幫了她親戚一個大忙，永安伯夫人便關心起田夫人為了何事進京，可有需要幫忙的地方。

田夫人說：「在并州一直請不到好的夫子為我的長子啟蒙，加上諸位長輩實在太寵溺他，我便帶他到京城跟著他舅舅唸書。別的不敢說，他舅舅學識淵博，個性嚴厲，由他教導，我十分放心。我現在一心只盼孩子啟蒙之後，能進入弘文館讀書。」

芮國公夫人讚賞道：「昔日有孟母三遷，如今有妳這樣為兒子著想，他一定會有個好前程的。」

田夫人見長輩們都如此關懷她，心中很是高興。

今日感業寺中來了不少權貴女眷，全是為聽神僧講經而來。她們來到講壇下坐著，中間寬闊的高臺上有個老僧正在撥弄佛珠，等眾位入場坐定，就要準備開講。

講經開始之後，李歸錦聽了一會兒，便拉著田夫人悄悄離開，幾位長輩見到了，只當她們年紀輕，靜不下心禮佛，跑去逛寺廟，並未多加干預。

李歸錦拉著田夫人出來，低聲問道：「妳可還記得去年奇哥兒在這裡扭傷了腳，有個尼姑出手幫忙？」

田夫人點頭道：「當然記得。說起來當時太過匆忙，一直未能好好答謝她，等我之後再來感業寺，卻不知道如何找到她。」

李歸錦說道：「我知道她的法號，既然來了這裡，我們去看看她吧。」

田夫人自然說好，李歸錦便一路詢問一位叫「明空」的師太在哪裡。

有尼姑帶著她們來到後廂房引她們見明空師太，李歸錦遠遠地看到一個有點熟悉的身影，但遠處那人見到有人過來，轉身一晃就不見了。

「咦？竟然是……」李歸錦不禁喃喃自語。

田夫人問道：「怎麼了？」

李歸錦搖了搖頭，沒有多說。她剛剛看到的那個人，十分像燕太妃娘娘身邊的宮女。她進宮時見過她好幾次，但那名宮女見到她時，卻立刻躲開了。

那個宮女怎麼會跑到感業寺的廂房裡？難道燕太妃娘娘也來感業寺了嗎？

李歸錦滿心疑惑，但在她理出頭緒之前，就在尼姑的引導下見到了明空師太。

明空師太，正是武媚娘。

武媚娘看到李歸錦，驚喜地上前迎接。「是妳們！好久不見，妳們怎麼來了？」

李歸錦說道：「今天陪長輩來聽講經，我們相識一場，怎能不來看看妳？」

武媚娘笑了起來，已經很久不曾有人特地來探望她，教她如何不歡喜？

她的模樣看起來相當嬌媚，縱使戴著尼姑帽，依然掩不住風華。

李歸錦在心中感嘆，難怪李治會為她神魂顛倒！

「妳在寺中過得怎麼樣？之前的惡尼姑可還會為難妳？」李歸錦見武媚娘現在住的廂房較以前大了一些，器具、被子也都還說得過去，想來處境應該是有所好轉。

武媚娘感激地說：「近月來，皇后娘娘常派宮人來禮佛、抄佛經，每逢十五還會親自來上香，所以寺中管束非常嚴謹，大家都很守規矩。」

武媚娘頓了一下，略有所指地補充道：「皇后娘娘還曾特地向住持問過我的情況，所以現在沒人敢故意為難我。」

李歸錦心中一喜。她之前建議武媚娘向皇后靠攏，因為皇后要對付得到皇上專寵的蕭淑妃，也許會幫她一把，沒想到她動作這麼快，果然和皇后搭上線了。她被困在這寺廟中，卻還能做到，真是有本事！

皇后與皇上成婚許久，至今一無所出，蕭淑妃則育有兩女一子，如今在後宮無人能敵，皇后在她面前也抬不起頭，十分苦惱。

皇后被逼至此而一心禮佛，反倒沒有引起宮中之人的懷疑，大家都以為她常與感業寺來往，是為了求佛祖保佑她懷上龍子，沒人知道她是為了武媚娘。

田夫人在一旁聽到她們談話，心中相當震撼。她這才知道這個美貌的尼姑之前是宮裡的貴人，聽她口中談及皇后，她根本不敢隨意插嘴。

李歸錦想到之前在她廂房外看到的那一抹身影，試探地問道：「說起來，妳曾侍奉過先皇，必定知道燕太妃娘娘吧？如今先皇嬪妃之中，只有她一個人還在宮裡，後宮的事多少說得上話，不知道妳與她是否有交情？」

武媚娘臉上閃過一絲訝異。「小姐對後宮之事竟如此清楚，真教我吃驚！實不相瞞，我母親與太妃的母親是堂姊妹，我與燕太妃娘娘是表親。」

武媚娘之母楊氏乃隋朝宗室楊達之女，燕太妃之母乃楊達兄長楊雄之女，武媚娘和燕太妃是實實在在的姨表姊妹！

李歸錦先前並不知道這一層關係，現在一聽，驚訝得合不攏嘴，也理解剛剛為何會在廂房外見到燕太妃的宮女了。想來武媚娘能和皇后聯繫上，其中少不了燕太妃的牽線。

田夫人看李歸錦一臉詫異，掩嘴笑道：「看看，這是什麼緣分！」

武媚娘聽了，不解地看著她們兩人。

李歸錦也笑了，問道：「妳可知燕太妃娘娘曾有一位養女汝南公主？」

武媚娘點頭道：「知道。我進宮時汝南公主已經歿了，每到公主祭日，燕太妃娘娘就會哀思好幾日，我在旁邊看著，也覺得痛心。」

李歸錦說：「汝南公主便是我的母親。」

這次輪到武媚娘吃驚了，但更多的情緒是欣喜。她原本就覺得和李歸錦投緣，這個姑娘聰明又願意幫她，她十分願意與她交好，現在知道彼此還因為燕太妃娘娘而有了更深的關係，自然更信任她了。
武媚娘笑得眼睛都彎了。「如此說來，妳是不是得喊我一聲姨婆？」
李歸錦眼睛瞪得圓圓的，細算一下，輩分還真是如此，立即結巴道：「這……妳分明大不了我幾歲，教我怎麼喊得出口?!」
武媚娘忍不住笑出聲。「這可真是件好事，難怪妳我如此有緣，原來妳是我的姨外孫女！」
她故意占李歸錦便宜，鬧得李歸錦臉都紅了。
笑鬧了一番，武媚娘細細問起李歸錦的身世，待知道她已認祖歸宗，皇上和宮裡都認可了她的身分時，她才安心。
由於神僧講經的時間已快要結束，李歸錦不方便久留，便向武媚娘告辭，和田夫人一起走回講壇。
路上，李歸錦告訴田夫人武媚娘的身分，得知她是先皇的才人，田夫人甚覺可惜地說：「正值大好年華，卻要她獨守青燈古佛，也是個可憐人。她當初若有幸為先皇生下一子半女，也不至於要在寺裡度過餘生。」
李歸錦低聲說道：「她的福分還沒到呢……」
田夫人詫異地問道：「為何？」
李歸錦在她耳邊悄聲說：「當今皇上對她十分迷戀，現在皇后娘娘又願意幫她回宮，她還有天大的福分在後頭。既然妳每個月都要來禮佛，就多與她走動走動吧。」

田夫人心中大為震撼，這個美貌尼姑能侍奉先皇與皇上父子兩代不成？真是讓人不敢相信！

回到講壇與芮國公夫人等人會合，眾人又一起去請神僧為她們隨身配戴的飾物開光。事情都辦好之後，永安伯夫人說道：「今天感業寺裡這麼多人，也吃不上一頓清淨的齋飯，擇日不如撞日，我請妳們去我府上用膳吧，下午還能逛逛花園呢！」

她們幾個人的家，就數永安伯府離感業寺最近，過了南護城河就到。

今天出門前眾人都已經把家裡的事安排妥當了，加上難卻永安伯夫人的盛情，便笑呵呵地往永安伯府而去。

第二十五章　當街調戲

自清明節以來，京城裡時常下起陣陣小雨，潤得百花嬌豔，澆得萬木滴翠。

這日李歸錦閒坐在家中，看著外面的淅瀝小雨發愁。古爹爹每逢陰雨天腰就會痛，她以前在家時常幫他捶腰，現在她不能時時過去看他，也不知他現在怎麼樣了？

想到這裡，李歸錦就坐不住，喊了楊威過來安排，準備出門。

得知她要出門，楊威略有些尷尬地說：「今日廣德坊眾位老爺去昆明池別院做客，馬車盡數被借去用了，府中一輛都沒有……」

住在廣德坊的，就是渭州李家來的那些親戚，他們今天去丹陽郡公那裡做客，十幾位老爺要接送，馬車的確不太夠用。

李歸錦讓琬碧取來蓑衣、木屐和雨傘，說道：「雨不大，城裡全是石板路，我們走過去就是。」

楊威自小就跟著李歸錦，知道她不嬌氣，說要走過去，就是真的準備步行出門。

李歸錦穿戴好之後，就由楊威撐傘一同出門。

從衛國公府臨著鬧市的後門出來，正巧遇到李德淳身邊的關叔引著一位老者和一個小廝進來。

李歸錦看到小廝身上揹著藥箱，問道：「關叔，府中誰要問醫？」

李二夫人帶著許紫煙去昆明池別院幫丹陽郡公夫人接待眾位老爺，李德獎、李德淳今日也應該去那裡做客了，家中再無旁人才對。

關叔回道：「大小姐，是三老爺因為下雨腿痛，請了推拿師父過來看看。」

「啊？他腿痛？」李歸錦有些吃驚，她這才知道李德淳也有風濕。想到之前他伴著自己回并州，還在雨夜裡為自己守夜，不知道難受成什麼樣，心中不禁有些難過。

李歸錦對推拿師父行了一禮，說道：「有勞您好好給……父親看看。」

她很少在外面稱李德淳為「父親」，更從來沒有當面喊過他。

關叔在一旁聽到了，面露喜色，又問道：「大小姐這是要出門？」

李歸錦若有所思地點頭道：「嗯，我出去轉轉。」

關叔雖然想勸李歸錦雨天不要出門，但李德淳跟下面的人說過，不要他們多管她的事，再說又有護衛陪著，他便沒多說什麼。

李歸錦從衛國公府前往古家，路途並不算近，但她不趕時間，在細雨中邊逛邊走，倒也愜意。

走了一段路，楊威突然低聲說：「大小姐，有人一直跟著我們。」

李歸錦停下來向四周張望，問道：「是誰？」

楊威暗自指了指。「水果攤旁邊那個小子。」

李歸錦朝他指的方向望過去，一個青衣小廝鬼頭鬼腦地盯著他們，他見自己行蹤暴露，嚇得一溜煙跑了。

李歸錦嘀咕道：「不知是誰家的小廝，跟蹤我做什麼？光天化日之下，應該沒歹人敢鬧事吧？」

楊威說：「有我保護大小姐，誰敢來鬧事，定教他們好看！」

李歸錦繼續往前行，心中卻琢磨起來。有人在注意她的行動，若是明著來，她倒也不懼，畢竟她沒做什麼虧心事，不怕有人對付她，不過……就是怕有人在背後算計。是誰的人呢？

李歸錦還沒琢磨明白，那個人卻很快就出現了。

一輛四匹馬拉的華麗馬車出現在鬧市中，驚翻了不少小攤，最後馬車在李歸錦面前停下。

李歸錦看著滿街狼藉，不禁目瞪口呆。天哪，是誰這麼囂張啊？

尋常人家上街若要用馬車，一般都駕一匹馬的簡易馬車，稍微隆重些的，駕兩匹馬並行的馬車也就夠了，極少有人敢駕四匹馬的馬車進入鬧市。

這擺明了就是給行人和攤販找麻煩！

馬車停在李歸錦面前，車前的四匹黑色駿馬不耐煩地踏著四蹄，使得石板路上的水都濺到李歸錦裙角上了。

她驚呼著連連倒退，心中煩透了。

楊威正要問是誰在擋路，就見柴源從馬車上跳下來。

柴源在昭陵惹毛李歸錦時，楊威並不在場，他雖不認識柴源，但見他步步逼近，便伸手擋在李歸錦面前，問道：「你是誰？衛國公府小姐在此，不得唐突！」

柴源瞇著眼睛笑道：「歸錦，我是表哥啊，妳怎麼沒坐馬車？妳要去哪裡？我載妳！清明一別，我很想妳啊！」

說著，竟然想伸手抓李歸錦的手。

楊威看著這個莫名其妙的「表哥」，察覺到他的神情不老實，便皺著眉硬擋在兩人中間。

李歸錦知道柴源是個荒唐又駑鈍的人，可沒想到他會纏上自己，不禁惱了。「我沒有你這樣沒臉沒皮的表哥，我不認識你，別擋我的路！」

柴源被罵，反而笑著說：「唉呀，美人妹妹生氣了！生氣的樣子也好看！」

街上的人遠遠地圍觀著，指指點點，都知道這是富家子纏上良家女了，很為李歸錦擔憂。

而楊威已大聲喝道：「言語無狀！再對我家小姐無禮，休怪我不客氣！」

「你這護衛真討厭，我同我表妹說話，容得了你插嘴？」柴源伸手喊來隨從，指著楊威說：「礙眼，拖一邊去！」

楊威自然不會任由他們處置，但是自從進了衛國公府，他礙著府上的顏面，不敢隨意動手，怕給大家添麻煩，因而只是一味防守，不主動攻擊。

李歸錦見楊威只是防守，而柴源已繞開他逼近自己，於是咬牙說道：「這種登徒子人人可打，楊大哥，給我使勁打，打死、打殘都算我的！」

有李歸錦發話，楊威再無顧忌，挺身一震就把試圖綑住他手腳的兩個小廝甩開，伸手抓住柴源的衣領，一個過肩摔，將他狠狠摔在地上，並朝他的肚子踩了兩腳，痛得他嗷嗷直叫。

其實楊威還是留了一手，專挑不能直接看見傷痕的地方打，臉上看得到的根本不碰，免得他惡人先告狀，反咬李歸錦一口。

柴家小廝上前想救柴源，卻被楊威甩開，只得在外圍喊著：「你們知道你們打的是誰嗎？再敢動手，你們的腦袋還想不想要？」

楊威冷哼一聲。「你當你們自己是誰？又當我家小姐是誰？」

李歸錦俯視著柴源，說道：「這樣一番鬧騰，京府尹的人肯定就快來了，你若願意對簿公堂，我自然奉陪到底，就是直接到皇上面前，我也樂意。」

柴源抱著肚子在雨水裡打滾，說道：「唉唷，好妹妹，我是喜歡妳，又不是想害妳，妳幹麼叫護衛打我?!」

李歸錦聽了，只是冷笑一聲。

他在大街上這麼一鬧，若是換成其他女子，不知會有多羞憤，更別提名聲會變成怎麼樣了。不過，她毫不在乎這些虛名，所以有膽子直接反抗他。

「再亂講，就割舌頭，你猜我敢不敢？」李歸錦斜著眼看他。

柴源嚇得趕緊爬起來，顫著聲說：「果然是野蠻女子，我娘沒騙我！」

說著他就爬上馬車，叫人快把車駕走。
李歸錦收拾了柴源以後繼續往前走，把議論紛紛的人群甩在身後。
楊威忐忑地問道：「大小姐，打了他，會不會有什麼問題啊？」
李歸錦嘆道：「有問題啊，就是我明天得進宮一趟，給太妃娘娘請安嘍！」

李歸錦見到古爹爹時，他果然因為腰痛而躺在床上，李歸錦心痛不已，又是幫他搥腰，又是幫他找藥。
古爹爹很是欣慰，便問起李歸錦的生活起居。兩人閒聊之間，又說起古家的生意。
古爹爹說：「妳周伯伯來信，并州的鋪子已經處理好，古玩店賣了，質庫則由胡掌櫃盤了過去。胡掌櫃說他老了，來不了京城，想用畢生積蓄買下質庫，和兒子一起繼續經營，我就讓周掌櫃便宜賣給他了。至於其他夥計，很多年輕人想到京城來奔個前程，周掌櫃過些日子就會帶他們過來，妳楊大叔也會來。」
李歸錦連連點頭。洪箏手底下一直缺人，并州的夥計一來，他就能鬆口氣；而楊威雖然口中不說，但肯定掛念身在并州的老父親，現在他也能安心了。
古爹爹又說：「古玩店的貨物，還有以前的存貨，這次會一併運到京城。等貨到了，妳就來清點清點妳的寶貝，可都是些好東西呢！」
李歸錦的眼睛都笑彎了。「唉呀，我還以為這次把店鋪盤出去，貨也會賣掉，沒想到爹和周伯伯都替我留著，真好！」

古爹爹見她高興，笑著說：「我也沒什麼東西能給妳，那些古玩，就當作是我以後給妳的嫁妝。」

那麼多箱古玩，價值非凡，可說是古爹爹這一輩子努力的成果。

李歸錦感動不已，皺著鼻子開玩笑道：「那我可得好好替爹挑個女婿，不能隨便便宜了人！」

古爹爹笑了起來，心思一轉，忽然想到狄仁傑，問道：「妳最近可有和仁傑聯絡？」

李歸錦搖頭說道：「國公府裡的事情一樁接一樁，清明節剛過完，二伯母又說要準備端午節的事，而且渭州那些族人還沒離京，我看他們一時半刻不會走的。我也不好什麼都推給二伯母，今天能來這裡，還是承了二伯母的情，她知道我這幾日身子不舒服，都讓我在家歇著，所以我也沒時間去探望朋友。」

古爹爹照顧李歸錦這麼多年，又當爹、又當娘，一下子就知道李歸錦所說的「身子不舒服」是怎麼回事，立即沈下臉說道：「那妳還風裡來雨裡去？快回去歇著！」

李歸錦撒嬌了一會兒，又覺得身子的確不爽利，便提早返家。

回家時，李歸錦路過狄仁傑位於對面街上的家，原本打算順道過去看看，但想到古爹爹方才在她說起挑女婿一事後特地問起狄仁傑，怕加深古爹爹的誤會，便在門前止步，逕自回家了。

回到衛國公府時，她記起李德淳的風濕痛，就到他那裡去看看。

李德淳屋裡剛準備用晚膳，見李歸錦來了，高興地忙讓人添菜添飯。

李歸錦關心地問道：「我看您身體一直很好，怎麼下個雨也會痛？」

李德淳苦笑著說：「以前上戰場時留下的舊疾，不礙事。」

李歸錦說道：「我有一套刮痧用的玉片，是前朝御醫用過的東西，等并州的貨物送來了，我讓人取來給您。用它來刮痧，祛風散寒、清熱除濕，最好不過。」

李德淳喜不自禁地說：「好，只要是妳給的，什麼都好。」

李歸錦與他一同吃了晚飯，忽然想到她白天在大街上命楊威打了柴源。雖然她不認為這是什麼大事，但不可能瞞得住，也許過幾日就會傳到衛國公府，不如自己先跟李德淳說。

誰知李德淳聽了這件事，氣得跳了起來。「混帳東西！不過是仗著他祖父的威名，就敢欺負到我女兒頭上來！妳別怕，我明日就去柴家要個說法，絕不會放過那個小渾蛋！」

李歸錦反倒安慰起他。「您不必生氣，我今天讓楊大哥狠狠打了他一頓，已經出了一口氣，我明天打算進宮給燕太妃娘娘請安，另有辦法對付他。」

李德淳的情緒雖然暫時被安撫，但仍舊忿忿不平，待李歸錦離開後，他就喊了關叔過來，一面調遣李家軍悄悄守護李歸錦，另外又派人盯著柴源，要是他再敢靠近李歸錦，就打斷他的腿！

隔日，李歸錦進宮探望燕太妃，而燕太妃心中則掛念著衛國公府清明祭祀的事，一見到李歸錦，就問她汝南公主的牌位是如何擺放的、族中有哪些人來祭拜過、禮數全不全、是否恭敬等等。

針對她的問題，李歸錦一一回答。

事實上，渭州李家的人的確對汝南公主和她十分禮遇，不僅因為公主的身分，更因為衛國公的去世意味著渭州李家的樑柱倒下，他們需要更多助力，而燕太妃和李歸錦正是他們需要的，自然不會虧待她們。

回答完問題，李歸錦便低下頭，單膝蹲跪在燕太妃面前。「外孫女昨日闖下大禍，特來向太妃娘娘認錯，求太妃娘娘救命！」

她的姿態放得很低，好像燕太妃娘娘是她唯一的救星。

燕太妃不由得挑了挑眉，她拉李歸錦起身。「什麼事把妳嚇成這樣，起來好好跟我說。」

李歸錦坐在她身邊，拿出手巾擦了擦眼角，說道：「我……我昨天讓護衛揍了柴源一頓……」

燕太妃自然知道柴源，那是巴陵公主的兒子，雖然和她沒有直接關係，可也是皇親國戚。

不過燕太妃聽了，反而舒展開眉頭，笑著問道：「喔？妳讓人打了他？那妳告訴我，妳為什麼要打他？」

李歸錦將昭陵初遇和昨日被柴源糾纏的事一一道來，燕太妃靜靜聽著，臉色卻愈來愈難看，最後手「啪」地一聲拍在椅子的扶手上，大罵：「不成器的混帳東西！什麼樣的人，就生出什麼樣的東西！」

她竟然連巴陵公主一起罵了。

李歸錦進宮之前就想過，巴陵公主曾經算計她母親，燕太妃必定知道一二，再知道她兒子欺負自己，燕太妃肯定不會坐視不理。

果然，她猜中了。

燕太妃說道：「妳不用怕，此事自有我為妳作主！」

說罷，她就招手喊來一個宮女，吩咐道：「去，看看皇上和皇后在哪裡。」

這位宮女正是李歸錦之前在感業寺見過的那名女子，她的確是燕太妃的貼身侍女。

宮女很快就回來了，她回稟道：「皇上在兩儀殿和大臣議事，皇后娘娘則在小佛堂抄經書。」

燕太妃起身說道：「妳這次進宮一趟，也該去向皇后請安。走吧，我帶妳去。」

李歸錦隨著燕太妃一起去小佛堂見皇后，她不禁感到好奇，不曉得燕太妃找皇后，打算做什麼……

——未完，待續，請看文創風189《大齡剩女》下

大齡剩女

全套二冊

溫馨寫實小說名家／凌嘉

既然二十歲就是老姑娘，那她也樂得不嫁！
她擁有現代人的靈魂，根本不吃古人「成親才幸福」那一套！
不過命運似乎另有安排，一下子丟了兩個帥哥給她……

她穿越時空住進另一個朝代的身體裡，頓時年輕了好幾歲，
可這裡的人是怎麼回事，才二十歲身價就一落千丈、乏人問津，
不管老爹多麼賣力，她依舊待字閨中，成為傳說中的老姑娘。
開玩笑，她可是擁有現代靈魂的獨立女性，
成不了親她還樂得輕鬆呢，可以穿梭商場做她最愛的古董生意，
傻子才要被關在家裡，當個漂亮卻沒用的擺設品！
誰知天不從人願，她原本平靜的生活，竟因一項古玩起了變化，
不僅被捲入多起命案，還認識了兩個出類拔萃的好兒郎，
面對陌生又若有似無的情愫，她不禁感到迷惘，
而看似平凡的身世背後，更隱藏天大的秘密，讓她無所適從……

執手偕老，共嚐酸甜苦辣／花溪

古代混飯難

全套二冊

他確信她已死去多日，因為是他拚了命殺掉的，
但，此時她竟又活了！難不成她詐死？
可此女待他極好，像換了個人般……是借屍還魂嗎？

文創風 186 上

一覺醒來，沈曦發現自己莫名其妙地回到了古代，
她合理懷疑，自個兒八成是睡夢中心臟病發，一命嗚呼了，
好吧，情況再糟也不過就是如此，既來之則安之吧！
……嗯？且慢，眼前這破敗不堪的房子，莫非是她現今的家？
那麼，炕上那又瞎又聾又啞的男人，該不會是她的丈夫吧？！
要死了，她從小生活優渥，是隻不事生產的上流米蟲耶，
想在古代混口飯吃都有難度了，還得養男人，這還讓不讓人活啊？
可若拋下他，這男人怕是只能等死了，這麼狠心的事她做不來呀……
正沈思間，見他餓得抓了把生米就吃，她立馬便為他張羅起吃喝拉撒睡，
罷了罷了，看來她只得使出渾身解數，努力掙錢養活夫妻倆啦！

以為她死了，他滅了害死她的鄰國給她陪葬；
聽說她還活著，幾年來他奔波各地打聽她的下落。
如果能找到她，這一生，他絕不負她，換他待她好……

文創風 187 下

一直以為瞎子之於她只是生活上的陪伴，一個寄託而已，
可當他死掉後，沈曦才發覺自己真是錯得離譜！
心好痛好痛，痛到不管不顧，她只想就這麼隨他而去算了，
不料，她竟被診出懷有身孕！為了他們的孩子，她必須活著。
產下一子後，她努力地攢錢，想給孩子不一樣的人生，
怎知一顆心歸於平靜後，瞎子竟又出現了，而且還不瞎不聾不啞！
原來他叫霍中溪，在這中嶽國裡，是地位凌駕於帝王之上的劍神，
之前是因為遭人伏擊，身受重傷，又被她的前身下毒才會失明的。
見他隨隨便便就拿出三千萬兩的「零花錢」，她整個人心花花，
鎮日為了混飯吃而奔波，現在她不僅能當回米蟲，還有丈夫陪啦～～

文創風 188

大齡剩女 上

國家圖書館出版品預行編目資料

大齡剩女 / 凌嘉著. --
初版. -- 臺北市 : 狗屋, 民103.05
冊 ; 公分. --（文創風）
ISBN 978-986-328-297-6（上冊：平裝）. --

857.7 103006733

著作者	凌嘉
編輯	連宓均
校對	王冠之　黃亭蓁
發行所	狗屋出版社有限公司
地址	台北市104中山區龍江路71巷15號1樓
電話	02-2776-5889～0
發行字號	局版台業字845號
法律顧問	蕭雄淋律師
總經銷	知遠文化事業有限公司
電話	02-2664-8800
初版	103年5月
國際書碼	ISBN-13　978-986-328-297-6
原著書名	《唐朝大齡剩女》

定價250元
狗屋劃撥帳號：19001626
網址：love.doghouse.com.tw　E-mail：love@doghouse.com.tw